Tom Liehr

Idiotentest

TOM LIEHR, geboren 1962 in Berlin, war Redakteur bei *P.M.*, 1990 Sieger und Drittplazierter des ersten »Playboy-Literaturwettbewerbs«. Langjähriger Vorsitzender der »42erAutoren«. Zwischenzeitlich tätig als Computerverkäufer, Softwareentwickler, Unternehmensberater, Rundfunkproduzent und Diskjockey. Seit 1998 Besitzer eines Unternehmens für Softwareentwicklung. Er lebt in Berlin. Im Aufbau Taschenbuch Verlag erschien bislang sein Roman *Radio Nights* (2003), seine neuen Romane *Stellungswechsel* (Oktober 2007) und *Geisterfahrer* (Februar 2008) sind in Arbeit.

Mehr vom und zum Autor unter: www.tomliehr.de

Sie sind die Archetypen des Mittdreißiger-Single-Mannes, sozialisiert in den achtziger Jahren: der beziehungsunfähige Henry mit seinen zahllosen Affären, Walter, der wissensreiche Musikjournalist, der zu oft scheiterte, und der hübsche Computerfrickler Gonzo, der echtes Sozialverhalten nie gelernt hat. Die drei finden sich in einer chaotischen WG zusammen, direkt über dem *Wohnzimmer*, einer Neuköllner Szenekneipe im Erdgeschoß des Hauses, Fokus für das Leben einer Handvoll skurriler Gestalten, die sich Nacht für Nacht bei alten Hits und Faßbier ein Dasein erträumen, das unerreichbar scheint. Doch irgendwann muß sich jeder entscheiden, was für ein Leben er führen will …

Idiotentest ist ein rasanter und rotzfrecher Roman über Thirtysomethings, die erst spät merken, was Freundschaft, Verantwortung und Liebe bedeuten.

Tom Liehr

Idiotentest

Roman

aufbau taschenbuch
AUFBAU VERLAGSGRUPPE

ISBN 978-3-7466-2183-8

Aufbau Taschenbuch ist eine Marke
der Aufbau Verlagsgruppe GmbH

3. Auflage 2008

Umschlaggestaltung Mediabureau Di Stefano, Berlin
unter Verwendung eines Fotos von davies & starr, getty images
Druck und Binden CPI Moravia Books, Pohořelice
Printed in Czech Republic

www.aufbau-taschenbuch.de

Idiot: Von griechisch idiótis, Privatmann, einfacher Mensch. In der griechischen Antike ein Mensch, der sich weigerte, politisch aktiv zu werden.

Everybody knows what's goin wrong with the world
But I don't even know what's goin on in myself.

Matt Johnson, »Slow Emotion Replay«

Für Markus H. Kringel

Prolog: Kinderschokolade
Vor fast dreißig Jahren

Mutter nannte mich Henni. Notwendig war die Verniedlichung meines Namens nicht; sie tat es trotzdem.

»Henni«, rief sie. »Henni, komm mal her!«

»Ja, Mama.« Ich legte den letzten weißen Sechser-Legostein auf seinen Stapel – von weißen Sechsern gab es nie genug, ich wollte eine Burg bauen – und stiefelte in die Küche. Meine Mutter war immer in der Küche.

»Henni, du mußt einkaufen gehen. Meine Beraterin kommt gleich, ich kann nicht aus dem Haus. Kriegst du das hin.«

Obwohl meine Mutter alle Fragen grundsätzlich wie Feststellungen aussprach, also kein Fragezeichen benutzte, nickte ich. Klar. Immerhin war ich schon sechs, fast sieben. Es war nicht das erste Mal, daß ich einkaufen gehen sollte. Der Butter-Beck-Laden befand sich an der Ecke zur großen Straße, die ich um Himmels willen niemals alleine überqueren durfte. Kurz nach dem Eingang kam der Obststand, dann die Wursttheke, unmittelbar dahinter die Regale mit den Süßigkeiten. Damals hatte die Kinderschokolade noch keine »Milchkammern«, sondern bestand aus zwei Quadern, auf die kleine Krönchen geprägt waren. Und schmeckte besser. Eigentlich gab es für mich nichts, das besser schmeckte. Aber für den albern grinsenden Jungen auf der Packung schämte ich mich ein bißchen.

Meine Mutter kramte in ihrem Portemonnaie.

»Wir brauchen Brot, Zucker und Maggi. Ein Kastenbrot, hörst du, Henni. Kein Toast-, ein Kastenbrot.«

Ich nickte wieder.

»Mmh. Ich habe nur noch einen Fünfzig-Mark-Schein.«

Sie zog den riesigen braunen Lappen aus der Geldbörse. Kramte weiter im Kleingeldfach. Nie zuvor hatte ich einen Geldschein in Händen gehabt, geschweige denn so eine irrsinnige Summe. Wie viele Packungen Kinderschokolade man davon wohl kaufen konnte? Sicher über tausend. Tausend war die größte Zahl von allen.

»Wart mal!«

Sie ging ins Schlafzimmer. Auf dem Küchentisch lag ihr Portemonnaie, daneben der Fünfziger. Ich berührte ihn erst vorsichtig mit dem Zeigefinger, nahm den Schein schließlich in die Hand. Fühlte sich an wie die Seiten der *Micky Maus*. Nur ein bißchen fester, gleichzeitig irgendwie weicher. Ich legte ihn wieder zurück, genau so, wie er dagelegen hatte. Wann immer ich etwas anfaßte, von dem ich mir nicht sicher war, daß meine Eltern es auch erlaubten, merkte ich mir die Position ganz genau. Das Risiko war zu groß.

»Henni, du mußt den Fünfziger nehmen«, sagte sie, als sie wieder in die Küche kam. »Achte gut auf das Wechselgeld! Laß dir einen Kassenbon geben! Hier, du nimmst den Brustbeutel!«

Das mit dem Brustbeutel war kompliziert. Ich trug nämlich Lederhosen, krachlederne kurze Hosen mit Trägern und einem Hirschgeweih auf dem Latz. Der Hosenstall ließ sich aufknöpfen und nach vorne klappen. Das war sehr fummelig, weil ich meinen *Schnippedillrich*, wie Mutter ihn nannte, dann auch noch rechts aus dem Laden meiner Feinripp-Unterhose zerren mußte, und ein-, zweimal waren mir ein paar Tropfen in die Hose gelaufen, weil ich das blöde Ding nicht rechtzeitig aufgekriegt hatte. Dadurch glänzte der Rand des Hosenstalls ein bißchen. Ich fand die Lederhosen und überhaupt kurze Hosen schon damals doof, mußte sie aber den ganzen Sommer über tragen, hauptsächlich natürlich, wenn wir im

Allgäu waren, auf dem Bauernhof, der einer Tante gehörte und auf dem wir immer Urlaub machten. Später zog ich keine kurzen Hosen mehr an, nie wieder. Männer sollten so etwas grundsätzlich nicht tragen.

Mutter knöpfte die Hosenträger auf, dann mein kurzärmeliges, weißes Hemd und hängte mir den kleinen hellbraunen Wildlederbrustbeutel um. Sie betrachtete ihn skeptisch. Die Paketschnur, an der er hing, kratzte mich im Nacken. Das Kratzen verstärkte sich, als meine Mutter die Schnur löste, einen komplizierten Knoten um den Aufhänger im Kragen meines Hemdes machte und sie vorne wieder an den Beutel band. Jetzt hatte ich eine Paketschnurwulst im Nacken.

»Sicher ist sicher«, sagte sie. Und: »Brot, Zucker und Maggi, hörst du.«

Ich nickte abermals. Sie leckte über die drei mittleren Finger ihrer rechten Hand und strich mir über das Haar. Ich haßte das; ich haßte den süßlich-faulig-rauchigen Geruch ihrer Spucke und das klebrige Gefühl auf der Stirn. Aber ich wagte es nie, etwas zu sagen oder gar das Gesicht wegzuziehen.

»Wenn du das Geld verlierst, ist Polen offen.«

Ich nickte, natürlich.

Es war der Frühsommer 1972, das Jahr der Olympischen Spiele in München. Wir lebten in einem sechsstöckigen Mietshaus am Ende einer kleinen Straße, in der sonst Doppelhäuser standen, große Zweifamilienhäuser, die in der Mitte getrennt und in Hellgelb oder Rosa angestrichen waren. In diesen Häusern lebten Helmut, Siggi und Werner, meine Freunde. In unserem Mietshaus hatte ich keine Freunde. Da wohnten nur alte Leute und kinderlose Paare. Wir waren die einzigen Kinder, Kinder einer kinderreichen Familie: Ein Sohn und fünf Töchter. »Asoziale«, sagte der komische alte Mann von gegenüber, der seine Wohnung mit Tageszeitungen vollstopfte. Wie recht er hatte, begriff ich erst viel später.

Der Weg zu Butter-Beck war nicht weit, vielleicht siebzig Meter. Am Straßenrand wuchsen junge Kastanien, neben einer davon stand der eierschalenfarbene Ford 17M meiner Eltern, dem Vater vor zwei Wochen eine Beule in den Kotflügel gefahren hatte – seitdem sprachen meine Eltern nicht mehr miteinander. Die Beule hatte die Form eines auf der Seite liegenden Herzens, und das schmale Ende ging in einen Riß über, durch den man bis in den Radkasten sehen konnte.

Im Zweierrhythmus hüpfte ich über die Gehwegplatten und versuchte zu pfeifen. Es klang dünn, man hörte die Luft, aber selten einen Pfeiflaut. An das schrille, laute, durchdringende Pfeifen, das Werner hören ließ, zwei Finger von jeder Hand in die Mundwinkel geschoben, daran war im Traum nicht zu denken. Monika, meine älteste Schwester, sagte: »Henry, du bist jämmerlich«, wenn sie mich hörte. Und meine Mutter nickte, wenn sie *das* mitbekam. Sie ergänzte es sogar: »Und peinlich.« Sie hatte ein gutes Gefühl für Peinlichkeiten, für öffentliche Demütigungen. Zwei Jahre zuvor hatte ich – zum ersten Mal seit meiner Säuglingszeit, zum letzten Mal in meinem Leben – ins Bett gepinkelt, weil meine Eltern laut stritten und sich mit Dingen bewarfen, weshalb ich nicht wagte, aufs Klo zu gehen, mit drückender Blase einschlief und wenig später in einer feuchtwarmen Lache erwachte. Mutter schrieb »Bettnässer« auf ein Stück Pappe und klebte es mir mit Tesaband auf den Rücken. Fast eine Woche lang mußte ich das Schild tragen. Es schmerzte viel mehr als die Dresche meines Vaters, die ich darüber hinaus bekommen hatte.

Bei Butter-Beck war kaum Betrieb. Als ich die Tür aufdrückte, knatterte der Käfer der AVON-Beraterin hinter mir vorbei. Das Signal dafür, daß meine Mutter für Stunden beschäftigt sein würde. Nachdem ich den kühlen Laden betreten hatte, begann ich »Brot, Zucker, Maggi« vor mich hin zu flüstern. Ich legte ein Kastenbrot, eine Kilopackung Streuzucker und eine große Flasche Maggi in meinen Einkaufskorb. Manchmal trank ich heimlich ein paar Schlucke der salzigen, würzigen Flüssigkeit, kippte mir etwas auf die Hand und schleckte es ab.

Dann stellte ich mich eine kleine Weile vor das Regal, in dem sehr viele Packungen Kinderschokolade lagen, gestapelt in drei Kisten. Ich träumte davon, sie alle zu kaufen, überhaupt nie wieder im Leben etwas anderes zu mir zu nehmen außer gelegentlich mal eine Handfläche voll Maggi. Ich strich mit der Hand über eine Schachtel. Einmal eine ganze Packung für mich allein zu haben, das wäre traumhaft gewesen. Wir mußten teilen, alles, und es gab selten mehr als einen Riegel für mich. Zehn waren in jeder Packung. Daß sich zehn nicht durch sechs teilen ließ, das hatte ich schon lange vor meiner ersten Mathestunde gewußt.

An der Kasse saß eine Frau, die ich noch nie gesehen hatte. Sie trug einen hohen Dutt und einen sehr großen goldenen Ring am Mittelfinger.

»Na, Kleiner.«

»Guten Tag.«

Ich schob meine Hand unter den Latz der Lederhose und knüpperte einen Knopf meines Hemdes auf. Dann tastete ich auf meiner Brust herum. Aber ich fand nur eine Paketschnur, deren Enden lose um meinen Hals hingen. Wo die Knoten gewesen waren, wellte sich die rauhe Schnur. Im Nacken war noch deutlich die dicke Wulst zu spüren.

»Alles in Ordnung?« fragte die Verkäuferin.

Jetzt ist Polen offen, dachte ich. Ohne auf die Verkäuferin zu achten, knöpfte ich meinen Hosenlatz auf, das ganze Hemd, sogar die obersten zwei Knöpfe der Klappe, schob meine Hand vorne und hinten in die Hose. Aber da war kein Brustbeutel mehr. Ich rannte zurück, durch den Laden, folgte genau dem Weg, den ich gekommen war, Hemd und Hose immer noch offen, durch die Tür, im Zick-Zack bis zum Haus, die Treppe hoch, in den fünften Stock und bis vor unsere Wohnungstür. Dann zurück und wieder von vorn. Siebenmal.

Aber ich fand den Brustbeutel nicht. Ich ging den Weg gebückt, kniete mich neben jedes Auto, auch unseren 17M – Vater arbeitete als Busfahrer für die BVG und benutzte das Auto nur am Wochenende. Ich schielte in die beiden Gullydeckel. In die Vorgärten der Zweifamilienhäuser. Die fünfzig Mark blieben verschwunden. Wir würden verarmen, dachte ich. Nie wieder etwas essen. Geschweige denn neue Legosteine kaufen, die sowieso viel zu teuer waren, wie meine Mutter behauptete – sie versuchte ab und zu, mir die billigen Nachahmungen unterzujubeln, aber die Steine hielten einfach nicht aufeinander.

Mein Vater würde mir die Seele aus dem Leib prügeln. Das hätte er auch schon bei einer Mark getan, bei zwanzig Pfennig, einem Groschen, einem Sechser, wie das Fünfpfennigstück aus mir unerfindlichen Gründen genannt wurde.

»Was machst du denn hier?« fragte plötzlich Monika. Sie stand neben mir, ich kniete vor einem Mercedes und sah unter die Räder.

Jetzt ist Polen offen, dachte ich wieder und brach endlich in Tränen aus. Ich wußte nicht, wer oder was Polen war, aber wenn er oder es offen war, dann *gnade einem Gott!* Das war der zweite unheilverkündende Spruch meiner Mutter. Wenn sie das sagte, konnte man die Hose schon mal runterlassen.

Monika zog mich an den Haaren hoch. Sie zog mich immer an den Haaren, vor allem, wenn niemand hinsah. Monika war eine brutale große Schwester. Sie liebte es, mich mit einem nassen Geschirrtuch zu schlagen, in dessen Ende sie einen Knoten gemacht hatte.

»Ich hab … ich hab …«, heulte ich.

»Du solltest einkaufen gehen, nicht spielen«, erklärte Monika und zog ein bißchen fester, aber das merkte ich kaum.

»Fünfzig Mark«, antwortete ich, blinzelte, weil meine Augen tränennaß waren. Ich hielt ihr ein Ende der Paketschnur entgegen, das ich die ganze Zeit mit der rechten Hand umklammert hatte.

Meine Mutter wartete, bis die AVON-Beraterin aus dem Haus war. Sie konnte nichts kaufen, weil ich ihr Haushaltsgeld verloren hatte. Dann verpaßte sie mir zwei Backpfeifen, so kräftig, das es noch eine halbe Stunde später brannte. Aber das war nur die Ouvertüre, eine sanfte Vorahnung dessen, was auf mich zukam.

»Warte, bis Papa heimkommt«, sagte sie, zornrot angelaufen. Ich wurde in die Besenkammer gesperrt. Dann, Stunden später nach meinem Gefühl, aber dennoch viel zu schnell, hörte ich, wie mein Vater nach Hause kam, wie meine Mutter wieder mit ihm sprach, laut, hysterisch – weil ich etwas getan hatte, das schlimmer war als die Beule im fast neuen Ford. Die Tür der Besenkammer wurde aufgerissen. Ich zitterte und weinte.

»Ich werde dich lehren, auf unser Geld zu achten«, schrie mein Vater, so laut, daß es bis unten zu hören gewesen sein mußte. An der Schulter zog er mich ans Licht. In der rechten Hand hielt er den Teppichklopfer aus hartem Rohrgeflecht, mit einem Aluminiumstöpsel am Ende des Stiels, durch den die Schnur zum Aufhängen ging: Auch eine Paketschnur. Ich hielt die Schnur vom Brustbeutel noch immer mit der Hand fest. Mutter knöpfte meine Hosen auf. Sie weinte vor Wut. Ich weinte auch, immer noch und immer mehr, sagte aber keinen Ton. Es war sinnlos. Er prügelte mich vielleicht fünf Minuten lang, natürlich mit dem *Stiel* des Teppichklopfers und nicht mit der zu einem Kleeblattmuster geflochtenen Seite. Er schlug auf meinen Hintern, meine Oberschenkel, meinen Rücken.

»Dich werde ich lehren, auf Geld zu achten«, keuchte er dabei wieder und wieder, immer leiser werdend. Ich nahm es wahr, ich nahm wahr, daß er schwitzte vor Wut und Anstrengung. Und noch etwas anderes schwang mit, etwas, für das ich damals keine Worte, keine Erklärung hatte: Genugtuung. Und Lust.

So hatte er mich noch nie geschlagen. Mutter sagte: »Du verantwortungsloses, *schlimmes* Kind.« Aber sie versuchte nicht, ihn zu hindern, schaute nur zu, wie mir bald das Blut über die Oberschenkel rann.

Als er fertig war, ließ er erschöpft den Teppichklopfer fallen, sagte leise, aber bestimmt: »Dich werde ich Verantwortung lehren.« Ich bekam zusätzlich Stubenarrest, Fernsehverbot, Radioverbot. Und wochenlang keinen Nachtisch mehr. Von Kinderschokolade ganz zu schweigen. Ich durfte meinen Schwestern zusehen, wie sie genüßlich die Riegel auswickelten, in der Mitte brachen und schmatzend im Mund zergehen ließen – mit lustvoll-bösartigen Blicken, die auf mich gerichtet waren.

Am Morgen danach fand ich den Beutel unter dem Küchentisch. Ich nahm den Fünfziger heraus und versteckte ihn in meiner Legokiste, zwischen zwei breiten Grundplatten, die sich zusammenstecken ließen, ohne den Schein zu beschädigen. Als wir alle beim Frühstück saßen, ließ ich absichtlich mein Buttermesser fallen.

»Mama, guck mal«, sagte ich und hielt den Brustbeutel hoch.

Mutter war gerade dabei, meinem Vater Kaffee einzuschenken. Sie stellte die Kanne ab und feuerte mir eine. »Wie kannst du mich so erschrecken!« rief sie. Dann riß sie mir das Wildlederding aus der Hand.

»Wer hat das Geld!« brüllte sie in die Runde, ohne Fragezeichen; eine Feststellung – irgendeiner *mußte* das Geld ja haben. Sie sah mich nicht an; soviel Kaltschnäuzigkeit traute sie mir nicht zu, daß ich den Fünfziger nehmen und den leeren Beutel präsentieren würde. Meine Schwestern bekamen zwei Wochen Stubenarrest, alle zusammen – meine Strafe blieb bestehen. Mutter durchsuchte ihre Zimmer, auch meines, aber den Schein fand sie nicht.

Von dem Geld kaufte ich mir heimlich einmal pro Woche eine Packung Kinderschokolade, es waren letztendlich zwar keine tausend, aber es reichte fast ein ganzes Jahr. Ich hatte richtig gehandelt, glaubte ich. Die Prügel hätten sie nicht mehr zurücknehmen können. Und in den Augen meiner Mutter war ich ohnehin an der Sache schuld, so oder so.

Die erste Packung, die ich kaufte, an einem Kiosk, wo man mich nicht kannte, trug ich beidhändig wie eine Trophäe vor mir her. Ich entschied mich für mein Lieblingsversteck, eine große Trauerweide am Rand eines staubigen Platzes, etwa halb so groß wie ein Fußballfeld und eine Querstraße von unserer entfernt. Dort lagerten fast immer Zigeuner, weshalb es mir unter Strafe verboten war, auch nur in die Nähe dieser Stelle zu kommen. Diebe und Menschenräuber, sagte meine Mutter. Sie behauptete, daß sie Kinder (und natürlich alles, was nicht niet- und nagelfest war) stahlen und in Teppiche einrollten, um sie an schwarze Männer zu verkaufen. Was die schwarzen Männer mit den Kindern taten, das sagte sie nicht.

Tatsächlich gab es viele bunte Teppiche, die über Klopfstangen hingen, und es gab Kinder, ausgesprochen fröhliche, schwarzhaarige Kinder, die schrien und spielten, mit den Erwachsenen scherzten, für ihre selbstgebastelten Stoffpuppen Burgen bauten und manchmal seltsame, fremdsprachige Lieder sangen. Ich saß unter meinem Baum, beobachtete die Zigeuner, futterte Kinderschokolade und dachte daran, mich freiwillig in einen Teppich einwickeln zu lassen, um auf einem staubigen Platz irgendwo in der Welt spielen, singen und Zigeuner sein zu dürfen. Schwarze Männer sah ich nicht, nur schwarzhaarige, die vor den Wohnwagen saßen, Zigaretten rauchten und den Kindern lächelnd zuschauten. Sie sahen nicht aus wie Diebe.

Meine Eltern schickten mich erst wieder einkaufen, als ich fast zehn war – drei Jahre später. Ich nahm das Geld in die Hand und hielt es umklammert, aber nur, um keine Prügel zu bekommen: Seinen Wert hatte es für mich verloren. Es war bedeutungslos, unwichtig, weil es meinen Eltern so viel bedeutete – so viel mehr als ich. Vielleicht hätte mich mein dünner, schwitzender Vater sogar totgeprügelt, wäre ihm die Luft nicht ausgegangen. Er tat es bei Miriam, meiner kleinsten Schwester, als man sie beim Klauen erwischte. Sie stahl einen Lippenstift bei Woolworth, mit zwölf, da war ich dreizehn. Vater kam ins Gefängnis, ich sah ihn nie wieder, er starb im Knast an Prostatakrebs. Zwei Jahre später sagte Mutter zum letzten Mal Henni zu mir.

»Henni, geh mal Zigaretten holen«, befahl sie, auf dem staubigen Sofa liegend, in einer Qualmwolke, vor dem ewig flimmernden Fernseher und der halbleeren Flasche Mariacron. In der Küche war sie nur noch selten. »Lord Extra, vier Packungen.«

»Ich heiße Henry.«

»Du bist doch mein Henni.«

»Weißt du eigentlich, wie alt ich bin?«

Sie starrte mich an, hielt die qualmende Zigarette in der linken Hand, zwischen dem kleinen und dem Ringfinger, auf ganz seltsame Art, zittrig und schwach. Ihre Nägel waren unlackiert und brüchig; die AVON-Beraterin kam schon lange nicht mehr.

»Wenn du mich noch ein einziges Mal *Henni* nennst, bin ich weg. Dann kannst du sehen, wie du ohne Kindergeld und Halbwaisenrente deine Scheiß-Zigaretten bezahlst.«

Sie stutzte kurz. Und sagte dann:

»Henry, gehst du mir bitte Zigaretten holen?«

Als ich zur Tür schlurfte, hörte ich sie weinen. Es berührte mich nicht. Schließlich war ich ein verantwortungsloses, *schlimmes* Kind.

Meine Mutter. 1974 war ihr größtes Jahr, das einzige, in dem sie richtig lebte, schließlich verhinderten wir, ihre *Bagage*, ihre Brut, daß sie neben der vielen, vielen Arbeit, die größtenteils meine Schwestern und ich zu erledigen hatten, etwas von ihrer Zeit genießen konnte.

Sie wurden Kandidatinnen bei *Am laufenden Band*, der Straßenfeger-Quizsendung mit Rudi Carell – meine große Schwester Monika und sie. Mutter kam tatsächlich ins Finale der Show, die sie liebte, des Showmasters, den sie vergötterte; sie saß auf dem roten Sessel hinter dem Laufband, auf dem Toaster, Vasen, Transistorradios und Sonnenschirme an ihr vorbeizogen. Sie hatte ein fantastisches Gedächtnis für Gegenstände, konnte nach einem Besuch bei Nachbarn, Verwandten und Bekannten bis ins Detail schildern, was auf welcher Kommode, auf welchem Sideboard gestanden hatte. So auch hier: Sie war die einzige Kandidatin, die jemals alle Gegenstände nannte, die über das Laufband fuhren. Nur eines vergaß sie, ebenfalls als einzige.

Das Fragezeichen.

1. Fernbedienung
Heute

Dieses Erwachen war ein seltsamer Vorgang. Ich spürte, daß ich nicht mehr schlief. Einige körperliche Signale wiesen zwar darauf hin, meine Gedankenwelt aber schien einem ganz eigenen Paradigma zu gehorchen. Ich sah Andrea vor mir, nackt, *ironisch* lächelnd. Andrea hatte ich noch nie nackt gesehen. Das meinte ich ganz sicher zu wissen. Und feuchte Träume waren mir fremd. Mit geschlossenen Augen tastete ich nach der Fernbedienung für den Fernseher. Die Koordination klappte nur unzulänglich, ich war fahrig und kraftlos; einige Dinge, die auf meinem Nachttisch standen, polterten zu Boden. Trotzdem öffnete ich die Augen nicht. Die Tastreise ging weiter über den Fußboden rechts neben dem Bett. Ich griff in etwas Glitschiges, ein paar CD-Hüllen klapperten. Da war sie, handlich, zigarettenschachtelgroß, aus glattem Plastik. Fünf Knöpfe: Ein/Aus, Programm vor, Programm zurück, lauter, leiser. Ich hatte das Fernsehgerät danach ausgewählt. Es gibt Fernbedienungen, die gleichen den Schaltpulten in der NASA-Kommandozentrale, beidseitig mit Tasten bedeckt und einem erweiterten Tastenfeld in einer Schublade, plus Display, Barcodeleser und eingebauter Kaffeemaschine. Tatsächlich. Dabei braucht man nicht mehr als Ein/Aus, lauter, leiser, Programm vor, Programm zurück. So eine richtig gute, handschmeichelnde Zapperfernbedienung, die auch nicht weggelegt werden muß, wenn man mit der gleichen Hand eine Zigarette oder sogar ein Bier halten will.
Es gab ein kurzes, zischelndes Geräusch, als die Bildröhre das

Signal bekam – um es kurz darauf in voller Helligkeit abzustrahlen. Ich öffnete vorsichtig die Augen. Mein Elektrowecker summte, er tat das, seitdem ich aufgewacht war – vermutlich sogar schon länger. Das machte mich stutzig. Ich stellte ihn so gut wie nie. Irgendwas lag an, aber meine Gedanken wälzten sich träge durch alkoholgetränkte Hirnwindungen und lieferten nicht die leiseste Erklärung. Ich hob den Daumen und ließ ihn einen Moment lang über der Programm-vor-Taste schweben. In diesem Moment klopfte es.

»Henry, bist du wach?« fragte Walter durch die Tür. Ich drückte die Taste. Der Bastelzombie Jean Pütz füllte mit seinem faltig-ledrigen Bartgesicht den Bildschirm.

»Mehr oder weniger.« Ich blinzelte. Und das tat ein bißchen weh.

»Beeilung! Wir müssen in zehn Minuten los. Und schalte endlich den verdammten Wecker aus!«

»Wohin?« fragte ich, mehr mich selbst, und tat, wie mir geheißen. Pütz hielt eine Schachtel feuchtes Toilettenpapier in die Kamera.

»Sals Beerdigung, Schwachkopf«, antwortete Walter, der Lautstärke nach zu urteilen bereits wieder auf dem Weg in die Küche.

Ich schob mich in die Sitzposition, zappte unbewußt weiter, sah eine langmähnige Blondine und einen trendfrisurigen Berufsjugendlichen, die gemeinsam eine billige Recyclingshow moderierten. Resteverwertung im Unterschichtenfernsehen: die Show, in der Ausschnitte anderer Shows, hauptsächlich Daily-Talks, gezeigt wurden. Ein grenzdebiles Format für grenzdebile Zuschauer. Die Worte *Sals Beerdigung* erreichten erst jetzt mein Großhirn. Heilige Scheiße, Sals Beerdigung. Natürlich. Wir mußten auf Sals Beerdigung.

Vergleichsweise zügig war ich auf den Beinen, umstolperte seltsame Gegenstände neben meinem Bett, etwa einen

Kerzenständer, einen großen Kaffeetopf, den ich sicher noch nie benutzt hatte, ein Whiskeyglas, in dem noch etwas goldgelbe Flüssigkeit schwappte, als ich es mit dem rechten Ballen anstieß. Ein Whiskeyrest? In *meinem* Zimmer? Unmöglich. Ich zog mich an und dachte dabei über das originelle Stilleben auf meinem Fußboden nach. Ich erinnerte mich überhaupt nicht an die vergangene Nacht. Nur ein schwankender Pinkelversuch auf der Kneipentoilette kam mir noch in den Sinn. Gonzo hatte mich stützen müssen, ein Typ hatte neben mir gestanden, bei dem das Handy klingelte, während er pinkelte. Beim Versuch, es aus der Hosentasche zu fischen, pullerte er sich auf die Schuhe. Diese Leute werde ich nie verstehen. Wozu braucht man nachts um vier in der Kneipe ein Mobiltelefon? Die bestmögliche Kommunikationsform – bei lauter Musik, Bier und Zigaretten Unsinn quatschen – gegen die schlechtestmögliche eingetauscht: anonymes Brüllen in einen blinkenden Rasierapparat. Sicherlich hatte ich auch noch ins Klo gespuckt. Das tat ich immer, automatisch, wenn ich mich davor stellte und meinen *Schnippedillrich* herausfischte. Ich hatte mir geschworen, das Rauchen aufzugeben, wenn die Spucke erstmals rötliche Färbung aufweisen würde. Allerdings brauchte man im *Wohnzimmer* einen flinken Blick, um die Farbe des fallenden Sputums zu erkennen. Die originelle Ausgestaltung der Becken hatte verblüffende Effekte auf alles, was in sie ergossen wurde. Sie waren – innen wie außen – in Regenbogenfarben gestrichen.

Danach – Sendepause. Lallendes Gelächter wegen des handytragenden Schuhpinklers. Oder? Andrea war im Spiel. War das der Grund, weswegen ich beim Aufwachen an sie gedacht hatte? Aber Andrea sah ich sowieso fast jeden Abend.

2. Behindertenparkplätze

Gonzo und Walter saßen am Küchentisch, Kumpelli, der Kater, hatte sich wie immer auf Gonzos Schoß eingerollt. Vor Walter lag ein Stapel Musikzeitschriften, einige davon teilweise in der Butter, deren Oberfläche unterschiedliche Färbungen zeigte. Walter scherte sich nicht darum. Er las im *Musikexpress*. Seine Zeitschriften waren ihm egal, da kam es nur auf den Inhalt an – aber wenn jemand seine Platten anrührte, oho. Dann war Polen offen.

Er nickte kurz zur Begrüßung, grinste über einen Artikel, vielleicht auch über etwas anderes, las weiter. Ich nahm die Fünfliterturbe Orangensaft aus dem Kühlschrank und trank den letzten halben in einem Zug, direkt aus dem Kanister. Das fühlte sich ganz gut an. Ich stellte das leere Behältnis zu dem Berg Verpackungsmaterial, der sich neben dem Kühlschrank türmte. Wir trennten zwar unseren Müll, weil Walter darauf bestand, aber wir wußten nicht so richtig, wohin damit. Vor allem: *Wann* wohin damit. Und durch *wen*. Eine der vielen ungeklärten Kompetenzverteilungen in unserer WG. Meistens war es Walter selbst, der sich irgendwann aufopferte, unter lautstarkem, Tage andauerndem Protest: »Verflucht, ihr müßt diesen Verpackungskrempel doch nur in den gelben Container werfen. Das Papier in den blauen. Und das Glas je nach Farbe in eine der Tonnen. Das kann doch nicht so schwer sein.«

»Was passiert eigentlich, wenn man das braune Glas in die Tonne für weißes Glas schmeißt?« fragte Gonzo dann nur.

»Keine Ahnung. Was weiß ich. Sie trennen es wieder.«

»Wozu also überhaupt?«

Walter murmelte dann meist noch eine nicht verstehbare Antwort und zog mit den Tüten von dannen. Die Reinigung von Kumpellis Klo führte zu ähnlichen Auseinandersetzungen: »Leute. Ihr müßt diesen Sieblöffel nehmen und nur die Klumpen herausfischen. Nicht immer die ganze Streu wegkippen.«

»Sieblöffel? Sagt man das?« fragte Gonzo, die gelbe Schaufel betrachtend, die ein löchriges Rechteckmuster aufwies.

»Ist doch egal«, murrte Walter, nahm Gonzo das Ding aus der Hand und fischte die stinkenden Klumpen aus dem Katzenklo.

Gonzo fummelte gerade am Innenleben eines kleinen Computers herum, so ein Westentaschending. Ein Haufen fitzelkleiner Elektronikteile lag auf dem Tisch verstreut, einige davon auch in der Butter und auf unserem Wurstteller, auf dem sich eine Scheibe Mortadella neben einem Zipfel Salami wellte. Daneben lag der Deckel des Marmeladenglases, aber es stand kein Marmeladenglas auf dem Tisch.

»Hi«, sagte Gonzo, gleichzeitig gab es ein Klickgeräusch, und ein kleiner schwarzer Chip flog mir entgegen. Ich war viel zu träge, mich zu ducken oder gar den Versuch zu unternehmen, den Krabbelkäfer, wie Gonzo sie nannte, zu fangen – das hätte ich nicht einmal an einem guten Tag geschafft. Er blieb an meinem Hemd hängen. Gonzo sah mich an, auch er grinste.

»Na, gut geschlafen?«

»Weiß nicht«, brummte ich, gab ihm seinen Chip zurück. Hier lag irgendwas in der Luft, aber jetzt war wichtiger, wo sich mein Kaffeetopf befand. Er hing nicht an seinem angestammten Platz unter dem Küchenschrank. Er stand in der Spüle. Er war benutzt worden. Ich nahm den Pott aus dem Becken und hielt ihn den beiden entgegen.

»Wer hat aus meinem Kaffeetopf getrunken?« fragte ich, anklagend, unterstellend, so angsteinflößend wie möglich. Meine Stimme war noch nicht voll da.

»Du selbst«, sagte Walter. Er hob den Blick. Da war die Andeutung eines Grinsens, aber auch noch etwas anderes.

»Bist du jetzt mit Andrea zusammen?« fragte Gonzo.

»Nö, wieso?« fragte ich, reflexartig, drehte mich zur Spüle, öffnete den Heißwasserhahn, betrachtete die vom Geschirrspüler verblaßte Aufschrift meines Kaffeetopfes: »Größter Liebhaber der Welt«, überaus originell, aber ein ganz besonderes Geschenk – von Tina –, quasi ein Heiligtum.

Warum fragte Gonzo das? Ich drehte mich zu den beiden um, sie sahen sich an. Ich mit jemandem *zusammen*? Was für eine Frage. Genausogut hätte man den Papst fragen können, ob er eine Nebenrolle in einer Dolly-Buster-Produktion übernehmen wolle.

»Hatten wir nicht abgemacht, daß keiner von uns was mit jemandem aus dem *Wohnzimmer* anfängt? Und erst recht nicht mit Andrea? Andrea ist tabu.« Walter musterte mich, sein Gesicht war ernster geworden. »Oder besser: war tabu.«

Gonzo zog die Augenbrauen hoch. »Heißt das, sie ist es jetzt nicht mehr?«

»Idiot«, sagte Walter. Gonzo nahm irgendein elektronisches Bauteil aus der Butter und leckte es ab, betrachtete mich dabei.

»Wovon ...«, begann ich. Und dann fiel es mir ein. Verfluchter Pfeffer. Der Nebelvorhang lüftete und meine alkoholverdrehten Hirnwindungen strafften sich. Ich warf einen Blick auf den leeren Orangensaftkanister. Plötzlich wußte ich wieder, was mit meinem Kaffeetopf geschehen war, woher der Kerzenständer kam, der Glibber auf meinem Fußboden. Ein Detail nach dem anderen stieg an die Oberfläche des Alkoholsumpfes. Heiliger Strohsack. In meinem Nacken kribbelte es kalt. Ich legte ein schiefes Grinsen auf, cool bleiben, schenkte mir Kaffee ein, meine Hand zitterte.

»Gleich halb elf«, sagte Walter und beendete damit das Gespräch, »wir müssen los!«

Fünf Minuten später standen wir unten vor der Tür und sahen uns nach meinem Wagen um. Ich bezweifelte, schon wieder fahrtüchtig zu sein, aber das Problem war nachrangig: Da ich keinen Schimmer mehr hatte, wo ich sie abgestellt hatte, mußten wir meine Taxe zuerst mal finden, bevor wir die Fahrerfrage klären konnten. Aber es gab sowieso nur eine Antwort. Walter besaß zwar angeblich einen Führerschein, hatte aber Angst vor dem Autofahren, weshalb er seit Jahren nicht mehr hinterm Steuer gesessen hatte, und Gonzos Führerschein faulte schon eine Ewigkeit auf irgendeiner Polizeiwache vor sich hin, weil er ihn vor Äonen hatte abgeben müssen, nach mehreren Dutzend massiver Geschwindigkeitsübertretungen und einem soliden Punktekonto in Flensburg. Gonzo vertrat den Standpunkt, Regeln seien nur als Richtlinien aufzufassen, insbesondere aber war er der festen Meinung, daß der Aufwand zur Wiedererlangung der Fahrerlaubnis unverhältnismäßig war und ihm nicht zugemutet werden könne. Er scheute grundsätzlich alles, was nicht sofort zu irgendeinem Erfolg führte. Erstaunlich genug, daß er den Lappen überhaupt gemacht hatte.

»Da ist er!« sagte Gonzo und wies in Richtung Hermannstraße.

Tatsächlich ragte ein Taxischild aus der Reihe der dicht geparkten Autos. Wir trabten los, aber schon nach ein paar Metern sahen wir, daß es sich nicht um meinen alten Daimler handelte.

»Scheiße«, erklärte Walter. »Henry, du mußt doch wissen, wo du die Karre abgestellt hast. Denk doch mal nach!«

Er sah auf die Uhr. Die Beerdigung war auf halb zwölf angesetzt – und wir mußten noch bis nach Weißensee. In diesem Moment wußte ich nicht einmal, in welcher Himmelsrichtung sich Scheiß-Weißensee befand.

»Mach das mal mit einem Hirn aus Knete«, brummte ich. Aber ich versuchte es wenigstens, was mich immerhin von Gedanken an den letzten Teil des vergangenen Abends ablenkte. Gegen acht hatte ich Feierabend gemacht, dann, wie üblich, eine gute Dreiviertelstunde nach einem Parkplatz gesucht – Standard in dieser Gegend. Dann hatte ich noch ein One-Way-Chili beim Mexikaner an der Hermannstraße gegessen. Das tat ich nur, wenn ich sowieso an dem Laden vorbeikam, weil es zwar besser schmeckte als Harrys Chili im *Wohnzimmer*, aber nicht so viel besser, daß sich dafür der Umweg lohnte.

»Wir könnten uns aufteilen«, schlug Gonzo vor.

Das war ein Vorschlag ganz nach seiner Art: verspielt, aber nutzlos. Er konnte Dinge basteln und reparieren, die kleiner waren als ein Ameisenspermium, aber auf die Fragen des täglichen Lebens fehlten ihm die Antworten. Walter schüttelte den Kopf und kickte gedankenlos einen fast golfballgroßen braunen Kieselstein. Nicht ungefährlich, denn in dieser Gegend handelte es sich mit hoher Wahrscheinlichkeit um getrocknete Hundekacke. Der Stein prallte gegen einen Baum und dann lautstark an die Tür eines tiefer gelegten BMW. Wie auf Befehl gingen wir gleichzeitig in Habachtstellung. Walter sah sich vorsichtig um. Ich linste zu dem türkischen Café auf der anderen Straßenseite, dessen Innenraum auch tagsüber neonhell weiß ausgeleuchtet war, aber da tat sich nichts.

»Ich weiß es«, sagte ich, was nicht ganz stimmte. »Ich glaube, er steht in Richtung Rollberg-Kino.«

»Es ist zehn vor elf«, verkündete Walter, immer noch in alle Richtungen spähend. Doch weit und breit war kein Türke zu sehen, der ihn wegen des Steins versemmeln wollte. Günstigstenfalls, denn eigentlich stand auf so was die Todesstrafe.

Wir gingen etwas langsamer, weil *ich* langsamer ging – mir war einfach nicht nach Spurterei. Als wir am U-Bahnhof Boddinstraße vorbeikamen, sagte Walter: »Wir könnten auch U-Bahn fahren.« Gonzo und ich nickten. Klar, wir könnten. Aber wir würden es nicht tun, niemals. Ein etwas schmieriger Mittzwanziger in Bodyshirt und Bundeswehrhosen kam uns entgegen, ließ in der rechten Hand ein Springmesser auf- und zuklappen. Wir wichen ihm aus.

Mein beigefarbener Strich-Achter stand tatsächlich vor dem Kino, halbschräg, das Vorderteil auf dem Bürgersteig. Ein grüner Zettel im A6-Format zeigte an, daß eine Ordnungskraft von meiner unorthodoxen, eigentlich aber neuköllnkonformen Parkweise Kenntnis genommen hatte. Ich beließ das Knöllchen hinter dem Scheibenwischer und schob mich umständlich auf den Fahrersitz.

»Wo ist der Jüdische Friedhof?« fragte ich.

»Weißensee«, sagten Walter und Gonzo, fast gleichzeitig.

»Scheiße, Weißensee. Das ist 'ne tolle Ortsangabe.«

»Wer von uns ist der Taxifahrer?« fragte Gonzo.

Also kramte ich den Stadtplan heraus und fuhr uns prompt zum falschen Jüdischen Friedhof, dem an der Schönhauser Allee, der schon seit Jahren nicht mehr für Beerdigungen genutzt wurde, wie wir bald erfuhren.

»Ist doch alles eine Suppe«, sagte ich. »Scheiß-Osten!«

Fahren im Osten, das war für mich immer noch eine Odyssee durch weitgehend unbekanntes Terrain, über verdammte Straßenbahnschienen, vorbei an endlosen, deprimierenden Plattenbausiedlungen. Natürlich stimmte das nur für einen Teil des Ostens, aber mir war gerade nach haltlosen Verallgemeinerungen, prinzipiell und im speziellen.

»Gleich halb zwölf«, sagte Walter.

In der Indira-Gandhi-Straße gab es natürlich keinen freien Parkplatz, überhaupt gab es in ganz Berlin fast keine Parkplätze mehr, und es wurden immer weniger, weil die Straßenbauämter alle zwei Meter Linien neben die Fahrbahn malten und ein blaues Schild mit einem stilisierten weißen Rollstuhl aufstellten. Genau so ein Behindertenparkplatz war weit und breit die einzige ungenutzte Stellfläche.

»Hast du Parkausweis Nr. 39303?« fragte Gonzo, nur der Vollständigkeit halber, nachdem wir ausgestiegen waren.

»Natürlich«, sagte ich. Und zu Walter: »Wie lange dauert eine jüdische Beerdigung?«

»Keine Ahnung«, sagte Walter.

Wir trabten durch den Haupteingang, die beiden wachhabenden Polizisten musterten uns zwar, ließen uns aber in Ruhe; wir gingen auf das Rondell zu. Nirgends war ein Mensch zu sehen. Gonzo und Walter blickten sich suchend um, ich legte meinen Kopf schief und betrachtete uns. Eine seltsame Gruppe. Ich selbst im 70er-Jahre-Kaschmir-Nadelstreifenanzug, der an den Ellenbogen und Oberschenkeln glänzte, recht ausladende Bell-Bottoms hatte und darüber hinaus im Schulterbereich eng geschnitten war. Der Schnitt war angesichts meiner Größe und Statur nicht gerade vorteilhaft, die Hosenbeine waren ein bißchen zu kurz, aber davon lenkte mein leuchtendblaues Polohemd ab. Dieses Outfit war mein einziges, das ich für halbwegs beerdigungstauglich befunden hatte. Ich fuhr mir mit den Fingern über die Stoppelei an meinem Kinn. Bartwuchs war faszinierend und enervierend zugleich.

Gonzo steckte in einem wabbeligen Samtsakko. Seine Mutter hatte zugeschlagen, sie tat es einfach, immer noch – und Gonzo trug das Zeug, stoisch. Es wurde bei seinen sonntäglichen Mittagessenbesuchen überreicht, weshalb er sich nie der umständlichen Aussuch-Anprobier-Prozedur unterziehen mußte, die er – selbstverständlich – für unangemessen und unwürdig hielt. Dazu trug er ein ausgeblichenes schwarzes T-Shirt und ebenso ausgeblichene schwarze Jeans. Immerhin sah er tatsächlich irgendwie gut aus in diesem Outfit. Gonzo sah sowieso gut aus, mal von seiner monströsen Nase, die ihm seinen Spitznamen verschafft hatte, den zusammengewachsenen Augenbrauen und dem stecknadelkopfgroßen, leicht erhabenen, mit zwei kurzen Haaren bewachsenen Leberfleck links unten am Hals abgesehen. Gonzo war groß und schlank, aber nicht dünn, hatte ein markantes, immer noch jugendliches Gesicht, an dem keine Lebenserfahrung abzulesen war. Und das lag schlicht daran, daß er keine hatte.

Walter war der einzige von uns, der ein bißchen geschäftsmäßig aussah, nahezu cool-geschäftsmäßig. Sein lockiges, irgendwie unordentliches Haar wuchs ausschließlich auf der hinteren Kopfhälfte, immer schon. Und der Ansatz wich fast täglich weiter nach hinten. Dafür nahm der Grauanteil ebenso rasant zu, egal, was er unternahm. Walter hatte sich sogar einmal dieses lustige Spray gekauft, das nachts in einer dieser chaotischen Dauerwerbesendungen auf DSF oder Eurosport beworben wurde und angeblich sogar handtellergroße Glatzen verschwinden ließ. Im Ergebnis hatte er einen unansehnlichen, glänzenden Fleck schwarzer Farbe auf dem Schädel gehabt. Gonzo hatte das Zeug dann benutzt, um seine Modellautos zu lackieren. Walter trug einen Einreiher, den er vermutlich beim Otto-Versand bestellt hatte, billig, aber seriös – und als einziger von uns ein Hemd mit Krawatte, einen Tom-Petty-Merchandising-Schlips, den er Anno Tobak zur Präsentation eines Albums bekommen hatte: »Into The Great Wide Open« stand darauf. Braun mit gelbem, aber zurückhaltendem Schriftzug. Walter war anderthalb Köpfe kürzer als Gonzo und ich, außerdem ging er ein bißchen vornübergebeugt, so als wolle er sich permanent nach etwas bücken – was ihn noch kleiner machte. Das tat er, seitdem sie ihn vor Jahren bei einer Talentshow von der Bühne gebuht hatten, wie ich von Gonzo wußte. Die beiden kannten sich seit der Schule, siebte Klasse Gymnasium. Erstaunlich, wie jung Gonzo und wie alt Walter aussah. Gonzo ging als Endzwanziger durch, aber Walter wurde meistens auf vierzig geschätzt, wohlwollend. Er haßte das. Beide waren fünfunddreißig.

»Da seid ihr ja endlich!« rief eine Frau. Chrissie kam auf uns zu, sie sah leidlich scheiße aus, aber immerhin wurde hier auch ihr Bruder begraben. Walter, der gerade eben eine vierzigköpfige Gruppe entdeckt hatte und wahrscheinlich heillose Verwirrung stiftete, weil keiner von denen Sal kannte, machte auf dem Absatz kehrt und ließ die konsternierte Trauerschar stehen. Chrissie küßte uns nacheinander auf die Wangen. Ihre Augenränder sahen aus wie die, die sich die Footballspieler aus mir unbekannten Gründen aufmalten. Das gab einen soliden Kontrast zu ihrer frischkäseweißen Gesichtsfarbe.

»Wir müssen uns beeilen, es geht gleich los. Zum Glück hat es sich ein bißchen verzögert, weil ein Rabbi gestorben ist.« Ich wußte nicht, ob das als Scherz gemeint war, und verkniff mir ein Kichern. Chrissie nahm mich bei der Hand, was Gonzo mit einem seltsamen Blick quittierte, und zog mich in Richtung Rondell. Wir gingen daran vorbei, plötzlich sagte Chrissie – allerdings zu Walter –: »Ich muß mit dir reden«, ließ meine Hand los, nahm die von Walter und legte einen Schritt zu. Die beiden steckten die Köpfe zusammen, Gonzo und ich schlurften gemächlich hinterher.

»Was das wohl zu bedeuten hat?« murmelte Gonzo.

»Scheißegal«, brummte ich, weil ich an Andrea dachte und daran, daß letzte Nacht etwas geschehen war, das tausendprozentig mehr Probleme bringen würde, als ich mochte. An Sal dachte ich nicht, der war sowieso tot und würde es auch bleiben.

3. Politesse

In dem schmucklosen Raum hatte sich ein knappes Dutzend Gäste versammelt, fast ausschließlich ältere Männer in schwarzen Anzügen. Chrissie gab uns Kippas aus Papier, denn Männer dürften ohne Kopfbedeckung kein jüdisches Gotteshaus betreten, sagte sie. Ich staunte über Gonzo, den die kleine runde Mütze irgendwie vervollständigte, als würde sie zu seinem Outfit gehören. Neben mir weinte jetzt Chrissie. Ich fühlte mich unbehaglich. Walter hatte Schwierigkeiten, die Kippa rutschte ihm ständig in die Stirn, weil sich seine holzwolleartigen hinteren Haarbüschel nicht bändigen ließen. Der Sarg stand offen, Sal war in ein einfaches Leichenhemd gekleidet, die Hände seitlich am Körper, das Gesicht eingefallen, ungeschminkt, sehr tot. Blumen oder Kränze gab es nicht, nur ein kleines Gesteck am Kopfende des Sarges, Kiefernholz ohne Verzierungen, ein Massensarg. Der Rabbi sah eigentlich eher aus wie der italienische Kellner in einem griechischen Restaurant in Neukölln, das von Rumänen betrieben wird. Immerhin trug er seinen Umhang und diese geköpftes-Ei-förmige Kopfbedeckung, aber es hingen keine Löckchen an seinen Schläfen. Vor uns lagen Liedertexte in deutsch und hebräisch. Ich sang nicht mit. Forschte in mir nach Gefühlen, aber da waren wenige, hauptsächlich Durst. Beerdigung. Tot ist tot. Der Sinn solcher Rituale erschloß sich mir nicht, aber der Schatten, über den ich springen mußte, um hier in erster Linie Chrissie einen Gefallen zu tun, war nicht allzu groß.

Es dauerte etwa eine halbe Stunde, dann schlurften wir zur

Grabstelle, während der Rabbi seinen Singsang von sich gab. Der Sarg wurde versenkt, der Priester sprach noch ein paar Worte. »Der Stein wird erst in einem Jahr aufgestellt«, erklärte Gonzo. »Woher weißt du das?« fragte ich, aber er schüttelte den Kopf, seine Kippa blieb in Position.

Sal war ein eher unorthodoxer Jude gewesen, eigentlich überhaupt nicht gläubig, Tendenz Agnostiker, soweit ich wußte, aber ich wußte recht wenig über ihn. Eigene Werbeagentur, ein solider Grafiker, beidseitiger Lungenkrebs. Mit Einunddreißig. Wir waren eigentlich mit Chrissie befreundet, ich hatte Sal vielleicht ein dutzendmal getroffen – ein eloquenter Unterhalter, guter Blick für die richtige Anordnung von Dingen. In unserer WG hatte er sich sichtlich unwohl gefühlt. Sal war angeblich bi, und er hatte Gonzo häufig seltsam angesehen – er hätte allerdings genausogut einen Zigarettenautomaten seltsam ansehen können, Gonzos Empathie für derlei Avancen ging gegen Null, und auf ein schwules Experiment hätte er sich nie eingelassen. Da wäre er eher Klamotten kaufen gegangen.

Dann war es vorbei, die kleine Gemeinde zerstreute sich, offensichtlich waren außer Chrissie überhaupt keine Verwandten darunter. Sie hängte sich bei mir ein, im wahrsten Sinn des Wortes: Ich mußte sie stützen, zweimal knickten ihr die Beine weg. Sie weinte noch immer. Um sie abzulenken, fragte ich: »Was hattest du mit Walter zu besprechen?« Aber sie schüttelte nur den Kopf, weinte weiter.

Als wir zu meinem Wagen zurückkamen, stand eine Politesse daneben, so eine halboffizielle, deren Uniform nicht anzusehen war, ob sie uns würde verhaften dürfen oder ob ihre Kompetenz mit Zettelschreiben und Abschleppenlassen erschöpft war. Jedenfalls hatte sie keine Knarre, und es hingen auch keine Handschellen am Gürtel. Sie hielt meinen Strafzettel aus der vergangenen Nacht in der Hand.

»Morgen«, sagte ich.

Sie sah ostentativ auf die Uhr und zog ein Gesicht. »Ist das Ihr Fahrzeug?«

Ich nickte.

Dann begann die übliche Diskussion. Ob ich sie für dumm verkaufen wolle, wegen des alten Strafzettels. Ob mir bewußt sei, welchen Unbill behinderte Mitbürger ohnehin in Kauf nehmen müßten, generell und durch mich in diesem Einzelfall. Wie unsozial es sei, diese Stellflächen unberechtigt zu benutzen. Ich nickte schuldbewußt. Normalerweise führte ich solche Diskussionen überaus gern, aber mir war nicht nach Streß, Chrissie hing an meinem Arm, ich hatte Durst.

»Gerade als Taxifahrer«, sagte sie.

»Da sagen Sie etwas Wahres«, erklärte Walter, der alte Schleimer.

Ich trat ihm gegen das Schienbein und hinterließ Lehm auf seinem Anzug. »Arschloch. Du kannst zu Fuß gehen«, flüsterte ich.

Immerhin sah die Politesse ganz gut aus, trotz oder gerade wegen des unvermeidlichen blonden Zopfes, und sie himmelte Gonzo an. *Die Nase eines Mannes.* Demnach hätte ihm sein Schwengel unten aus der Hose hängen müssen. Der Spruch traf in Gonzos Fall aber nicht zu. Einer der zweifelhaften Vorteile des WG-Lebens bestand darin, daß es so erfrischende Erlebnisse gab, wie morgens in die Küche zu kommen, um einen Mitbewohner zu treffen, der sich nackt, vielleicht bis auf labbrige Shorts, in den Kühlschrank beugt (und offensichtlich mit dem Inhalt redet), während die Unterhosen schräg auf Halbmast hängen und Durchblick bis ins Gemüsefach erlauben. Oder in einen seinen bestialischen Nachtmundgeruch herausgähnenden Gonzo zu rennen, der hinter der unverschlossenen Badezimmertür steht, unbekleidet, sich das Gehänge kraulend. Er hatte einen Durchschnittsschwanz, die einzige Besonderheit bestand darin, daß er beschnitten war.

Aber er besaß etwas, das es bei vielen Frauen – und eben auch einigen Männern – klingeln ließ. Die Politesse lächelte ihn an. Gonzo merkte davon nichts und dachte wahrscheinlich über die Technik ihres Handheld-Computers nach, mit dem sie die Parksünder elektronisch erfaßte. Das einzige Gespräch, das er mit dieser Frau führen würde, ginge um die Verbesserungsmöglichkeiten an diesem Gerät.

»Fahren Sie jetzt bitte weg?« fragte sie unseren Nasenmann.

»Aber stante pede«, antwortete ich und schloß den Wagen auf.

»Na. Dann werde ich noch mal Gnade vor Recht ergehen lassen.«

Ich sparte mir ein »wie großherzig«. Gonzo nahm nichts wahr und stieg grußlos ins Auto. Ein bißchen enttäuscht zog die Strafzetteltante ab.

»Die war scharf auf dich«, sagte ich, als wir fuhren.

»Wer?« fragte Gonzo ernsthaft.

Und mir fiel plötzlich siedendheiß ein, daß ich gleich Andrea sehen würde.

4. Dreißig Biere
Sechs Jahre früher

Vor einiger Zeit hatten Walter, Gonzo und ich beschlossen, eine Wohngemeinschaft zu bilden. Gonzo war mit knapp Dreißig bei seinen Eltern rausgeflogen, nicht etwa, weil sie die Nase voll davon hatten, einen erwachsenen Sohn durchzufüttern, zu umsorgen und zu bemuttern, nein, das taten sie gerne, auch später noch. Eigentlich war es ihr einziger Lebensinhalt. Gonzos Vater hatte aber seine kleine Schlosserwerkstatt metertief in den Sand gesetzt und war gnadenlos verschuldet, die beiden mußten kürzer treten. Das Haus wurde verkauft, in der Zweizimmerwohnung blieb einfach kein Platz für den hübschen, technisch betrachtet erwachsenen Sohn. Er mußte sein Spielzeug einpacken und nach einer neuen Bleibe suchen, innerhalb von ein paar Wochen. Die Aufgabe überforderte ihn.

Walter war der einzige von uns mit WG-Erfahrung gewesen. Die Band, mit der er eine Bude teilte, hatte einen neuen Leadgitarristen, der unbedingt Walters Zimmer brauchte, schließlich wollte man jede kreative Minute umgehend nutzen können. Da Walter schon lange nicht mehr aktiv spielte, setzte man ihn vor die Tür. In einer Übergangszeit nächtigte er im Gemeinschaftsraum. Dadurch bekam er selten mehr als ein paar Stunden Schlaf. Drei Bandmitglieder gingen frühestens um vier Uhr morgens ins Bett, und die Sängerin stand um halb sieben auf, weil sie ab halb acht in einer Lidl-Filiale schaffen mußte, erst Lagerarbeit, dann an der Kasse. Der große Erfolg der Band stand noch bevor, das Publikum war noch nicht reif, wie Hennes, der Schlagzeuger, herausgefunden hatte. Vielleicht würde es das niemals sein, und nach Walters Meinung hatte er da recht.

Ich fand den Zettel der beiden an einer Pinnwand in der *Räuberhöhle*, einer lauten, schmutzigen und immer gut besuchten Szenekneipe in der Leinestraße. »Mitbewohner und Wohnung für Männer-WG gesucht.« Darunter eine Mobilfunknummer. Eigentlich klang das ein bißchen schwul – *ich* hätte nach weiblichen Mitbewohnern gesucht –, und »Männer« konnte alles zwischen sechzehn und hundertfünf sein. Ich rief trotzdem an, denn ich wohnte nirgendwo, schlief im Auto, gelegentlich mal in einer kleinen Pension oder bei irgendeiner Frau, selten länger als eine Nacht, und langsam ging mir das auf den Zünder. Offiziell war ich noch immer bei meiner Mutter gemeldet. Mein Krempel lagerte in einer Art Schuppen auf dem Hinterhof von Denker. Vielleicht also, dachte ich, war es keine schlechte Idee, in eine WG zu ziehen. Eine richtige Adresse zu haben. Seßhaft zu sein.

»Martin?« fragte jemand.

»Hier ist nicht Martin«, erklärte ich.

»Nein, *hier* ist Martin.«

»Ach so.« Ich stutzte einen Moment. Der Typ hatte geklungen, als wäre er nicht hundertprozentig sicher, tatsächlich Martin zu heißen.

»Die meisten Leute nennen mich Gonzo. Es ist ein bißchen ungewohnt, meinen Vornamen zu benutzen.«

»Ach so«, wiederholte ich. Warum tat er es dann? Gonzo. Na, das konnte ja noch heiter werden. Wie wohl die anderen Männer hießen? Kermit? Krümel? Herr von Bödefeld?

Gonzo schwieg.

»Ich rufe wegen der Wohngemeinschaft an.«

»Ach. Echt?«

»Ja.«

»Mmh. Wir haben aber noch keine Wohnung.«

»Ach. Ich wüßte möglicherweise was. Wie viele wären wir?«

»Mit dir zu dritt«, sagte Martin alias Gonzo.

»Also würden vier Zimmer reichen, richtig?«

Gonzo sagte nichts, vielleicht nickte er. Ich stellte mir vor, wie die lila Muppetsfigur einem Telefonhörer zunickte, während im Hintergrund Stoffhühner herumpickten.

»Wie heißt du?« kam es nach einer kleinen Weile.

»Henry. Ich rufe nachher noch mal an.«

»Oh. Ja. Gut. Prima. Bis dann.«

Er legte auf.

Ich wußte von einer Vierzimmerwohnung in der Nähe der Hermannstraße, kurz vor dem U-Bahnausgang Boddinstraße. Nicht gerade eine superangenehme Gegend, vorsichtig gesagt, aber dafür gab es schöne Altbauten mit hohen Räumen, niedrige Mieten und fünf Kneipen an jeder Straßenecke.

Mein Onkel Siegfried war tatsächlich zu Hause. Wir hatten uns seit Jahren nicht gesehen, telefonierten aber alle zwei, drei Wochen. Siegfried war nicht gerade ein geselliger Typ, genaugenommen haßte er andere Menschen. Deshalb hatte er in ein Fünfzig-Seelen-Dorf südlich von Berlin ziehen wollen. Und aus dem gleichen Grund war es auch nicht wirklich ein Wunder, daß ich ihn antraf.

»Sie wünschen?« fragte er mich, keinerlei Erkennen in seinem Blick, wahrscheinlich sah er einfach nicht genau hin. Vielleicht aber waren seine Gesichtserkennungsfähigkeiten inzwischen verkümmert; er hatte wirklich wenig Kontakt.

»Ich bin's, Henry.«

»Oh, toll, Henry.« Das klang bei ihm wie: »Ich werde morgen sterben.« Ich wußte nicht einmal, ob Siegfried mein Onkel väter- oder mütterlicherseits war, vielleicht war er sogar nur ein Ex-Lover meiner Mutter. Immerhin hielt ich mit ihm als einzigem aus meiner Sippe Kontakt – es machte Spaß, mit ihm zu telefonieren, außerdem war er ein bißchen wohlhabend und überwies mir ab und zu einen Hunderter.

»Ich bin nicht auf Besuch vorbereitet«, sagte Siegfried.

»Ich weiß. Sag mal, ist deine Wohnung noch zu vermieten?«

Siegfried nickte. Wir telefonierten mit der Hausverwaltung, die nichts gegen eine Wohngemeinschaft hatte. Der Vertrag könne zum übernächsten Monat gemacht werden. Ich rief Gonzo an, der zusagte, mit seinem Kumpel Walter in zwanzig Minuten vor Ort zu sein.

Während ich im Wohnzimmer wartete, räumte Siegfried die Bude auf, eine geräumige, helle Wohnung mit zwei Bädern, abgezogenen Dielen, einem kleinen Balkon zur Straße und einer Dachterrasse nach hinten raus. Ideal. Das ganze für elfhundert Mücken. Knapp vierhundert Mark für jeden. Das wäre mit drei Schichten pro Woche locker zu schaffen.

Als Siegfried einen Plastikwäschekorb an mir vorbeitrug, der ziemlich übel nach lange nicht gewaschenen Socken roch, klingelte es. Ich öffnete und stand zum ersten Mal vor Walter und Gonzo. Martin sah nicht wirklich aus wie Gonzo der Große, der Extremkünstler aus der Muppetsshow, der sich aus einer Kanone durch das Theaterdach schießen ließ und irgendwie mit Hühnern herummachte. Aber seine Nase gehörte eigentlich in die ägyptische Wüste. So ein irrer Gesichtserker war mir noch nie untergekommen; wahrscheinlich war sie sogar von hinten zu sehen.

Walter wirkte schüchtern und irgendwie verstört. Er war kleiner als Gonzo, sah älter aus, ein bißchen nach Vertreter.

Onkel Siegfried stand neben der Begrüßungszeremonie, als würden wir ihn gleich zur Hinrichtung abführen. Er hielt die Hände ineinander verknotet, ruckte den Kopf hin und her, in alle Richtungen, nur nicht in die, in der wir standen. Wir schüttelten einander die Hände – Walter ließ Siegfried aus, vielleicht spürte er seine latente Misanthropie, aber Gonzo griff nach den verknoteten Händen und drückte sie kräftig. Anschließend besichtigten wir schweigend die Wohnung.

»Klasse«, sagte Gonzo dann, als er entdeckt hatte, daß es jede Menge Steckdosen und Telefonanschlüsse gab.

»Die Gegend ist nicht so toll«, erklärte Walter nickend.

»Es ist billig«, antwortete ich.

»Na, wir könnten es vielleicht versuchen«, sagte Walter, wobei er mich ein bißchen skeptisch ansah.

Zehn Minuten später saßen wir in einer Eckkneipe im gleichen Haus, einem wirklich gruseligen, speckigen Laden, dessen Tresen mit vier Rundumdieuhrsäufern besetzt war, die Korn und kleine Biere kippten, kein Wort sagten und einer stämmigen, breitärschigen Bedienung hinterherschielten, die ihre besseren Tage im letzten Weltkrieg erlebt hatte. Ohne daß wir etwas bestellt hatten, servierte sie uns drei kleine Biere, wahrscheinlich gab es hier nur Bier und Korn. Als Walter und ich unsere Biere ausgetrunken hatten, verteilte Gonzo seines gleichmäßig auf unsere Gläser. Jede Wette, daß wir bis aufs letzte Molekül exakt gleich viel Bier in unseren Tulpen hatten. Wie die beiden Seiten einer Waage pendelten seine Augenbrauen, als er das goldblonde Gesöff umschüttete.

Wir quatschten ein bißchen, ich erfuhr, daß Walter Musikjournalist war und Gonzo »in Elektronik« machte, wie er es nannte; wir verabredeten uns dann für den übernächsten Tag, um die Sache noch mal zu bereden, vielleicht sogar mit Siegfried den Umzug zu klären, die Renovierung vorzubereiten und den Vertrag zu machen; es war Walter, der sich nicht gleich festlegen wollte. Die beiden verschwanden, ich blieb allein in der Kneipe zurück, setzte mich an den Tresen, bekam ungefragt ein weiteres Bier. Die beiden Trinker neben mir fingen in diesem Moment ein Gespräch miteinander an.

»Dit wart dann wohl«, sagte der eine.

Der andere nickte.

»Jibbt ja noch 'n paa andere Pinten«, erklärte der erste wieder.

Der andere nickte abermals. Das war das ganze Gespräch.

Ich sah mich um. Der Laden war ziemlich groß, Tresen- und Gastraum bemaßen zusammen sicher hundertvierzig Quadratmeter. Ich ging aufs Klo, das etwa zu der Zeit, als die Bedienung ihre guten Tage durchlebt hatte, zuletzt gereinigt worden war. Am anderen Ende des Ganges gab es einen weiteren Gastraum, in dem ein schmieriger Billardtisch stand, dessen Tuch in Mistfliegenfarben schillerte, zerschlissen und durchlöchert war und übersät mit fahlen Bierflecken. Die Wände starrten vor Dreck, in allen Räumen. Die gläsernen Regale hinter dem Tresen hatten dicke Krusten. Die beiden glänzenden Zapfhähne sahen aus, als würden sie eigentlich nicht in diesen Schuppen gehören.

»Gibt es Nachmieter?« fragte ich zum zweiten Mal innerhalb kürzester Zeit.

Die Bedienung schüttelte den Kopf und erklärte etwas von »schlechten Zeiten für gehobene Gastronomie«. Das mußte sie irgendwo aufgeschnappt haben, diese Kneipe gehörte nicht einmal mehr zur Kellergastronomie.

»Ist der Laden brauereifrei?«

»Weiß nicht.«

»Gibt es einen Besitzer?«

»Mehr oder weniger.«

Ich legte die Stirn in Falten.

»Er sitzt im Gefängnis«, sagte sie.

Oha. Sie kritzelte etwas auf einen Zettel und schob ihn mir über den Tresen. »Das sind die Vermieter.«

Ich sah sie an, sie schaute in meine Richtung, erwiderte meinen Blick jedoch nicht. Also sah ich an ihr vorbei. Da hing ein gerahmter Zettel, vergilbt hinter mattem Glas.

»30 Kleine Biere in eine Halbestunde, und Du bekommst lebenslang täglich ein Bier und ein Stammplatz am Trehsen.«

»Was hat das zu bedeuten?« fragte ich und zeigte auf das Schild. Ich meinte nicht die Schreibfehler.

»Ach, das. Das stammt noch vom vorigen Besitzer. Wer dreißig Biere in einer halben Stunde trinkt, ohne auf die Toilette zu gehen, kriegt auf immer ein Bier pro Tag. Und er darf sich einen Stammplatz am Tresen aussuchen. Hat aber bei uns noch nie jemand geschafft. Das Schild hängt noch da, weil es im Mietvertrag steht. Irgendwann hat das mal einer gemacht, aber der hat sich bei uns noch nie sehen lassen.« Sie beugte sich vor, über den Tresen, die vier Trinklinge peilten wie auf Kommando in ihren Ausschnitt. Einer hielt sogar in der Saufbewegung inne.

»Hier. Siehst du das Schildchen?«

Da hing ein kleines Messingschild. Herbert Garing, 1983. Nichts weiter. Fast zwanzig Jahre her.

»Der hat es geschafft. Sein Platz muß für ihn frei gemacht werden. Aber er kommt nicht.«

Ist sicher tot, dachte ich. Leute, die solche Rekorde aufstellen, leben grundsätzlich nicht sehr lange. Allerdings ...

»Und das steht im Mietvertrag?«

Sie nickte.

»Und es stünde auch im nächsten?«

Sie nickte weiter: »Glaube schon.«

»Bin in zwanzig Minuten wieder da.«

Ich joggte zum Hermannplatz und futterte zwei furztrockene McRibs, eine Viertelstunde später saß ich wieder am Tresen.

»Na, dann man los«, erklärte ich.

Die Bedienung war gerade wieder dabei, mir ungefragt ein Bier hinzustellen. Vielleicht hatte sie mich schon vergessen.

»Was meinst du?«

Ich zeigte auf das Schild. »Dreißig Biere in einer halben Stunde. Sie können die Stoppuhr starten.«

Dreißig kleine Bier, das sind fast zehn Liter. Nicht wirklich ein Problem, eigentlich, zehn Maß, das schafft der durchschnittliche Brite locker an einem Nachmittag auf dem Münchener Oktoberfest. Aber er geht zwischendrin vierzigmal aufs Klo und dreimal kotzen, okay, und er vermöbelt unterdessen ein halbes Dutzend Holländer, nachdem er ihre plattgesichtigen Weiber gevögelt hat. Kotzen aber durfte ich nicht. Wie Gerlinde, die Bedienung, ausführte, bestand die hauptsächliche Leistung darin, die dreißig Bierchen im Leib zu behalten, koste es, was es wolle. Spucken oder pullern, wie sie es formulierte, führten zur Disqualifikation. Es dauerte einen Moment, bis sie das letzte Wort herausgebracht hatte.

Die vier Trinklinge wurden munter, als sie mitbekamen, was ich vorhatte.

»Das schaffer nie«, erklärte der gesprächige Geselle von vorhin. Die anderen drei schüttelten bestätigend die dunkelroten Köpfe. Immerhin glotzten sie jetzt nicht mehr auf das Gesäß von Gerlinde, sondern musterten mich unverholen interessiert. Die Bedienung stellte die ersten fünf Biere vor mir auf.

»Die Zeit läuft, wenn du das erste trinkst«, sagte sie teilnahmslos. Offensichtlich war ihr so ziemlich alles völlig egal. Sie stellte eine dreckstarrende Plastik-Eieruhr auf den Tresen.

»Dann man los«, sagte ich und zog das erste Bier in einem Schluck. Gerlinde kam kaum hinterher, die Uhr zu starten. Das Tickern klang etwas ungleichmäßig. Ich nahm meine Armbanduhr ab, kontrollierte die Zeit und legte sie auf den Tresen. Noch in der gleichen Bewegung schluckte ich das zweite Bier. Schon beim fünften, am Ende der vierten Minute, spürte ich den Schaum in meiner Speiseröhre aufsteigen. Außerdem fiel mir ein, daß ich noch zwei Biere in der Harnblase hatte. Ich Idiot hätte wenigstens vorher aufs Klo gehen können. Nunwohl, zu spät. Ich trank zwei weitere und rülpste extrem vorsichtig, etwa fünfzehn Sekunden lang. Die Säufer feixten.

»Gleich kotzta«, sagte der Rädelsführer. Die anderen nickten.

Aber ich kotzte nicht. Nach dem zehnten Bier, leider schon in der zwölften Minute, stand der Schaum vom Magen bis zum Hals, in einer ununterbrochenen Linie. Mein kompletter Harntrakt begann zu jucken. Ich kippte drei weitere und spürte einen unangenehmen Reiz im Hals.

»Darf ich aufstehen und nach draußen gehen, kurz Luft schnappen?« fragte ich, noch erstaunlich klar. Obwohl wir zu sechst in der Kneipe waren und nur ein einziger Gast rauchte, war die Luft zum Schneiden. Wahrscheinlich ließen sich die Fenster nicht mehr öffnen. Seit dem Krieg.

»Jemand muß mitgehen, zur Kontrolle«, sagte die Bedienung. Der gesprächige Trinkling stand mit mir auf. Er machte keine Anstalten, mich zu stützen, aber ich brauchte auch keine Hilfe, noch nicht. Ich gab mir zwanzig Sekunden. Gute Neuköllner Nebenstraßenluft, das Aroma des Kiezes, ein bißchen Scheiße, etwas Döner, viele Abgase, eine Prise Müll. Genau das, was ich jetzt brauchte. Ich atmete tief, aber vorsichtig, merkte, wie sich der Schaumkanal etwas verkürzte.

»Weiter geht's«, erklärte ich und trank Nummer vierzehn bis neunzehn. Das Blasenproblem verschärfte sich nun dramatisch. Ich ignorierte das und arbeitete mich zur zweiundzwanzig vor. Die Eieruhr zeigte sieben verbleibende Minuten. Ich mußte sie vom Tresen nehmen und mir direkt vor die Nase halten, um die Restzeit ablesen zu können.

»Vielleich schaffers doch«, sagte mein Kumpel.

Schlagartig war ich besoffen, von einem Moment auf den anderen, wurde richtig trieselig. Der Würgereiz war ununterbrochen präsent, und alles unterhalb des Nabels tat höllisch weh. Jetzt pinkeln, ein Königreich dafür, einfach laufen lassen. Ich verdrängte den Gedanken, sonst hätte es von selbst zu strömen begonnen, gleich hier, gleich jetzt. Dreiundzwanzig, vierundzwanzig, fünfundzwanzig. Starke Schmerzen im Hals, im Magen, die Blase nicht mehr zu spüren. Laute Grummelgeräusche aus der Bauchgegend und ein heftiges Blubbern. Vom Wahrnehmungsnebel nicht zu reden. Bei Glas sechsundzwanzig griff ich zum ersten Mal daneben. Die Säufer johlten, aber verhalten.

In letzter Minute trank ich die verbliebenen drei Bier, schüttete sie einfach rein, ohne zu schlucken, ohne auf irgendwas zu achten. Ich bekam ohnehin nichts mehr mit. Zwei Säufer standen auf, nahmen mich unter den Achseln und schleppten mich zum Klo. Ich pißte und kotzte gleichzeitig, soviel wie im Leben noch nicht. Als ich zurück in den Gastraum gewankt kam, standen die vier auf und spendeten anerkennend Beifall. Ich kletterte mühevoll auf den Hocker, klammerte mich am Tresen fest, aber es ging mir schon besser. Gerlinde nickte.

»Siebenundfünfzig sechzig.«

»Ich trinke noch ein Bier«, antwortete ich.

»Das geht dann aufs Haus«, sagte sie.

5. Gemälde
Auch sechs Jahre zuvor

Den nächsten Tag verschlief ich weitgehend, wachte nur zweimal auf, um mich erneut zu übergeben. Als ich wieder halbwegs auf dem Damm war, wie meine Mutter zu sagen pflegte, stellte ich fest, daß ich mich in Harrys Wohnung befand, meinem Asyl in ausweglosen Situationen – keine Ahnung, wie ich da hingekommen war. Meine Olfaktorik spielte verrückt – und das war nicht der einzige Sinn, der einer Kalibrierung bedurfte –, aber der süßlich-unsaubere Geruch war trotzdem wahrnehmbar. Ich duschte, tänzelte tolpatschig um den muffigen, viel zu kurzen Duschvorhang herum, der sich anstrengte, an mir haften zu bleiben, verfluchte den billigen Niedrigstrom-Durchlauferhitzer, der mich einer Art Kneipp-Kurzkur aussetzte, indem er die Temperatureinstellung nach dem Lottoprinzip regelte. Als ich mir meinen Frühstückskaffee brühte, lief schon die *Tagesschau*. Ich ließ das Weltgeschehen an mir vorbeirauschen, weil mir Harrys Fernbedienung zu kompliziert war, fuddelte den Zettel mit der Nummer heraus und rief bei Walter und Gonzo an.

Walter ging ans Telefon. Er klang irgendwie ambivalent, weder erfreut noch ablehnend. Wir vereinbarten, uns noch am gleichen Abend im *Ufergarten* zu treffen, der Kneipe, in der Harry seinen Thekenjob hatte. Das Gespräch war kurz und knapp; mein gutes Gefühl hinsichtlich der WG-Bildung bekam einen Dämpfer.

Der *Ufergarten* gehörte Inga, einer alterslosen Ex-Germanistikstudentin, die sich für einen Kunstmäzen hielt und an die Kneipe gekommen war wie der Bahnhof-Zoo-Junkie zur

Entziehungskur: pures Glück. Oder Pech, wie man will. Der Laden am Paul-Lincke-Ufer war ihr zugesprochen worden, weil einer der vielen Männer, denen sie sich immer wieder naiv-aufopferungsvoll hingegeben, dramatisch über die Stränge geschlagen hatte. Ingas eigentlich endlos dehnbarer Geduldsfaden war endlich abgerissen, als der Mann ihr Konto per Urkundenfälschung abräumte. Sie klagte tatsächlich und erhielt im Rahmen eines Vergleichs den *Ufergarten* zugesprochen, der zu diesem Zeitpunkt kurz vor der Pleite gestanden hatte. Ihr Glück im Unglück bestand darin, mit Harry befreundet zu sein, dem inzwischen eigentlichen Chef der Kneipe.

Ich war zu früh, Harry huschte lächelnd durch den dichtbesetzten Laden; vor einer Stunde hatte es zu regnen begonnen, auf den Plastiktischen im Vorgarten schwammen die getränkten Bierdeckel, ein paar Stühle lagen umgestoßen da. Ich schlürfte das erste Bier; es schmeckte schon wieder. Irgendwann stand er grinsend neben mir. Harry hatte etwas mit dem Action-Schauspieler Stephen Segal gemein, der kannte nämlich auch nur einen Gesichtsausdruck. Bei Harry allerdings war es meistens eine Form von Glück; er war einfach immer glücklich, wenn er mit Menschen zu tun hatte. Er strahlte. Es gab nichts Größeres für ihn, als anderen Gutes zu tun. Gelegenheiten dafür gab es zuhauf, wobei er kein schlechter Geschäftsmann war: Seine Trinkgelder überstiegen fast immer seinen Arbeitslohn.

Er legte mir seinen Arm um die Schultern. Harry durfte das, obwohl er schwul war; wir kannten uns seit Ewigkeiten, er war der Bruder, den ich nie gehabt hatte, der Vater, vor allem aber ein sehr, sehr guter Freund.

»Alles okay?«

Ich nippte nickend an meinem Bier. »Gleich kommen meine zukünftigen Mitbewohner.«

»Du überraschst mich ein bißchen. Eine WG, das ist eine ... komplizierte Angelegenheit.«

»Die beiden scheinen mir ganz okay zu sein«, sagte ich und fragte mich, ob ich das wirklich so empfand.

Ein Sechsertisch krakeelte nach Schnäpsen, Inga kam aus der Küche und schleppte einen Stapel unterschiedlich großer, bemalter Leinwände zum Tresen.

»Hallo, Henry«, murmelte sie in meine Richtung. Ich nickte ihr freundlich zu und legte meine Hand auf ihren Oberarm. Sie zuckte kurz zusammen, warf mir einen etwas verhuschten Blick zu und widmete sich dann wieder dem Gemäldestapel.

»Gute Ausbeute?« fragte ich höflich.

Inga tummelte sich rund um die Uhr auf sämtlichen Flohmärkten der Stadt, und sie kaufte alles, was unter sehr weiter Auslegung des Begriffs als Kunst zu verstehen war. Das meiste war schlimmes Gekrakel, Geschmiere, manchmal sah es aus, als wäre die Leinwand einfach nur dreckig. Sie kaufte es trotzdem. »Kunst ist eine Frage der Rezeption«, pflegte sie zu sagen. Manchmal, meinte sie – irgendwen zitierend –, erkenne nicht einmal der Künstler selbst, daß er Kunst hergestellt hatte. Inga hatte Tausende, wahrscheinlich sogar Zehntausende in diesen Scheiß investiert, und die *besten* Bilder pflasterten die Wände des *Ufergartens*. Oft standen die Gäste vor diesen Objekten, mit einem verzweifelt-amüsierten Gesichtausdruck, um sich dann grinsend und kopfschüttelnd auf die Suche nach einem freien Tisch zu machen.

»Schau mal«, antwortete sie leise – Inga hatte eine heisere Stimme, aber ohne sexy-rauchiges Timbre – und hielt mir ein Bild hin. Ich zog die Stirn kraus und beschrieb mit dem Zeigefinger einen Kreis in der Luft, weil ich der Meinung war, sie würde mir die Rückseite zeigen. Sie schüttelte zaghaft den Kopf und lächelte dabei. »Du hast doch überhaupt keine Ahnung!«

Inga hatte das Gesicht eines Raben. Es war schmal und ein

wenig eingefallen, ihre dunklen Augen waren riesengroß, und ihre Nase glich der Topographie des Erzgebirges. Sie sah sich um, aber es gab keinen freien Platz mehr für neue Bilder. Sie sortierte den Stapel sorgfältig nach einem unverständlichen System und trug ihn in die Küche zurück beziehungsweise in den hinteren Raum der Küche, der eigentlich ein Warenlager sein sollte, jedoch von ihren Anschaffungen völlig vereinnahmt wurde. »Da liegen *Werte*«, hatte sie mir in der Nacht ins Ohr gehaucht, in der sie all ihre körperlichen Reize eingesetzt hatte, um mich in ihr komfortables Bett zu kriegen, das aus völlig anderen Gründen durchaus einen gewissen Reiz auf mich ausgeübt hatte. Doch war da ein Haken gewesen. Inga. Beim Gedanken an diese Nacht bekam ich immer wieder Gänsehaut. Noch einige Biere mehr, vielleicht wäre ich mitgegangen.

»Hallo«, sagte Gonzo und setzte sich auf den Hocker neben mir.

Walter blieb stehen und wagte einen Rundblick. »Ist das Deine Stammkneipe?«

Ich schüttelte den Kopf, stellte mein Bier ab und zeigte auf Harry, der ein volles Tablett balancierte und zwischen den Tischen herumwuselte. Es lief ein Ben-Harper-Album. »Ich komme nur seinetwegen her. Das ist mein bester Freund.«

Gonzo trug *kurze* Hosen.

»Du trägst kurze Hosen«, sagte ich.

Gonzo sah an sich herunter, als wüßte er nicht genau, in welchen Klamotten er unterwegs war, und nickte dann einfach.

In null Komma nichts stand Harry neben uns, schüttelte Hände und strahlte, natürlich. »Ihr wollt es mit meinem Henry versuchen? Herzlichen Glückwunsch!«

Gonzo drehte sich auf seinem Barhocker – und entdeckte ein Bild, das sein Interesse weckte. Er stand auf und ging zu dem rot tapezierten Pfeiler, an dem das Objekt hing, gedrängt zwischen anderen Werken. Er fuhr die Linien auf dem Bild mit dem Zeigefinger nach.

»Das ist kein Schaltplan«, sagte Walter lächelnd.

»Nicht?« fragte Gonzo und drehte sich zu uns um.

»Nein, das ist ein verfremdetes Strickmuster«, erklärte Harry; er lächelte ebenfalls.

Inga war aus der Küche zurück, erstarrte am Ende des Tresens zur Salzsäule und stierte Gonzo an. Ich konnte ihre Gedanken förmlich sehen, es arbeitete in ihr, und das Ziel dieser Arbeit war: Dieser. Mann. In. Meinem. Bett. Sie grinste breit, was ihre Nase unglücklich akzentuierte. Gonzo kam zu uns zurück, ohne Inga eines Blickes zu würdigen; ihre Mimik fiel in sich zusammen. Harry lächelte.

»Das ist Inga, meine Chefin«, sagte er zu Walter und Gonzo. Walter gab artig die Hand, Gonzo nickte nur, den Blick weiterhin auf das geheimnisvolle Bild geheftet, und sah Inga nicht an. Sie verschwand in den hinteren Räumen, die Schultern zusammengezogen, den Oberkörper leicht nach vorn gebeugt. Ich kannte ihre Körpersprache inzwischen; die Eroberung von Gonzoland hatte sie schnell wieder aufgegeben.

Wir bestellten Biere für mich und für Walter und eine Cola für Gonzo. Harry nahm kurze Schlucke von einer Weißweinschorle, zog geräuschvoll an einer Zigarette, deren Rauch nach frischer Luft roch, und legte sie dann neben zwei andere, die immer noch qualmten und ebenfalls von ihm stammten.

»Und?« fragte ich irgendwann. Ich hatte überlegt, die Dreißig-Biere-Episode zu erzählen, verwarf den Gedanken aber wieder. Die Musik endete, Harry ging zur Anlage, klapperte mit CDs. Kurz darauf krächzte es durch den Laden.

»Tom Waits«, sagte Walter und nickte. Er drückte seinen Rücken durch, schien zu wachsen. Ich beugte mich zur Seite und sah zu Gonzo, der nach wie vor den vermeintlichen

Schaltplan entschlüsselte. Die beiden waren jetzt fast gleich groß, es lag also an Walters Haltung.

»Ja«, sagte er. Ich nickte, weil ich nicht wußte, was das zu bedeuten hatte. Gonzo drehte sich zu uns.

»Walter mag dich nicht«, erklärte er. Es klang wie: Da vorne links abbiegen.

»Aha«, sagte ich und nahm mein Bier, um irgendwas zu tun. Harry stand plötzlich wieder bei uns, zündete sich eine weitere Zigarette an.

»Du magst meinen Henry nicht?« fragte er und legte Walter die Hand auf die Schulter. Der schrumpfte zusammen und starrte Harry an.

»Ich weiß nicht.«

»Henry ist ein netter Kerl«, dozierte Harry. »Sein Problem ist bloß, daß er das selbst nicht weiß.«

»Aha«, sagten Walter und ich unisono.

»Ich meine«, fuhr Harry fort, »eine Wohngemeinschaft ist doch sowieso nie ideal. Sie lebt davon, daß verschiedene Lebensauffassungen aufeinanderprallen.« Er drückte Walters Schulter, der ihn einfach nur erstaunt anstarrte. »Was gibt es zu verlieren?«

»Nichts«, verkündete Gonzo, als wäre er an einem völlig anderen Gespräch beteiligt. Inga kam aus der Küche zurück, warf dem gutaussehenden Nasenmann einen weiteren kurzen Blick zu und setzte sich dann an das andere Ende des Tresens, hinter mich.

Ich drehte mich zu ihr. »Was kostet dieses Bild?«

Sie beugte sich vor. »Das hängt schon sehr lange, ich mag es eigentlich nicht. Warum?«

Ich zeigte auf Gonzo. »*Er* scheint es zu mögen.«

Sie lehnte sich wieder zurück. »Ich schenke es ihm.« Sie machte ein trauriges Gesicht dabei, als wäre es ihr lieber gewesen, er hätte ihr Konto abgeräumt.

6. Askie
Auch sechs Jahre zuvor

Zwei Tage später unterschrieben wir den Mietvertrag, zwei Wochen später zogen wir ein. Siegfried hinterließ die Wohnung, als hätte er nie dort gelebt: Es gab nicht den leisesten Hinweis auf einen Vormieter. Wir schufteten sechs Stunden, um unseren Krempel hochzutragen, für meinen brauchten wir anteilig vielleicht ein Zehntel der Zeit, die meiste ging für Walters unglaubliche Plattensammlung und Gonzos Elektronikspielzeug drauf. Irgendwann am späten Nachmittag saßen wir auf dem Fußboden des Zimmers, das wir als Gemeinschaftsraum auserkoren hatten. Wir hockten auf dem Boden, weil wir noch keine Sitzgelegenheiten besaßen, und mieden die Blicke der anderen. Meine Kopfhaut kribbelte, diese Situation war neu und überraschend. Ich wohnte mit zwei anderen Männern in einer eigenen Wohnung. Walter nickte vor sich hin, vielleicht im Takt irgendeines Musikstückes, das nur er hören konnte, Gonzo betrachtete das Strickmusterbild, das wir ihm zuliebe im Gemeinschaftszimmer aufgehängt hatten, gleich als erstes.

»Wir sollten etwas zu essen kaufen«, sagte Walter, gleichzeitig hörte er mit dem rhythmischen Nicken auf.

Und etwas zu trinken, ergänzte ich stumm, denn ich hatte Durst. Der Sechserträger, den ich vorsorglich besorgt hatte, war längst aufgebraucht.

»Was zu essen«, wiederholte Gonzo und starrte uns an.

Ich mußte lächeln. Es war das erste Mal für ihn, daß er mit dieser Aufgabe konfrontiert wurde, soviel wußte ich bereits.

Weil wir uns in der Gegend noch nicht auskannten, stiegen wir in mein Taxi und fuhren zur Hermannstraße. Wenig später streunten wir durch eine große Reichelt-Filiale, Walter voran, der ziemlich genau zu wissen schien, *was* wir brauchten, ich schob den Wagen langsam hinterher, Gonzo trottete gedankenverloren hinterdrein, blieb immer wieder stehen, nahm irgendwas aus den Regalen und betrachtete die Packungen, als enthielten sie radioaktive Legierungen oder Satellitentriebwerke.

»Unglaublich, was es alles gibt«, sagte er, als er irgendwann zu mir aufschloß. Er hielt drei Pizzaschachteln in den Händen, dreimal Pizza Salami, und balancierte sie vergleichend hin und her.

»Tu das weg«, sagte ich. »Tiefkühlpizza schmeckt scheiße.«

Er zog die zusammengewachsenen Augenbrauen hoch, nickte kurz und stellte die Schachteln in das Regal mit dem Pulverkaffee. Walter kam mit zwei Obsttüten, legte sie in den Wagen, wendete und ging zielstrebig irgendwohin. Gonzo hob die verknoteten Klarsichttüten aus dem Wagen.

»Obst«, sagte er.

»Ja«, antwortete ich.

Bei den Tütensuppen wurde Gonzo aufgeregt. Er hielt mir einen Stapel Packungen entgegen und fragte: »Wie geht das?«

»Heiß Wasser drauf …«, summte ich.

»Nur heißes Wasser? Und dann hat man fertige Suppe?«

Ich nickte.

»Wahnsinn.«

Walter war außer Sicht, er hatte vor ein paar Minuten Milch gebracht, Vollmilch in Literpackungen, fünf Tetrapacks. Ich grübelte, wozu wir die brauchen würden, während Gonzo weiter knisternde Suppenpackungen durchstöberte.

Plötzlich kreischte er.

»Askie-Suppe!«

»Was für Suppe?«

»Na, Askie.« Er hielt mir eine Packung Buchstabensuppe entgegen, sein Gesicht leuchtete.

»Buchstabensuppe.«

»Askie.«

»Was soll das bedeuten?«

»American Standard Code for Information Interchange, ASCII.« Er zog die Stirn kurz kraus, sah abwechselnd mich und die Suppenpackung an. »So werden Buchstaben für Computer codiert.« Er lächelte schief. »Einfach gesagt.«

»Das ist Buchstabensuppe«, sagte ich, weil ich nichts verstand.

»Ebend! Askie-Suppe!«

»Es heißt *eben*.«

Er ignorierte meine Antwort, nahm zwanzig oder dreißig Päckchen, alle, die im Regal standen, und ließ sie in den Wagen fallen. Walter kam gerade zurück, dieses Mal mit Mehl und Zucker in Kilopackungen, warf einen Blick auf *Askie* und sah dann abwechselnd Gonzo und mich an.

»Keine Nährstoffe, keine Vitamine.«

»Askie«, sagte Gonzo.

»Askie«, wiederholte ich, beifällig nickend.

Gonzo ließ es sich nicht nehmen, in einem Riesentopf, den Walter eingebracht hatte, acht Tüten Askie-Suppe zuzubereiten; er kochte Essen, wie er es nannte, Walter und ich standen grinsend daneben, in unserer fast leeren Küche; Harry wollte am nächsten Tag einen Tisch und ein paar Stühle vom Trödel besorgen. Wir gossen die Suppe in große Dessertschalen, die Gonzos Eltern am Nachmittag vorbeigebracht hatten, setzten uns wieder im Gemeinschaftszimmer auf den Fußboden und bliesen auf das salzige Gebräu.

»Gehen wir noch irgendwohin?« fragte ich etwas später.

Walter und Gonzo schüttelten die Köpfe.

»Anschlüsse legen«, sagte Gonzo.

»Platten einsortieren«, sagte Walter.

Ich nickte, ich hatte nichts zu legen oder zu sortieren, und ich hatte keine Lust, den beiden dabei zuzusehen. Also ging ich allein. Die Kneipe, in der ich mir meinen Stammplatz ersoffen hatte, war verrammelt; Harry führte bereits Vertragsverhandlungen. Eine Querstraße weiter gab es eine miefige Eckkneipe, also ging ich dahin und begoß für mich den Einstand in diese seltsame Drei-Männer-WG.

7. Virus

Im *Wohnzimmer* saßen schon gute zwei Dutzend Leute, alle Barhocker waren besetzt, auch mein Stammplatz. Die üblichen Verdächtigen hockten da, obwohl keiner von ihnen Sal wirklich gekannt hatte. Sie gehörten einfach dazu, besuchten die Trauerfeier um einen ehemaligen Gast beziehungsweise um den Bruder einer Freundin extrem wichtiger Stammgäste, denn was auch immer geschah, man konnte sich darauf verlassen, daß mindestens einer von uns am Tresen saß. Ganz zu schweigen davon, daß der Besitzer mein bester Freund Harry war.

Meine Taxe stand an der nächsten Straßenecke, und zwar so, daß keinesfalls die gesetzlich vorgeschriebenen fünf Meter Abstand zum Scheitelpunkt der Bürgersteige blieben. Mit ein bißchen Glück war der zweite Strafzettel doch noch fällig, abgeschleppt wurde hier allerdings selten. Für einen besseren, gar einen legalen Parkplatz wäre ich noch bis zum frühen Abend unterwegs gewesen. Offensichtlich ging in unserer Gegend keine Sau mehr zur Arbeit. Oder hatte überhaupt welche.

Harry stand am Tresenende, den Arm um Chrissies Schultern gelegt. Trösten, das war eine seiner Lieblingsbeschäftigungen. Als man vor drei Jahren seine Krankheit endlich richtig diagnostiziert hatte, Harry war da schon im Vollbild, weil sein seniler Hausarzt bis dahin beinhart Bronchitis therapierte, obwohl es eigentlich um HIV-bedingte Lungenentzündung ging, hatte er alle betuddeln müssen, denen er es nach und nach beibrachte, mir als erstem. Ich stand schluchzend vor ihm, und Harry umarmte mich, sagte: »Halb so wild. Ich habe noch anderthalb Jahre, vielleicht zwei.«

Daraus waren mehr als drei geworden, und es ging ihm derzeit anscheinend besser als etwa vor zwei Jahren, als die Toxoplasmose ausgebrochen war, diese biestige Gehirnentzündung, die sonst nur Katzen, Säuglinge und schwangere Frauen bekommen. Innerhalb von drei Wochen war er völlig zusammengeklappt, hatte fünfzehn Kilo verloren, sein Blut bestand fast ausschließlich aus Viren. Aber sie hatten es in den Griff bekommen, *er* bekam es in den Griff. Die aktuelle Kombi-Therapie schien anzuschlagen, beim letzten Bluttest war die Infektion dicht an der Nachweisgrenze gewesen. Dafür konnte er seine weißen Blutkörperchen beim Namen nennen.

»Siebzehn«, hatte er mir vor kurzem zugeflüstert. »Ganze siebzehn pro Milliliter. Ich müßte tot sein.«

»Aber du bist es nicht«, hatte ich hilflos geantwortet.

»Nee.« Er hatte gelächelt.

Seine Wangen waren wieder etwas voller geworden, ein bißchen rosiger sogar. Er hielt ein Bier in der Hand, die andere spielte mit Chrissies Nackenhaaren, die unvermeidliche Superextremlightultragarnichtsdrin-Zigarette verqualmte vor ihm im Aschenbecher, wahrscheinlich war es nicht die einzige: Harry verteilte halbgerauchte Zigaretten im Raum, als würde er sie später als Wegweiser für den Heimweg nutzen wollen.

Oskar, der Möchtegernmaler und eines der *Wohnzimmer*-Urgesteine, stand von meinem Barhocker auf, nickte mir zu. Er mochte mich nicht, ich mochte ihn nicht, da machte es doppelt Spaß, daß er meinen Platz räumen mußte. Uwe stellte mein Bier hin, der kantige, sportgestählte Uwe, Gottesgeschenk an alle Frauen der Welt, die das beharrlich ignorierten. Natürlich bekam ich täglich mein Freibier, Vertrag ist Vertrag. »Henry Hinze, 1997« stand auf einem kleinen Messingschild an der Tresenkante, Gerlindes letzte Amtshandlung. Sie war noch zwei-, dreimal vorbeigeschneit, nachdem Harry aus der klebrigen Eckkneipe einen richtig gemütlichen Laden gemacht hatte, mit alten Bildern an den Wänden, siebzig Sorten Stühlen vom Trödel, massiven, kunterbunt-verschiedenen Tischen, einer Spielesammlung und abgewetzten Schmökern im Regal. Ein paar von den Säufern hatten sich auch sehen lassen, waren aber wieder verschwunden, als sie die neuen Bierpreise und insbesondere die Tatsache, daß es im *Wohnzimmer* keinen Korn gab, zur Kenntnis genommen hatten.

Walter und Gonzo saßen hinten mit zwei anderen Gästen am Tisch, quatschten, Walter ein Bier vor sich, Gonzo seinen Standard, Cola. Ich trank mein Bier und fühlte mich sofort besser. Es gibt nur eine Antwort auf Alkohol. Jemand stieß mich von hinten an, ich drehte mich kurz um, wollte loswettern, aber es war nur Brausepaul. Er hielt die übliche *B.Z.* gefaltet unter dem angewinkelten Arm und marschierte auf *seinen* Tisch zu, als wäre er Kommandeur einer Infanterieeinheit. Brausepaul trank etwa dreißig Weizenbiere pro Abend. »Ist doch nur Brause«, sagte er, wenn man ihn darauf ansprach. Mehr sagte er selten, außer »Ha!«. Das brüllte er, alle fünf, zehn Minuten, während er vor seiner aufgeschlagenen Zeitung saß, Weizenbier becherte und mit einem dicken schwarzen Edding Textzeilen anstrich. Auf die Frage, was er da tue, antwortete er nie. Am Ende – gegen zwei, drei – rollte er die Zeitung zusammen, zahlte und verpieselte sich. Einmal hatte ich nachgeschaut, während er auf dem Klo gewesen war: Alle Textzeilen waren komplett geschwärzt.

Ich trank rasch zwei Biere. Plötzlich spürte ich eine warme Hand im Nacken, roch einen Duft, nahm eine Aura wahr. Andrea stand hinter mir, beugte sich seitlich an mir vorbei und küßte mich auf den Mund, sanft, bestimmt, mit geschlossenen Lippen. Schlagartig wurde es ruhig im *Wohnzimmer*, bis auf

»You« von Terry Hall, das etwas leiser als üblich im Hintergrund dudelte, eines von Harrys Lieblingsliedern. »Home« gehörte seit fünf Jahren zu den meistgespielten Platten im *Wohnzimmer*.

Die Zeit stand still. Alle am Tresen sahen mich an, Uwe machte ein erstauntes Wieso-nicht-ich-Fischmaul, Harry grinste schweigend, selbst Chrissie lächelte, zum ersten Mal an diesem Tag. Walter schüttelte den Kopf, bedächtig, nachdenklich. Gonzo hatte seine Augenbrauen einen Meter weit hochgerissen. All das nahm ich in einer halben Sekunde wahr, während sich Andrea von mir löste. Das Gefühl ihrer Lippen blieb. Meine Unterarme überzogen sich mit einer Gänsehaut.

»Hallo. Cooler Anzug«, sagte sie. »Du warst ganz schön neben der Spur, gestern nacht.« Sie legte ihre rechte Hand auf meinen Oberschenkel, zwei Finger massierten sachte meine Hose, eine kleine Kaschmirfalte wölbte und glättete sich rhythmisch zwischen ihnen.

Ich wurde rot. Ich wurde tatsächlich rot – eigentlich auch kein Bestandteil der Vita von Henry Hinze. Immerhin bekam ich keinen Ständer.

Andrea lächelte. Ihre Augen lächelten, ihr Mund, ihr ganzes Gesicht. Dieses Gesicht. Oval, etwas spitz zulaufend. Hellblaue Augen, davon eines, das linke, mit einer ganz leicht bräunlichen Korona – ich nahm das zum ersten Mal wahr. Ihr schmaler, gleichzeitig voller Mund. Die feine Nase. Das glänzende, schulterlange schwarze Haar. Ihr Duft. Sie setzte sich auf den Hocker neben mir, den irgendwer stillschweigend geräumt hatte.

Uwe hob ein neues, leeres Bierglas in meine Richtung, ich schüttelte andeutungsweise den Kopf, Uwe grinste immer noch etwas verständnislos.

Andrea führte die Geschäfte für Harry, war omnipräsent, trug auch gehörigen Anteil daran, daß der Laden oft voll war:

Die Kerle saßen wie Hühner auf der Stange und beteten sie an, jeder, der schon oder noch gehen konnte. Selten traute sich mal einer, Andrea anzubaggern, sie war einfach nicht die Frau, die man anmachte, die wenigen, die es dennoch versuchten, ließen sich danach wochenlang nicht mehr sehen, kamen aber irgendwann zurück, mit eingezogenen Schwänzen. Sie verhielt sich nicht gerade abweisend, zog jedoch eine deutlich spürbare Grenze. Ich hatte sie in den ganzen fünf Jahren nie mit einem Mann gesehen, und wir hatten einiges gemeinsam unternommen, fast immer in Begleitung von Harry, Gonzo, Walter und ein paar anderen.

Nicht im Traum hätte ich daran gedacht, es bei ihr zu versuchen. Andrea war neutrales Gebiet, keine Frau im eigentlichen Sinne. Dafür war sie zu schön, zu präsent, zu distanziert, zu sehr mit der Kneipe verwachsen – und außerdem tabu, denn wir wollten ja nichts mit den Mitarbeitern des *Wohnzimmers* anfangen, eigentlich.

Harry hatte Andrea zu den Gesprächen mit den Vermietern mitgeschleppt. »Das ist *Drea*, eine Freundin, seid nett zu ihr«, hatte er augenzwinkernd erklärt. Ich interpolierte »Andrea« aus Harrys üblicher Verniedlichung. »Wir werden den Laden gemeinsam betreiben.« Fertig. Sie stammte nicht aus Berlin, sondern irgendwo aus dem Norden, Hamburg vielleicht. Wohnte um die Ecke, mitten im Kiez, lud aber außer Harry niemanden zu sich nach Hause ein. Sie mochte die Musik, die Harry mochte. Das war es. Sie war eine gute Zuhörerin, erzählte aber fast nichts über sich selbst. Stunden-, nächtelang hatte ich mit ihr am Tresen gesessen, über den Laden, über Harry gesprochen, vor allem nach der Diagnose. Nicht über mich, nicht über sie.

»Tut mir leid«, erklärte ich, weil mir nichts Besseres einfiel.

»Na ja, ich hätte es wissen können«, sagte sie, spitzbübisch grinsend. Aber die Hand blieb auf meinem Oberschenkel. Ich konnte nicht entscheiden, ob das Einzelfall- oder generelle Kritik war. Blendete den Gedanken aus.

»Vielleicht sollten wir mal in Ruhe reden«, schlug ich vor. »Und zwar nicht hier.«

Andrea nickte. Genial, ich hatte Zeit gewonnen.

»Ich fahre nachher für ein paar Tage zu einer Freundin. Bin am Montag zurück.«

Sie stand auf, nahm die Tasse Tee, die Uwe hingestellt hatte, küßte mich nochmals und ging zu Harry. Vielleicht war es eine Fehlwahrnehmung, wahrscheinlich aber nicht: Sofort wurde es wieder lauter im *Wohnzimmer*.

8. Orakel

Drei Jahre zuvor

»Woran glaubst du eigentlich?« fragte Walter. Wir saßen am Küchentisch, auf dem Herd stand ein Topf mit Wasser. Ich hob eine Augenbraue, Walter lächelte mir zu, holte zwei tiefe Teller aus dem Schrank, kippte Askie-Pulver hinein und beugte sich dann über den Wassertopf.

»Wie meinst du das?« fragte ich seinen Rücken.

Das Wasser begann zu blubbern. Walter nahm die selbstgestrickten Topflappen, die Gonzos Eltern angeschleppt hatten, und goß vorsichtig Wasser in die Teller. Es schwappte trotzdem über.

»So, wie ich gefragt habe. Woran glaubst du?«

Er balancierte die Teller zum Tisch, ich nahm meinen Löffel und rührte die Buchstabensuppe um. Eigentlich schmeckte das Zeug nach nichts, nach nichts mit Salz, aber wir hatten uns daran gewöhnt, mindestens alle zwei Tage Askie zu kochen. Gonzo hatte uns aufgeklärt, daß nicht alle Zeichen des ASCII-Zeichensatzes vorhanden waren, was auch immer das zu bedeuten hatte; wir hatten ihm ehrfürchtig zugenickt. Es gab viele X und Y, aber insgesamt, hatte Gonzo nach einer orgiastischen Analyseaktion verkündet, schienen alle Buchstaben verhältnismäßig vertreten zu sein. Natürlich fehlten Ziffern, Umlaute und das Eßzett. Trotzdem war Askie schlicht das größte für ihn.

»An nichts?« schlug ich vor. Ich hatte keinen Schimmer, was Walter von mir wollte.

Er brummte. Aus seinem Zimmer klang gedämpfte Musik,

irgendwas Gitarrenlastiges; die Mucke, die Walter zur Unterhaltung hörte. Kumpelli trabte gemächlich an der Küchentür vorbei und würdigte uns keines Blickes. Der Kater hatte *immer* einen Plan, war immer auf dem Weg irgendwohin, auf der Suche nach irgendwas. Oder er schlief. Ich beneidete ihn darum. Wenn er noch die Fähigkeit besessen hätte, eine Fernbedienung zu betätigen, wäre sein Leben perfekt gewesen.

Walter pustete auf seinen Löffel, nahm den Happen aber nicht.

»Schau mal hier«, sagte er und hielt mir den Löffel entgegen.

»Suppe«, nickte ich.

»Da sind zwei E, ein H, ein U und ein T«, sagte er und grinste.

»Eehut«, kombinierte ich, ohne genauer hinzusehen.

»Heute«, antwortete Walter.

Jetzt riskierte ich einen längeren Blick.

»Hüte«, sagte ich. Walter nickte langsam.

Ein X schob sich unter einem E hervor.

»Und jetzt?« fragte ich grinsend.

»Ex-Heute.«

Ich lächelte, schöpfte eine Fuhre und sah auf meinen Löffel.

»N, D, U und zwei I«, zählte ich.

Walter legte sein Besteck in die Suppe zurück und sah zur Decke.

»Mach nochmal«, forderte er mich zehn Sekunden später auf.

Ich kippte die Suppe zurück. »Wie beim Kindergeburtstag.«

»Mach schon!«

Ich nahm eine neue Fuhre.

Walter beugte sich zu mir. Dann lachte er.

»Idiot«, verkündete er.

Ich sah auf meinen Löffel.

»Das ist eine Eins«, maulte ich.

»Es gibt keine Einsen in der Askie-Suppe.«

Zwei I, ein D, ein O und ein T, zweifelsohne.

»Also, woran glaubst du?«

Gonzo kam in die Küche, trug mit beiden Händen einen Haufen Elektronik, Leiterplatten, breite Kabel; Zeug, das herunterhing.

»Es riecht nach Askie«, sagte er grinsend, legte den Elektronikkrempel auf den Tisch.

»Schau mal hier.« Walter nahm mir den Löffel aus der Hand und hielt ihn Gonzo vor die gewaltige Nase.

»Ditoi«, erklärte Gonzo.

»Idiot«, sagte Walter.

»Warum?« fragte Gonzo zurück. »Wer ist Ditoi?«

»Idiot«, wiederholte Walter.

»Ist noch ein Teller übrig?«

»Was baust du?« fragte ich ihn und zeigte auf das Zeug auf dem Tisch.

»Weiß noch nicht.«

Er sagte das mit dem üblichen Unterton: Du würdest es sowieso nicht verstehen, hat keinen Sinn, eine Erklärung überhaupt nur zu versuchen. Er klapperte mit Tellern, füllte umständlich heißes Wasser in unseren Meßbecher, den er als einziger je benutzte und der natürlich ein Geschenk seiner Eltern war, baute sich seine Portion Suppe. Nur Gonzo scherte sich um die Mengenangaben auf der Packung.

»Du hast meine Frage noch immer nicht beantwortet«, sagte Walter zu mir.

»Ich glaube an das Askie-Orakel«, gab ich zurück.

»Glauben ist Quatsch«, erklärte Gonzo. »Das Universum ist deterministisch. Alles folgt einem speziellen Schaltplan. Freier Wille ist eine Illusion.«

Walter lächelte nickend.

Gonzo hob einen Löffel Suppe an. »Brmhuk«, buchstabierte er.

»Eben«, sagte ich.

Wir lachten. Dann schlürften wir ein Weilchen schweigend. Gonzo hob nach jedem Löffel irgendeines seiner Bauteile an und betrachtete es, als würde es sich um den Schaltplan des Universums handeln. Aus irgendeinem Grund interessierte mich, was Walter von mir wollte. »Warum hast du gefragt?«

»Na ja.« Er kratzte mit dem Löffel auf dem fast leeren Teller herum. »Wenn man an etwas glaubt, verfolgt man auch ein Ziel, ganz automatisch. Denke ich. Es würde mich interessieren, ob du ein Ziel verfolgst. Und welches.«

»Tust du das denn?«

»Ich weiß nicht. Ich habe Wünsche und Träume, aber das ist nicht dasselbe.«

»Nicht?«

»Nein. Ziele sollten erreichbar sein. Wünsche und Träume liegen im Bereich Hoffnung.«

»Man kann sie also nur verfolgen, wenn man an etwas glaubt?«

»Du verstehst mich falsch. Klar, man kann nur wünschen und träumen, wenn man glaubt, an was auch immer. Aber wenn man ein Ziel hat, eine Erwartung, dann *muß* man glauben, daß das auch realistisch ist.«

Es war nicht so, daß wir ständig solche Gespräche führten. Natürlich quatschten wir über alles und jeden, wenn wir fünf Stockwerke tiefer saßen oder uns gelangweilt in unserem Gemeinschaftszimmer räkelten, aber da ging es meist um Konkretes: Musik, Leute, das Wetter, die Bierpreise, solche Dinge. Manchmal redeten wir über die Vergangenheit, auf eine Art, als müßte man sich nur auf dem Absatz umdrehen, um wieder dorthin zurückzukehren und sich in der verklärenden Erinnerung zu suhlen. Wenn wir das taten, waren meistens Dritte

Gegenstand des Gesprächs; ich redete häufiger mit Gonzo über Walter als mit Walter selbst und umgekehrt.

Kumpelli kam in die Küche, setzte sich gleich hinter der Schwelle hin, die ausgestreckten Vorderpfoten zwischen den angewinkelten Hinterläufen, den Blick ins Nirwana gerichtet, als wüßte er um unser Thema. Er öffnete kurz das Maul, als wolle er sein »Märrg!« von sich geben, überlegte es sich dann aber anders. Er sah zu Gonzo, mit einem fast liebevollen Blick.

»Ob Kumpelli ein Ziel hat?« fragte ich Walter.

»Fressen und schlafen«, sagte Gonzo.

»Sich wohl fühlen«, ergänzte ich.

»Ich meine: ein Lebensziel.«

»Ist irgendwas?« fragte ich nach einem Moment. »Ist was passiert?«

Walter nickte langsam. »Nee, wahrscheinlich nicht. War nur so ein Gedanke.«

9. Taxi

Sieben Jahre zuvor

Peter Denker lief mir am Tag meiner Taxischeinprüfung über den Weg. In der Nacht vorher hatte mich irgendeine Sybille oder Simone rausgeworfen, weil ich mich beharrlich weigerte, im Sitzen zu pinkeln. Ich trug keine Krachledernen mehr, die man immer fast ausziehen mußte, sondern moderne Hosen mit Reißverschlüssen oder Knopfreihen, weshalb es deutlich bequemer war, den kleinen Freund vorne aus der Hose zu ziehen, statt alles herunterzulassen, sich hinzusetzen und ihn verschämt ins Halbdunkel der Schüssel zu halten. Sybille oder Simone hatte keinen Riegel am Scheißhaus. Sie verfolgte mich bis aufs Klo, wartete draußen, bis sie Pieselgeräusche hörte, riß dann die Tür auf und schrie: »Ha!« – fast wie Brausepaul. Beim ersten Mal hatte ich mich noch erschrocken umgedreht und eine zappelige Spur auf dem hellblauen Teppichding vor dem Klo hinterlassen.

»So eine Schweinerei«, hatte sie geschimpft.

»Was erschreckst du mich auch beim Pinkeln?«

»Nein, nicht das. Setz dich gefälligst hin!«

»Wozu? Gott hat uns Schwänze gegeben, damit wir im Stehen pinkeln können.«

»Quatsch. Das spritzt und stinkt. Eine Riesensauerei.«

»Wenn du mich erschreckst, *dann* gibt es erst eine Sauerei.«

»Setz dich hin, wenn du mich liebst!«

Unsere Romanze dauerte nicht lange. Ihre Forderung nach einem solchen Liebesbeweis verkürzte die Zeit dramatisch. Ich pullerte ihr zum Abschied ins Waschbecken und ergänzte meine imaginäre Liste der Frauentypen, mit denen ich sicher nie wieder etwas anfangen würde, um Sitzendpinkelnfanatikerinnen. Sie umfaßte bereits militante Nichtraucherinnen, Mäßigtrinkenpropagandistinnen, Missionarsstellungbevorzugerinnen, Kinderkriegerinnen, Fernsehhasserinnen, Veganerinnen, Allesmitbachblütenheilerinnen, Verheiratetseinwollerinnen, Spazierengeherinnen, Sportlerinnen, Ratgeberbücherverinnerlicherinnen, Freundeskreiserweiterinnen und eine Vielzahl anderer skurriler, der allgemeinen Lebensfreude feindlich eingestellter Innen. Okay, sitzend pinkeln, das war mir schon untergekommen, ein übler Trend. Aber nicht in dieser Form. Manchmal, wenn ich später vor einem Klo stand und vor mich hinstrullerte, ließ mich irgendein Geräusch erschreckt herumfahren, weil ich Sybille oder Simone erwartete, die mich schreiend dazu aufforderte, mein Geschäft gefälligst im Sitzen zu verrichten.

Mein Robben & Wientjes Cityhopper, der Euphemismus für einen kastenförmigen Renault-Lieferwagen, dessen Kupplung man bis auf die Fahrbahn durchtreten mußte, parkte vor der Taxischule, all mein Hab und Gut im Laderaum. Das ging ständig so. Ich wohnte maximal drei Tage bei irgendeiner Frau, bevor sie mir oder ich ihr auf den Geist ging, dann wieder irgendwo, gelegentlich bei Kumpels, zwei Wochen sogar bei Harry, aber das hielt ich kaum aus, weil Harry, ganz schwulenuntypisch, ein redlicher Schmutzfink war. Seine Wohnung stank, und die drei, vier Bürschlein, die er in dieser Zeit anschleppte, waren einfach widerlich, junge Tucken, die das Radio aufdrehten, wenn Abba oder Jimmy Somerville liefen, mit den Händen wedelten und spitze Schreie ausstießen, wenn ich etwas Jack Daniel's in meinen Morgenkaffee goß. Manchmal – wie dieses Mal – lebte ich im Mietwagen. Kalle, einer der Dispatcher bei R & W, begrüßte mich schon mit Handschlag:

»Na, wieder auf Achse?« Ich nickte dann nur und legte Perso, Führerschein und Mietkaution auf den Tresen.
Eigentlich hatte ich den P-Schein nur gemacht, um irgendwas zu tun. Ich hatte in zwei Dutzend Kneipen gekellnert, aber hinter dem Tresen stehen, das war definitiv nichts für mich: Ich fühlte mich davor einfach wohler. Und von einmal Plattenauflegen pro Monat konnte ich auch nicht leben. Harry hatte mich sogar als Aushilfe in dem Restaurant am Heinrichplatz unterzubringen versucht, in dem er kurze Zeit Theker gewesen war, bevor er im *Ufergarten* angefangen hatte, aber da war ich noch am gleichen Abend wieder rausgeflogen. Man flirtet einfach nicht mit Frauen, die mit anderen Männern am Tisch sitzen, davon abgesehen hat man einfach bis Feierabend weitgehend nüchtern zu bleiben. Schon diese Regeln genügten mir, um mit der aktiven Gastronomie zu brechen.

Taxifahren, dachte ich mir damals, sei eine coole Sache: der Geruch der Freiheit, der Nimbus des Ungebundenen, und dann die Zufallsbegegnungen: die traurige Schöne, die eigentlich nur fahren will, weg von allem, und mit der man dann in der Kneipe und später in der Kiste landet. Der amerikanische Erfolgsautor, auf dem Weg von der Lesung zum Hotel, dem man seine Lebensgeschichte (mit Co-Autorschaft) aufschwatzt. Oder: »Folgen Sie dem Wagen da vorne!« Gut, auch dabei mußte man nüchtern bleiben, weitgehend. Aber irgendwas ist ja immer. Jedenfalls waren es solche Träumereien, die mich über die Ausbildungszeit retteten. Außerdem fiel mir nichts anderes mehr ein.

Allerdings hatte ich die Sache maßlos unterschätzt. Was ist der verflucht-kürzeste Weg vom Columbiabad zum Rathaus Marzahn? *Wer will das wissen?* Wer fährt schon vom Columbiabad zum Rathaus Marzahn? Das sind zwei Orte, die gebildete Menschen niemals aufsuchen. Und wozu, verdammte Scheiße, gibt es eigentlich Stadtpläne? Es gab Taxen mit

Navigationssystem. Und trotzdem mußte ich das lernen. Nächtelang saß ich in irgendwelchen Kneipen und bekritzelte Karteikarten, die ich meist am nächsten Morgen nicht mehr entziffern konnte.

Immerhin, nachdem ich die Bedingungen erfüllt hatte, ging es frischwärts los. Knappe 400 Mücken kostete der Spaß, weil ich mich nicht an ein Taxiunternehmen binden wollte, sonst wäre es fast umsonst gewesen. Onkel Siegfried überwies. Insbesondere aber kostete es Zeit: massenweise Abendkurse, jeweils drei Stunden, zwischen all den anderen Delinquenten, zum größten Teil Studis, aber auch Langzeitarbeitslose, gelangweilte Hausfrauen, von denen die meisten nach vier, fünf Abenden absprangen. Nach jedem Kurs war ich völlig erschöpft auf irgendeinen Tresenplatz geplumpst. Und trotzdem schaffte ich die Prüfung beim ersten Mal. Drei Monate hatte der Spaß gedauert. Meinen Schulabschluß hatte ich im Vergleich dazu quasi mit links gemacht.

Gleich nach der Scheinaushändigung hatte ich mich eigentlich so richtig besaufen wollen, andererseits war ich jetzt qualifiziert, und es lohnte sich vielleicht, erst einmal nach Angeboten zu gucken. Ich fuhr zu meiner Taxischule, die eine große Pinnwand hatte, auf der viele Betriebe nach Fahrern suchten, obwohl das Gewerbe angeblich in einer Krise steckte. Da stand ein Klotz von Typ und riß Dutzende Zettel runter. Fünfzig, vielleicht älter, gelbliche Gesichtsfarbe, Augenbrauen wie Grasnaben, unsauberer, dunkelgrauer Schnauzbart mit Frühstücksresten, Anzug von Adler. Sehr schmierig.

»Was tun Sie da?« fragte ich.

»Platz schaffen«, brummte der Typ, ohne mich anzusehen. Er stopfte gerade eine Wagenladung Zettel in seine Jackentasche. Dann heftete er zwei eigene Anzeigen mitten in das frei gewordene Rechteck. Solides Marketing, dachte ich mir. *Lagerflächen zu vermieten. Fahrer gesucht,* las ich ab.

»Haben Sie einen P-Schein?«

Ich nickte. »So frisch, daß er noch nach Mutterkuchen riecht.«

Er zog seine Grasnaben hoch.

»Ja, ich habe einen P-Schein«, erklärte ich, nahm den anderen Zettel. »Sie vermieten Lagerflächen? Wie groß?«

Peter Denker führte ein Hinterhofunternehmen im klassischen Sinn. Werkstatt, Schrottplatz, Garagenvermietung, Fuhr-, Abschlepp- und Taxiunternehmen, wahrscheinlich auch noch Menschenhandel und Hehlerei, für Drogensachen war er zu spießig. Sein Büro hätte der Zeitschrift *Tristesse* entsprungen sein können. Graugelbe Wände, ein Ausklappkalender von 1982, vielleicht in der Hoffnung, daß er irgendwann wieder gültig wäre, ein verblichenes Aquarell ohne erkennbares Motiv. Möbel aus Epochen, in denen noch Menschenopfer gebracht wurden, graue Gardinen. Der Geruch von Öl, Nikotin, verbranntem Kaffee. Das schlimmste aber war seine Sekretärin: verwittertes, tieftrauriges Gesicht, irgendwas zwischen Vierzig und Sechzig, fleckige Hände, drei gnadenlos überquellende Aschenbecher vor sich, in zweien davon qualmende Kippen, vielleicht eine Verwandte von Harry, dachte ich einen Moment lang. Sie saß an einem Computer, der wahrscheinlich in den Sechzigern in der DDR produziert worden war. Ein grüner Bildschirm, dem ich aus vier Metern Entfernung ansehen konnte, daß er unscharf darstellte, dafür leuchtete er wahrscheinlich einen halben Tag lang nach. Jede Ergonomiekommission wäre in Jubel ausgebrochen.

Es fehlte noch, daß Denker eine ausladende Geste machte und »Mein Büro!« sagte, aber das tat er nicht. Hier ging es um Geld, um jeden einzelnen verkackten Pfennig, das war überdeutlich, leider nicht deutlich genug für mich. Jemand, der in solch einem Ambiente hauste, war entweder steinreich oder auf einem extrem seltsamen Trip.

»Wir haben nur einen Wagen, einen *sehr* guten Mercedes«, erklärte Denker, hinter seinem Sperrholzkasten Platz nehmend, ohne mir einen Stuhl anzubieten. »Unser Fahrer ist vorgestern gestorben.«

Ich verkniff es mir, ich verkniff mir alles. Hier war nicht der Ort für Sarkasmus. Dieser Ort *war* sarkastisch.

»Verstehe«, sagte ich.

»Eigentlich ist uns der Taxibetrieb zu aufwendig«, bemerkte Denker.

Seine Sekretärin nickte dabei, wie ich aus dem Augenwinkel sah, ich meinte ein leises Knirschen ihrer Halswirbel zu hören. Sie zündete sich eine weitere Zigarette an, obwohl sich über ihrer Schreibtischfläche reichlich Rauch kräuselte. Eigentlich hätte sie einfach nur tief einatmen müssen. Die Luft in ihrer Umgebung hatte vierzig Milligramm Nikotin pro Liter.

»Ich würde anbieten, daß Sie ein Gewerbe anmelden und den Wagen sozusagen mieten«, sagte Denker. »Sie wären dann Ihr eigener Chef.« Er lehnte sich im Stuhl zurück und sah zur Decke. Wahrscheinlich wollte er damit unterstreichen, wie wunderbar es war, Unternehmer zu sein, und ich sollte mich in dieser Zeit abermals ausgiebig umsehen, um eine Ahnung davon zu bekommen, was ich alles erreichen könnte.

»Wieviel?« fragte ich nur.

»Sie sind außerdem an einer Lagerfläche interessiert?«

Der sehr gute Mercedes war ein 280E Strich-Achter, Automatik, Baujahr 1974, Kilometerzähler zwar auf irgendwas um die siebzigtausend, die Anzeige aber nur fünfstellig – die Kiste konnte hundertsiebzigtausend Kilometer auf dem Buckel haben, aber auch über eine Million. Immerhin aber war der Wagen leidlich gepflegt, Karosserie einwandfrei, sattes Motorgeräusch, dafür roch er innen wie ein Toter am Schließmuskel. Aber es war ein TAXI-Schild auf dem Dach befestigt, der

Hobel hatte das notwendige Spuckebeige – und ich wäre mein eigener Herr, theoretisch zumindest. Dann präsentierte mir Denker die Lagerfläche.

Ich brach in Gelächter aus. »Das ist nicht Ihr Ernst, oder?«

Denker sagte nichts. In seinem Hinterhof standen eine Reihe Schuppen mit angeschrägten Flachdächern, Holzflügeltüren, die nur noch vom Terminator persönlich geöffnet werden konnten, innen voneinander abgetrennt durch Maschendrahtzäune, die in Nabelhöhe endeten – man konnte praktisch einen Fußmarsch von der letzten bis zur vordersten Garage machen, ohne eine weitere Tür zu öffnen. Auch hier stank es nach Öl. Der Fußboden klebte und schillerte.

»Ich gebe Ihnen den Wagen nur dann, wenn sie auch eine Garage mieten«, hatte Denker beschlossen. »Hundertzwanzig im Monat.«

»Garage? Wo ist hier eine Garage?«

»Wir können das Gespräch beenden, denke ich.«

»Für hundertzwanzig Mark bekomme ich eine Wohnung am Richardplatz«, mutmaßte ich.

»Hundert, plus die Miete für den Wagen.«

Ich betrachtete das Loch. Drei mal vier Meter. Gut, wenn ich etwas Pappe auf den Boden legte. Letztlich ging es darum, daß ich diesem Hinterhofluden fast dreihundert Mark im Monat für einen überalterten Daimler und zwölf Quadratmeter Bombenabwurfgebiet zahlte. Zunächst. Denn beides erhöhte sich jährlich automatisch um fünf Prozent.

Ich schlug trotzdem ein.

»Sämtliche Nebenkosten des Wagens tragen natürlich Sie«, ergänzte Denker. »Der Wagen gehört offiziell Ihnen, mit Brief und Schein, wir schließen einen Dauerschuldvertrag unter Kaufleuten. Sollten Sie kündigen, ist ein Kaufpreis fällig.«

Ich hielt seine Hand weiter fest. Der erste Vertrag meines Lebens! Denker verkaufte mir noch vier ausgenudelte Pappkisten – »Die sind so gut wie neu« – für zwanzig Mark, mit denen ich die »Garage« auslegte, zu mehr taugten sie sowieso nicht. Ich lud den Cityhopper gleich aus, fuhr zu R & W, gab ihn ab und nahm mir ein Taxi zurück zum Britzer Damm. Mein Fahrer war ein greiser, schwerhöriger Türke, dem ich die Zieladresse ins Ohr schreien mußte. Ein Kollege, dachte ich, grinsend auf der Rückbank sitzend. Verdammt, ich hatte einen echten *Beruf*.

»Wie ist es so?« fragte ich.

»WAS?« brüllte der Mann.

»WIE. IST. ES. SO.«

»Was?«

»DAS TA-XI-FAH-REN.«

»Scheiße«, schrie der Fahrer. »Nix Geld.«

10. Bedenkzeit

Andrea verabschiedete sich von mir, abermals mit einem Kuß, und wieder beobachtete uns die *Wohnzimmer*-Besatzung schweigend.

»Bis Montag«, sagte sie.

»Bis Montag«, antwortete ich.

Ich sah ihr nach, kramte in meinen Gefühlen. In erster Linie spürte ich eine gewisse Erleichterung. Andrea, das war einfach eine Kategorie, in der ich mich noch nie bewegt hatte. Ich hatte schon schönere Frauen getroffen, durchaus, aber Andrea besaß vieles, das ich noch nie in einer einzigen fokussiert erlebt hatte.

Meine längste ... *Affäre* war diejenige mit Mel gewesen, der Modderfoggers-Sängerin – ganze zwei Wochen, von denen sie zehn Tage grippal infiziert im Bett gelegen hatte, ohne mich, versteht sich. Es war kaum vorstellbar, daß Andrea auf einen One-, Two-, Three-Nights-Stand aus war. Ich fühlte mich überfordert. Natürlich fand ich sie fantastisch. Ihr Nacktbild vom tranigen Erwachen am gleichen Morgen flatterte an meinem geistigen Auge vorbei. Uwe wedelte wieder mit einem leeren Bierglas, ich bestellte gleich noch einen doppelten Jack dazu. Es war kurz vor zwei, die Trauerfeiernden palaverten halblaut, Harry hatte sich mit Chrissie nach hinten verdrückt, Gonzo war nach oben verschwunden. Walter las kopfschüttelnd im *tip*, wahrscheinlich die Plattenkritiken. Ich nahm meine Drinks und setzte mich zu ihm, überlegte auf dem Weg, ob ich noch fahren sollte, später am Tag. Zwei Bier, ein Jack

Daniel's, dazu der Rest von letzter Nacht. Eher nicht. Und ich hatte noch nichts gegessen.

Er klappte den *tip* zu und sah mich an.

»Na?«

»Was – na?« Ich kippte den Jack Daniel's.

»Du trinkst ganz schön viel.«

Tautologie. Ich nickte, spülte mit Bier nach.

»Was wollte Chrissie eigentlich von dir? Vorhin auf dem Friedhof?«

Walter kratzte sich an der Nahtstelle zwischen Glatze und Resthaar, ließ mit der anderen Hand ein paar Seiten des Stadtmagazins durch die Finger knattern.

»Da darf ich noch nicht drüber reden.« Er sah mich an, mir direkt in die Augen, und irgendwas stimmte mit seinem Blick nicht. »Was wird das mit dir und Andrea?«

Ich atmete geräuschvoll aus, nahm mir eine Zigarette aus seiner Schachtel. »Keinen Schimmer. Sie fährt jetzt erst mal weg, bis Montag.«

»Bedenkzeit.«

»Mmh. Das ist alles etwas überraschend, um ehrlich zu sein.« Die Fluppe schmeckte nicht.

»Für dich vielleicht«, sagte Walter, deutete ein Kopfschütteln an und stand auf. Er ging nach hinten, aber nicht zum Klo, sondern nach rechts, in den anderen Gastraum, wo Harry und Chrissie die Köpfe zusammengesteckt hatten.

Ich sah ihm nach, wollte eigentlich irgendwas brüllen, etwa *Arschloch, nennst du das ein ›Gespräch‹?*, sparte es mir aber, zumal Brausepaul gerade ein lautstarkes »Ha!« ertönen ließ. Eigentlich wollte ich auch nicht darüber reden. Ich bestellte noch ein Bier und einen weiteren Jack Daniel's, blätterte durch die Filmkritiken des *tip* und beschloß, den Tag so enden zu lassen, wie er angefangen hatte.

Drei Stunden später saß ich mit Harry am Tresen, Arm in

Arm, wir sprachen über Sal, über alte Stammgäste, die plötzlich verschwunden waren und von denen niemand wußte, was aus ihnen geworden war. Dazu lief die alte Mucke, Five Live, Mellencamp, Jackson Browne. Wir wurden melancholisch. Dann verabschiedete sich Harry, wollte noch in irgendeinen klebrigen Schwulenclub an der Urbanstraße, ich winkte ab. Der Abend endete fast wie der vorige, nur ohne Andrea. Stinkmüde und völlig fertig, zappte ich noch ewig durch die Kanäle, landete bei den »Sexy Spots« auf einem der Sportkanäle oder diese Provinzsender, die sich »Hauptstadtfernsehen« schimpften: Mäßig hübsche Frauen, die in einem Wettstreit standen, die Polymertitten auf möglichst unerotische Weise zu quetschen, während Kameraführung und flinke Hände verhinderten, daß wirklich interessante Teile ins Bild kamen.

11. Kumpelli
Drei Jahre zuvor

Eines Morgens hatte ein schwarzer Kater auf unserer Fußmatte gelegen, mich kurz angeblinzelt und »Märrg« gesagt. Ich hatte gerade runtergehen wollen, um die Post zu holen. Drei Minuten später, wir wohnten immerhin im fünften Stock, hatte das Viech immer noch dagelegen. Beide Augen waren weit geöffnet, der Kater – ich nahm einfach an, daß es einer war – hatte abermals »Märrg« gesagt, wobei er das Maul wesentlich stärker aufriß, als für den etwas kläglichen Laut notwendig gewesen wäre.

»Was willst du denn hier?« fragte ich. Der Kater stand auf, drückte den Buckel durch und linste durch die geöffnete Tür in die Wohnung.

Dann schlich er an mir vorbei, sah sich dabei vorsichtig um. Schnüffelte. Spazierte in aller Seelenruhe in die Küche.

»Huch!« schrie Gonzo.

»Kennst du den?« fragte ich, legte drei Musikzeitschriften neben die Spüle, weil Walter verreist war, die *c't* neben Gonzos Frühstücksbrot – Marmelade, Käse und Senf, igittigitt. Ich nahm mir ein paar Riegel Kinderschokolade aus dem großen Glas, das auf der Arbeitsplatte stand und vereinbarungsgemäß immer gut gefüllt war.

»Der ist einfach reinmarschiert.«

»Aha.« Gonzo betrachtete das Tier, das Tier betrachtete ihn, drehte seine Ohren zum Rascheln des Schokoladenpapiers in meinen Händen, sagte dann wieder »Märrg«. »Vielleicht hat er Hunger«, meinte Gonzo. Er ging also auch davon aus, daß es ein »er« war.

»Haben wir Milch?«

»Keine Ahnung.«

Wir hatten Kondensmilch, die etwas ungleichmäßig aus der Dose tröpfelte, aber noch nicht stank, sich allerdings auch nicht mit dem Wasser vermischte, das ich dazugab. Außerdem eine schon steinalte Büchse Thunfisch, die noch acht Jahre haltbar war. Der Kater ließ sich das Frühstück schmecken, drehte die Ohren hin und her, fraß ganz gemütlich. Dann setzte er sich hin, schlabberte seine Schnauze sauber, die Pfoten, blickte ab und zu hoch.

»Cool«, fand Gonzo. Ich nickte. Der Kater sprang auf seinen Schoß, drehte sich dreimal im Kreis und legte sich dann gemächlich hin. Gonzo erstarrte. »Cool«, sagte er abermals, leise.

»Der scheint sich bei uns wohl zu fühlen«, sagte ich. Wir mußten beide lachen, Gonzo sehr vorsichtig. Der Kater zeigte keine Reaktion.

Als er am übernächsten Morgen immer noch da war, beschlossen wir, daß es Zeit für einen Namen sei. Das Tier hatte im Wohnzimmer geschlafen. Es schiß in die Pappkiste, die wir ins Hauptbadezimmer gestellt und mit etwas Blumenerde gefüllt hatten – die Erde stammte aus dem Hof, wir hatten sie nachts aus den Rabatten des Hausmeisters geschaufelt.

»Walter kommt heute zurück. Sollten wir nicht auf ihn warten?«

Ich schüttelte den Kopf. »Zwei gegen einen, im Zweifelsfall. Die Mehrheit ist dafür.«

»Mmh«, machte Gonzo. »Und wie nennen wir ihn?« Daß es tatsächlich ein »er« war, hatten wir inzwischen herausgefunden, dank Gonzos Internet-Anschluß. Wir hatten es geahnt: Frauen betraten unsere WG nicht auf diese Art. Und sie blieben auch niemals länger als zwei Tage.

»Keine Ahnung.« Ich sah mich in der Küche um. Neben der Spüle lag unsere neueste Errungenschaft, die Gemüsebürste, ein Geschenk von Gonzos Mutter. Wir aßen wenig Gemüse, und wir bürsteten es nicht, wir schrubbten auch keine Suppe oder bohnerten die Steaks.

»Gemüsebürste«, schlug ich vor. Gonzo zog die Augenbrauen hoch.

»Warum?«

»Ein Wort mit zwei ›Ü‹, das paßt zu einem Neuköllner Kater.«

»Glühbürne«, sagte Gonzo. Wir kicherten.

Die Wohnungstür krachte, es polterte im Flur – Walter. Er grüßte nicht, sondern griff sich seine Zeitschriften und setzte sich sofort an den Frühstückstisch, schlug das oberste Magazin auf. Der Kater sagte »Märrg«, Walter erstarrte so wie Gonzo, als das Tier ihm auf den Schoß gesprungen war.

»Was ist das?«

»Eine Katze.«

»Sehe ich auch. Wo kommt die her?«

»Ist einfach reinspaziert. Vorgestern.«

»Aha.«

Der Kater sprang von Gonzos Schoß, wo er sich offensichtlich am liebsten aufhielt, obwohl – oder vielleicht weil – Gonzo ihn nicht streichelte. Er drückte sich an Walters Schienbein, als wüßte er, wen es jetzt zu überzeugen galt.

»Na, Kumpelli«, sagte Walter und kraulte den Kater im Nakken. Das Tier legte sich auf die Seite und begann zu schnurren.

Kumpelli war eines der Modeworte, die Gonzo und ich benutzten – *Kumpelli*, *kühn*, in letzter Zeit *schlicht* –, ob unpassend oder nicht. Walter machte derlei eigentlich nicht mit. Er fand es kindisch.

»Kumpelli. Klingt gut«, sagte ich. Gonzo nickte.

12. Knebelvertrag
Auch drei Jahre zuvor

Kutzek hatte ein leuchtendrotes Gesicht, was einen tollen Kontrast zu seinen strohblonden Strubbelhaaren gab, und so große Hautporen, daß man Erbsen darin hätte verstecken können. Sein Gebiß hatte er vor ein paar Jahren irgendwo im Ausland renovieren lassen, es sah aus, als hätte ein motorisch gestörter Fünfjähriger Zähne aus Ton geknetet. Kutzek kam immer um sieben ins *Wohnzimmer*, exakt eine Stunde nach Öffnung, exakt eine halbe Stunde nachdem er sein Büro schloß. Um halb neun hatte er einen in der Lampe, um zehn ging er schlafen. Kutzek war Anwalt, Spezialgebiet Asylrecht. Seine Kanzlei lief gut, nach allem, was ich wußte, aber sein Privatleben hing offensichtlich tief in den Seilen.

Ich setzte mich zu ihm, und man stellte mir mein Bier hin.

»Na, wie laufen die Geschäfte?« fragte ich Kutzek. Wie er mit Vornamen hieß, wußte hier niemand.

»Geht so«, antwortete er.

»Sag mal«, begann ich und zog die Fotokopie des Denker-Vertrages aus der Tasche. »Was hältst du von diesem Schriftstück?« Ich fand es irgendwie passend, von »Schriftstück« zu reden. Das klang, als würde ich seine Fachsprache würdigen – und damit seine Tätigkeit. Tat ich eigentlich nicht, Anwälte waren mir verhaßt – die Geier des Streits. Als Mensch fand ich ihn ganz okay. Schließlich war er Stammgast im *Wohnzimmer*.

Der Vertrag umfaßte anderthalb Seiten. Als Kutzek fertig gelesen hatte, standen ihm Lachtränen in den Augen.

Normalerweise saß er eher trübsinnig am Tresen, redete kaum, vor allem lachte er selten.

»Nur ein Idiot würde das unterschreiben«, erklärte er feierlich.

Meine Nackenhaare stellten sich auf. Um abzulenken, kippte ich das Bier.

»Mal angenommen, ein Idiot *hätte* das unterschrieben.«

Kutzek lachte wieder.

»Laß mich doch mal ausreden!«

Er nickte lächelnd, trank dann sein Weizenbier in einem Zug. Andrea stellte ungefragt ein weiteres hin. Kutzek war einen Moment lang abgelenkt, weil er sich damit beschäftigte, Andrea hinterherzustarren, ein bißchen geistesabwesend. Viele Männer im *Wohnzimmer* verhielten sich so. Alle.

»Okay, also angenommen ...«, begann ich wieder.

»Na ja«, unterbrach Kutzek. »Dieser Vertrag könnte von einem wohlwollenden Richter als sittenwidrig aufgefaßt werden. Aber die Wahrscheinlichkeit dafür ist gering, unter Kaufleuten kann so gut wie alles vereinbart werden. Dies ist ein Dauerschuldverhältnis, das nur aus wichtigem Grund gekündigt werden kann. Und selbst dann wird der Kaufpreis des Fahrzeugs fällig – der Neupreis. Das ist *sehr* unüblich.«

Die Betonung des Wortes »sehr« ließ meine Nackenhaare erneut stehen. »Und was ist, wenn derjenige, der das unterschrieben hat, sein Gewerbe einen Tag später angemeldet hat?«

»Das spielt keine Rolle.«

»Du weißt nicht zufällig, was ein 280E 1974 gekostet hat, oder?«

Kutzek lachte nur noch, dann setzte er sein Glas ab und drehte sich zur großen Schaufensterscheibe um, durch die man auf die Straße sehen konnte. Mein Hobel stand auf der anderen Seite in einer Lücke, für die er eigentlich zu groß war, weshalb sein Vorderteil den Bürgersteig auf einen halben Meter

Breite reduzierte. Die Typenbezeichnung am Heck war von hier aus gut zu lesen.

Dann sah er mich mit großen Augen an.

»*Du* hast diesen Vertrag unterschrieben?«

Ich nickte, versuchte ein mitleidheischendes Gesicht aufzulegen.

»Herzlichen Glückwunsch!« Er lachte wieder.

Die Garage war seit fast drei Jahren geräumt, aber ich durfte nicht kündigen, weil ich sie zusammen mit dem Wagen *gemietet* hatte. Ich durfte überhaupt nicht kündigen, dafür stand die monatliche Rate inzwischen bei 350 Mark. Ich mußte den Wagen instand halten, selbst nach einer Verschrottung müßte ich weiter zahlen, für nichts. Okay, er fuhr noch, auf Daimler war Verlaß, außerdem pflegte ich ihn vergleichsweise gut, fuhr meistens zurückhaltend, baute keine Unfälle, karrte ihn alle vier Monate zu Grimmel, meinem Hinterhofschrauber, der aber in letzter Zeit immer häufiger »Das lohnt sich eigentlich nicht mehr« sagte. Inzwischen fuhr ich eine Schicht pro Woche, um die Karre zu unterhalten. Von Benzin, Steuern und Versicherung nicht zu reden. Seit der letzten Motorüberholung war der Verbrauch um zwei Liter im Schnitt gestiegen, hatte damit die Zwanzigermarke überschritten, Super. »Wir müssen die Ventilschächte machen«, hatte Grimmel erklärt. Daß mich der Wagen dadurch fast vier Mark mehr auf hundert Kilometer kostete, das hatte er nicht erwähnt.

»Kein Ausweg?« fragte ich Kutzek.

Er nahm das Schriftstück und überflog es abermals. Dann schüttelte er den Kopf. »Du könntest es natürlich darauf ankommen lassen. Einfach nicht mehr zahlen – und dann abwarten, was passiert. Im günstigsten Fall kündigt der Gegner von sich aus.« Gut, er hatte erkannt, daß Denker mein Gegner war. »Aber das ist kaum anzunehmen, eher wird er

Zahlungsklage erheben, zumal du ihm auch noch zwanzig Mark Mahngebühren und zwanzig Mark Verzugszinsen je Monat zahlen müßtest. Dieser Vertrag räumt dem Gegner alle Rechte ein, während du fast ausschließlich Pflichten hast. Dafür darfst du das Fahrzeug nutzen und die Stellfläche. Wieviel Quadratmeter waren das noch gleich?«

»Elf Komma vier«, sagte ich kleinlaut.

Kutzek lachte wieder. Dann beugte er sich zu mir. »Erschieß diesen Mann«, flüsterte er grinsend. Schön, daß diese Scheiße wenigstens einen amüsierte – nun gut, zwei: Denker schlug sich wahrscheinlich auch pausenlos auf die Schenkel. »Das ist die einzige Lösung.« Dann wurde er ernster. »Du könntest Insolvenz anmelden. Pleite machen. Die Eidesstattliche Versicherung abgeben.« Ich zog die Stirn kraus. »Na ja, die Finger heben. Vorausgesetzt, du hast nur ein geringes Privatvermögen ...« – Ich nickte, denn ich hatte überhaupt keines –, »... dann bekommt der Gegner seinen Wagen zurück und einen Titel gegen dich, der Kaufpreis würde gegen den Restwert verrechnet werden – der wahrscheinlich nicht gerade groß ist, selbst bei so einem Liebhaberstück.« Er lächelte, hatte »Liebhaberstück« wie »Mülltüte« betont. »Vielleicht gibt er es über die Jahre auf, immer wieder die Vollstreckung zu betreiben. Aber ich kenne Fälle ...« Er nickte vielsagend. Das klang alles nicht sehr aufmunternd. »Dabei darf man natürlich nicht vergessen, daß deine Bonität auf Jahre ruiniert wäre. Alles jenseits des Existenzminimums könnte gepfändet werden.«

Gut, Bonität hatte ich sowieso nicht, soweit ich wußte. Aber die Vorstellung, daß mir Denker alle naselang einen Vollstrecker schicken würde, war nicht gerade angenehm. Ich dankte Kutzek, machte Andrea Zeichen, daß seine Weizen auf mich gingen, ließ mein zweites Bier stehen und ging hoch zu Gonzo, der im Halbdunkel an irgend etwas herumlötete. Es roch nach Metall und verbranntem Plastik.

»Könntest du etwas für mich im Internet suchen?« fragte ich ihn. Er brummte zustimmend.

»Den Neupreis für meinen Wagen. Daimler-Benz 280E, Baujahr 1974.«

»Okay.«

Ich schmiß mich aufs Bett und zappte. Schon kurze Zeit später klopfte Gonzo.

»Und?«

»Dreiundzwanzigtausend inklusive Mehrwertsteuer«, sagte er. »Damals waren die Karren noch richtig billig.«

»Nicht billig genug«, brummelte ich, schaltete den Fernseher aus und ging runter, zurück ins *Wohnzimmer*, um mich weiter zu besaufen. Kutzek lachte wieder, als er mich kommen sah.

»Denk an deine anwaltliche Schweigepflicht«, zischte ich ihm im Vorbeigehen zu.

»Das glaubt mir sowieso keiner«, war seine Antwort.

13. Strafzettel

Am Donnerstag, dem Tag nach Sals Beerdigung, hebelte ich mich um halb zwei aus dem Bett. Ich beendete meine morgendliche Zapprunde nach der dritten Vollumkreisung, duschte lauwarm im Zweitbad, weil aus dem Hauptbadezimmer selbst bei geschlossener Tür Walters Verwesungsgestank drang – irgendwann mußte er mal zum Arzt gehen und seinen Darmtrakt checken lassen, so übel roch es nicht einmal bei Kumpelli, wenn der nach einer Dose Kitekat mit Innereien seine feuchte Wurst oben auf dem Katzenstreu plazierte, quasi als mahnenden Hinweis darauf, ihn mit diesem Zeug nie wieder zu füttern. Leider kaufte der kleine Edeka-Laden an der Ecke Katzenfutter sortenweise ein, wodurch es erst wochenlang Kaninchen, danach wochenlang Innereien gab, wie jetzt. Kumpelli fraß es mit langen Zähnen und meistens nicht alles, murrte herum und verpißte sich gleich nach dem Füttern. Innereien sind ja auch widerlich. Dafür bekam er zwischendurch eine Dose mit gutem Thunfischfilet, dann war er wieder besänftigt.

Das Duschen half nicht, ich fühlte mich rechtschaffen zerstört, in meinem Mund steckte der Fuß eines Toten. Ich kippte meinen Kaffeepott voll mit dem Zeug, das wahrscheinlich schon seit Stunden auf der Warmhalteplatte brodelte und auf die Hälfte seines ursprünglichen Volumens eingedampft war, die Kaffeemaschine klickerte nervös. Im Kühlschrank herrschte Notstand, die Mortadellascheibe hatte sich vollständig eingerollt, wahrscheinlich aus Einsamkeit, von dem Salamizipfel lag nur noch die Pelle da. Es gab nicht einmal mehr Käse, und den aß ich nur, wenn es wirklich nichts anderes mehr gab. Ich trank eine halbe Minute lang aus dem Wasserhahn, das half – jetzt waren nur noch die Zehen im Mund. Schließlich ätzte der verbrannte Kaffee auch die weg. Walter hatte, dem Kaffee nach zu urteilen, schon um zehn, elf das Haus verlassen, aber der Flur roch noch immer wie ein Hermannplatz-Penner im Schritt. Gonzo schlief, er hatte wahrscheinlich bis in den frühen morgen gelötet, gechattet, irgendwas Sinnloses getan. Jedenfalls hing das *Enter-and-you-will-die*-Schild an seiner Tür.

Gegen vier ärgerte mich das Fernsehprogramm so sehr, daß ich beschloß, Taxi zu fahren. Die vielen Gerichtsshows erinnerten mich nur an das immer größer werdende Damoklesschwert in Form eines idiotischen Vertrags mit einem widerlichen Hinterhofluden. Glücklicherweise machte der Daimler im Moment keinerlei Probleme, schnurrte wie Kumpelli, wenn sich Walter dazu herabließ, ihm seinen Bauch zu kraulen.

Harry war im *Wohnzimmer*, alle Stühle standen noch oben, Martina, die Putze, schob singend den Staubsauger über die wellige Auslegeware. »It's raining men«, hoffte sie, gemeinsam mit den »Weather Girls«. Na ja, da müßte es schon hageln, damit einer Martina träfe. »Hallo, Henry«, sang sie lächelnd; die sieben Zähne, die sie noch besaß, waren rabenschwarz umrandet. Ich sagte »Hallo, Martina« und setzte mich zu Harry, der zwei Hocker vom Elefanten hob, der seitlichen Verlängerung des Tresens, was ihn sichtlich anstrengte.

»Kaffee?«

Ich nickte, eine gute Idee nach der Plörre von vorhin.

»Fährst du?«

Ich nickte wieder. »Kohle ist alle.«

»Ein bißchen früh.«

»Außerdem ist Donnerstag. Ich könnte eigentlich zu Hause bleiben, aber ich bin pleite.«

»Chrissie hat bei mir geschlafen. Sie ist gerade weg.«

»Wie geht es ihr?«

»Na ja, wie soll es ihr gehen?« Harry seufzte, ein tiefes, grundlegendes Seufzen, sein Oberkörper zitterte dabei, wie ich mit Unbehagen feststellte. »Ihr Bruder ist tot. So ganz ist die Nachricht noch nicht angekommen, denke ich, der Aufwand mit der Beerdigung und so hat sie ein bißchen abgelenkt. Sie kommt heute abend noch mal vorbei. Wahrscheinlich wird es sie erst in den nächsten Tagen richtig erwischen.«

»Er ist sehr langsam gestorben.«

Harry zuckte zusammen, ich biß mir auf die Zunge. Er würde ebenfalls langsam sterben – Krebs, Toxoplasmose, Lungenentzündung, vielleicht alles auf einmal.

Ich wechselte das Thema. »Andrea ist verreist, oder?«

Jetzt lachte er rauh, zündete sich mit flatternden Händen eine seiner gehaltlosen Fluppen an, von denen er mehrere Stangen pro Tag rauchte. Ich nahm mir auch eine, schmeckte aber überhaupt nichts. Ich hätte genausogut durch eine schwelende Klorolle atmen können. »Ja, Drea ist verreist. Das weißt du ganz genau. Deinetwegen.«

»Quatsch.«

Er zog an seiner Zigarette und schaute mich an. »Doch. Sie hat Schiß, glaube ich«, erklärte er. »Jedenfalls hielt sie es nach dieser desaströsen Nacht für besser, ein paar Tage ins Land ziehen zu lassen. Wäre nicht die Beerdigung gewesen, sie wäre schon gestern morgen gefahren.«

»Aha.« Mehr fiel mir nicht ein. Und ich wollte auch nicht fragen, was Harry genau von dieser »desaströsen Nacht« wußte.

»Du bist doch ein Vollidiot«, lachte er, aber nicht wirklich fröhlich. »Seit Jahren hat sie für niemanden hier einen Blick, außer für dich, bricht jedesmal fast zusammen, wenn du mit einer anderen abziehst. Und du merkst nichts?«

Ich schlürfte den guten Kaffee und beobachtete Martina, hoffte, daß das Gespräch beendet wäre. Harry ging nach hinten in die Küche und kam mit einem Umschlag wieder. Ich bekam eine Gänsehaut, denn ich ahnte, was er enthielt. Harry gab mir den Brief von Andrea. Er blinzelte, überlegte, was er sagen sollte, war vielleicht sogar den Tränen nahe.

»Ihr seid mir die wichtigsten Menschen, Drea und du, obwohl ich bei dir manchmal nicht weiß, warum eigentlich. Was auch immer du machst, tu mir den Gefallen und sei verdammt nochmal wenigstens nett zu ihr!« Er lächelte schwach. Ich steckte den Brief in die Jackentasche. Unwillkommene Schriftstücke begannen mein Leben zu beherrschen.

»Wird Zeit«, sagte ich, umarmte Harry und ging mein Taxi suchen. Das dauerte diesmal nicht lange, es stand an der nächsten Straßenecke, ragte in den Fußgängerüberweg. Ein grüner Zettel hinter dem Scheibenwischer flatterte fröhlich im Frühsommerwind.

»Scheiße«, brummte ich, ließ den Zettel hängen und begann meine Tour.

14. Schweißmann

Das Taxifahren hatte nichts, aber auch rein gar nichts von dem Asphaltcowboy-Dasein, das ich mir ausgemalt hatte. Keine bildschöne Traurige, kein ideensuchender Bestsellerautor, keine wilden Verfolgungsjagden. Statt dessen stundenlanges Warten an überfüllten Taxiständen, kilometerlange Leerfahrten, knauserige Fahrgäste, Besserwisser, die mir eine Kurzstrecke abschwatzen wollten, einen schnelleren Weg wußten. Haufenweise Proleten. Genervte Geschäftsleute, schwatzhafte Touristen. Stramme Kneipengäste. Und jeder war in Eile, bis auf die strammen Kneipengäste. Die wollten meistens überhaupt nichts mehr, aber irgendwie auch nicht heim zu Mama.

Ich mochte es trotzdem, auch wenn es meine Toleranzgrenzen massiv strapazierte. Nachdem ich die durchsichtigen Plastikbezüge von den Sitzen genommen hatte, die darunter so gut wie neu waren, und den Wagen mit Teppichshampoo grundgereinigt hatte, war der Gestank verschwunden, allerdings fand ich auch reichlich seltsame Dinge unter den Sitzen, Wurstenden mit Pelz und solche Sachen. Ich hatte eine wirklich coole Taxinummer – 424242, dreimal die Antwort auf alle Fragen nach dem Sinn des Lebens undsoweiter –, kein Funkgerät und kein verdammtes Mobiltelefon, dafür aus zweieinhalbter Hand eine feine Stereoanlage.

Zweieinhalb Hände, das hieß, daß sie von Mehmet stammte, der angeblich Gunter hieß und einen Secondhand-Elektronikladen in der Schillerpromenade betrieb, in dem er hauptsächlich das ganze Zeug vertickte, das rundherum aus den

Autos geklaut wurde. Damit schlug ich zwei Fliegen mit einer Klappe: Es war billig, und es würde nicht noch einmal geklaut werden. Alles, was man *nicht* bei Mehmet kaufte, wurde noch in derselben Nacht wieder ausgebaut. Zwei Querstraßen vom *Wohnzimmer* entfernt gab es einen düsteren, verdreckten Kinderspielplatz, den einzigen weit und breit, auf dem niemals Kids zu sehen waren und der tags wie nachts von grimmigen Gestalten frequentiert wurde, die sich über aktuelle Drogenpreise austauschten und das Gebiet für Fahrzeugeinbrüche aufteilten. Wer seinen Nachwuchs dort zum Spielen hinschickte, mußte nicht damit rechnen, ihn je wiederzusehen. Die meisten der grimmigen Gestalten standen bei Mehmet in Lohn und Brot.

Stundenlang konnte ich am Taxistand dösen, CDs von Walter hören oder fernsehen, auf einer batteriebetriebenen LCD-Glotze, die mir Mehmet zur Anlage geschenkt hatte und die sieben Programme schaffte, die man allerdings jedesmal mühevoll neu einzutunen hatte. Das Ding war absolut zapperunfreundlich, und weil fernsehen ohne Zappen keinen Spaß macht, gab ich meistens schnell auf und las statt dessen: Martin Amis, John Updike, Philip Roth, John Irving, Jonathan Franzen, Don DeLillo – meine Lieblingsautoren. Ich liebte ihre Art, zu erzählen. Ich mochte diese Welten, diese Figuren, dieses so ganz andere, dichte Leben, von dem Andrea mal in einem langen Spätnachtsinderkneipegespräch gesagt hatte, es würde mich noch weiter von dem wegführen, was in der Realität passierte. Ich hatte sie angeblinzelt, mein Bier gekippt und das Thema gewechselt. Und dann im Bett noch lange darüber gegrübelt.

Daß heute der Wurm drin sein würde, hätte ich ahnen können. Normalerweise schaltete ich das Schild erst ein, wenn ich aus Neukölln raus war, denn in Neukölln handelte man sich mit hoher Wahrscheinlichkeit nur Patienten ein. Heute tat ich es gleich, wider besseres Wissen, und am Hermannplatz sprang mir sogleich ein dicker Kerl vor den Kühler.

Als er hinten eingestiegen war, traten mir Tränen in die Augen. Ich kurbelte die Scheibe herunter und drehte mich um. Heilige Scheiße. Dem Mann stand ein See auf der Stirn, sein hellbraunes Hemd war triefnaß, und er schwitzte offensichtlich immer weiter. Der Gestank war überwältigend. Der Urschweißgeruch, sozusagen der Referenzschweiß, das Maß aller verschwitzten Dinge.

»Was ist Ihnen denn passiert?« fragte ich.

»Warum?«

»Äh.« Darauf wußte ich keine Antwort. »Wo geht's hin?«

»Ernst-Reuter-Platz. Ich bin in Eile.«

Ich verkniff mir das »Ach was«, beugte mich zur Beifahrerseite und kurbelte auch dieses Fenster ein Stück herunter. Zum ersten Mal wünschte ich mir einen Wald aus »Wunderbäumen«, wie sie meine Kollegen allesamt in ihren Gefährten am Rückspiegel baumelnd hängen hatten, fälschlicherweise vollständig ausgepackt. Ich dachte an *Seven*, die Szene, wo Brad Pitt den Raum betritt, in dem dieser verwesende Typ liegt, die lebende Leiche – die Decke des Raumes vom Killer mit Wunderbäumen behängt. Dort hätte es ohne diesen Krempel ähnlich gerochen.

Als wir die Yorck-Brücken unterquerten, setzte sich der Schweißmann in die Mitte der Rückbank. Das war zwar unbequem, aber von dort aus konnte er das Taxameter kontrollieren, das über dem Handschuhfach angebracht war. Am Bülowbogen kam das Unvermeidliche.

»Sind Sie sicher, daß das der kürzeste Weg ist?«

Dabei tränkte er das x-te Tempo mit seinem Stirnschweiß, glücklicherweise wrang er sie nicht aus. Ich konnte allerdings nicht sehen, wo er sie hinsteckte. Seine Aktentasche stand rechts von ihm im Fußraum. Reichlich geladen, fuhr ich rechts ran und schaltete das Taxameter auf Pause.

»Also, es gibt drei Möglichkeiten, Meister. Entweder, Sie steigen hier aus und suchen sich ein anderes Taxi.« Daß mir das am liebsten war, sagte ich nicht. »Oder wir fahren die Strecke zweimal, zuerst meinen, dann Ihren Weg. Wer verliert, zahlt beide. Und einen Zehner obendrauf.«

»Oder?«

»Sie sparen sich die Besserwisserei und lassen mich fahren.«

Er grübelte einen Moment, auch dabei schwitzte er. Ich konnte alles riechen, was er jemals gegessen hatte, nahm jede Körperflüssigkeit wahr, hätte wohl vierzig Krankheiten diagnostizieren können – theoretisch. Mein medizinisches Fachwissen beschränkte sich darauf, an mir selbst Kopfschmerzen festzustellen. Aber er roch auf jeden Fall ungesund.

»Nummer zwei«, sagte er.

»Ich dachte, Sie sind in Eile.«

»Das ist wichtiger.« Er grinste, Sturzbäche flossen.

Also fuhren wir zweimal, eigentlich ja dreimal. Seine Strecke ergab fast einen Euro mehr. Er reichte mir das Geld nach vorne, auch den Extra-Zehner. Als er ausgestiegen war, beugte ich mich zum Beifahrerfenster.

»Mann, Sie sollten mal eine Dusche nehmen.«

»Was?«

»Sie schwitzen wie ein Schwein in der Sauna. Ist ja grauenhaft.«

Er zog ein Gesicht. »Denkst du etwa, ich mag das? Arschloch!«

Er drehte sich um und ging davon, auf dem Rücken seiner Anzugjacke ein riesiger Schweißschmetterling, der ganze Mann ein wandelnder Rorschach-Test. Ich stieg aus, öffnete die hinteren Türen. Die Sitzbank im Fond war naß, ein großes, feuchtes W. Ich ließ die Fenster offen, setzte mich auf den

Kühler und sah bei dem zu, was auf der Mittelinsel des Ernst-Reuter-Platzes passierte. Filmaufnahmen. Vierzig Mücken hatte die Doppeltour gebracht, fast achtzig Mark, vielleicht sollte ich es dabei einfach belassen. Eine Bullenwanne hielt neben mir, der beifahrende Polizist ließ die Scheibe runter.

»Haben Sie eine Panne?«

Ich nickte. »Kann man so sagen. Ich fahre ja schon weg.«

»Aber hurtig.« Er grinste.

Nachdem ich die hinteren Fenster wieder hochgekurbelt und eine Jackson-Browne-CD eingelegt hatte, wurde meine Laune etwas besser. Es hupte, die Bullenwanne stand wieder neben mir – hatten die Typen doch tatsächlich nur eine Runde um den Platz gedreht. Ich wedelte entschuldigend mit den Armen, meine rechte Hecktür klappte. Ein Frauengesicht huschte am Rückspiegel vorbei.

»Sind Sie frei?«

»Jo.«

»Hu, das stinkt hier aber ganz schön.«

Irgendwie kam mir die Stimme bekannt vor.

»Wo soll's hingehen?«

»Das kann doch nicht wahr sein! Henry?!« quiekte die Stimme. Ich drehte mich um: Tripper-Tina. Und sie sah toll aus, modelmäßig, leicht gebräunt, völlig entspannt, trug ein Sommerkleid, dessen Kaufpreis genügt hätte, um meine Denker-Probleme zu lösen. Ihre Arme flogen um meinen Hals, sie küßte mich ab, dann auch auf den Mund – und *sie* öffnete ihn. Tripper-Tina. Ich hatte sie seit drei? vier? fünf? Jahren nicht gesehen, nein, länger. Davor hatten wir unregelmäßig miteinander herumgevögelt, sehr wild, alle halbe Jahre mal, in etwa. Fast immer hatte ich mir irgendwas von ihr geholt, Pilze, juckende Infektionen, auch Tripper. Natürlich nannte ich sie nicht Tripper-Tina, jedenfalls nicht, wenn ich mit ihr sprach. Sie leitete eine Modelagentur, war ständig in Paris, Rio, New York, ab und zu in München, selten in Berlin. Zweimal im Jahr schickte sie eine Postkarte an Harry, nie mit einer Antwortadresse.

»Deine Haare werden immer länger«, sagte sie.

»Du siehst toll aus«, antwortete ich. Ein Martinshorn ertönte, so laut, als wäre es mitten im Wagen. Ich gab Gas. Nach der nächsten Runde hätten sie die Kanonen gezogen.

»Und? Wo geht's hin?«

»*Adlon*.«

»Nobel.«

»Na ja.« Sie lachte, rutschte auf den Sitz hinter mir, weg von dem Schweiß-W, legte mir die Hände auf die Schultern.

»Und? Wie geht es dir? Wie geht es allen? Was macht Harry?«

Ich wollte schon mit dem Üblichen antworten – »Die Therapie scheint ganz gut anzuschlagen, blabla ...«, als mir einfiel, daß sie es noch nicht wissen konnte. *Sie wußte es noch nicht.*

»So lala, Harrys Laden läuft ganz gut.«

»Prima. Ich will heute abend in seine Kneipe gehen. Meinst du, er ist da?«

»Natürlich. Alle sind da.« Es grummelte in meinem Magen. Ich würde es ihr sagen müssen, vorher. Eine weitere Tröstungsorgie wollte ich Harry einfach ersparen.

»Toll. Ich freue mich.« Sie war aufgeregt. Genau wie ich jetzt, als ihre rechte Hand wie selbstverständlich in Richtung meines Hosenschlitzes glitt. Ich drehte den Rückspiegel so, daß ich sie ansehen konnte.

»He, ich muß fahren.«

»Ist ja nicht weit.« Sie grinste mich im Spiegel an.

Es war wirklich nicht sehr weit, ich hielt vor dem *Adlon*, ein livrierter Türsteher öffnete den Wagenschlag. Bisher hatte ich kein Wort über Harry herausgebracht.

»Kommst du kurz mit rein?« fragte Tina, unterstützt durch einen reizenden Augenaufschlag.

Mein Schwengel klemmte sowieso unter dem Gürtel. Andererseits klemmte da ein gewisser Brief in meiner Jacketttasche. Shit. Aber ich würde sowieso noch mit ihr reden müssen, über Harry, also nickte ich.

»Nur für ein paar Minuten«, sagte sie. »Bin ohnehin spät dran.«

Ich drückte dem etwas konsterniert wirkenden Türsteher meine Autoschlüssel in die Hand und folgte ihr. Offensichtlich war sie schon länger in der Stadt, der Rezeptionist reichte ihr den Schlüssel, wir fuhren in die zweite Etage, wo sie eine bildhübsche Suite bewohnte.

»Bin gleich wieder da«, hauchte sie und verschwand ins Bad, bevor ich protestieren konnte. Der Salon der Suite hatte vier Türen, zwei Sofas, zwei Schreibtische, zwei Fernseher, zwei Telefone, aber nur ein Faxgerät. Zwei Minuten später stand sie vor mir, in einem süßen, durchsichtigen Nichts mit Spitzen, darunter ein T-String, der lediglich aus zwei verknoteten Fäden zu bestehen schien. Sie lächelte, legte den Kopf schief. Dann zog sie den ohnehin kaum existenten Slip unter dem süßen Nichts hervor, stieg extrem geschickt heraus. In meinem Kopf rangen Engelchen und Teufelchen miteinander, um was auch immer, aber Tina war fixer. Sekunden später lag sie bäuchlings auf dem Sofa, ich hinter ihr, so mochte sie das, möglichst schnell, ein bißchen hart. Genau das aber wurde jetzt zum Problem. Das Engelchen hatte einen Uppercut gelandet.

»Ist was?« fragte sie keuchend.

»Irgendwie schon.« Ich zog mich zurück.

Sie sah mich an, lächelte. »Eine andere?«

»Weiß nicht«, murmelte ich und zog meine Hosen hoch. Tina schlüpfte in Jeans und T-Shirt, beides aus Preiskategorien, in denen man eigentlich nicht mehr nur von »Jeans« und »T-Shirt« reden konnte, setzte sich auf das Sofa.

»Ich muß dir etwas erzählen, über Harry.«
»Schieß los!«

Zehn Minuten später saß ich in meiner Taxe, in der es immer noch stank. Ich hielt Unter den Linden auf der Busspur, kroch auf die Rückbank, bückte mich in den Fußraum, eindeutig der Ursprungsort dieser Heimsuchung. Unter dem Beifahrersitz steckte ein Megatampon aus Tempotüchern, mindestens dreißig Stück. Ich schaufelte sie seitlich hinter mir aus dem Wagen, als plötzlich ein Martinshorn losdröhnte. Vor Schreck fuhr ich zusammen und stieß mit dem Kopf von innen gegen das Dach meines Daimlers.

»Das kann doch nicht wahr sein«, schimpfte der Bulle, der sich jetzt rechts neben dem Wagen aufgebaut hatte. »Sie legen es darauf an, oder?« Es war tatsächlich der vom Ernst-Reuter-Platz. Mit dem rechten Fuß schnippte er die Tempokugel ein paar Zentimeter weit.

Umständlich kroch ich aus dem Auto, starrte den Bullen an, die zusammengedrückten Tempos auf der Busspur, und dann tat ich etwas, das einfach in mir war, das in diesem Augenblick geschehen mußte, etwas, das Tina eine Viertelstunde zuvor getan hatte: Ich brach in Tränen aus. Normalerweise passierte mir derlei nicht, und schon gar nie Auge in Auge mit einem Hüter des Gesetzes, aber irgendeine Grenze war einfach überschritten.

Der Polizist wirkte sichtlich erschrocken. »Mann, halb so schlimm, Sie müssen doch nur den Müll wegräumen.«

15. Pinneberg

Aber der Tag war ja noch nicht zu Ende. Als ich am *Wohnzimmer* vorbeiging, nach der üblichen ewigen Parkplatzsuche, sah ich Andrea hinter dem Tresen. Zum Glück sortierte sie gerade Flaschen ein, mit dem Rücken zum Fenster – ich sprintete vorbei. Verflucht, hatte sie nicht eigentlich bis Montag wegbleiben wollen? Ich tastete nach dem Umschlag, kramte meine Schlüssel heraus und jagte, zwei Stufen auf einmal nehmend, in den fünften Stock. Alles in mir lechzte nach dem Geräusch, das unsere Haustür machte, wenn man sie hinter sich zuschlägt. Dann lehnte ich mich mit dem Rücken gegen die Tür wie in einem schlechten Film. Kumpelli kam angewackelt, setzte sich vor mich hin und gab ein vorwurfsvolles »Märrg« von sich. Und das war nicht alles, was ich hörte. Aus Walters Zimmer klang das gedämpfte Schrammeln einer E-Gitarre, die ohne Verstärker gespielt wird. Das tat er selten, eigentlich nur dann, wenn er wirklich down war. Ich seufzte, streichelte dem Kater über den Rücken, der aufstand und sich in meine Hand drückte. Dann klopfte ich an Walters Tür. Keine Reaktion. Ich klopfte stärker, rief seinen Namen, wieder nichts. Ich drückte die Klinke herunter.

Walter saß auf seinem Sofa, die Klampfe in der Hand, monströse Kopfhörer auf dem Schädel, so ein Ding, mit dem es echter klingt, als es sich bei der Aufnahme im Studio angehört hatte. Mit diesen anthrazitfarbenen Plastikohren und seiner buschigen Hinterkopftolle sah er von der Seite aus wie ein Pudel. Sein Oberkörper bog sich vor und zurück, rhythmisch, er spielte Akkorde, die mir bekannt vorkamen – »So long« von Fischer-Z, er hatte die Musik so laut gedreht, daß ich sie trotz der supergedämpften Headphones leise quautschen hörte. Sein Gesicht war tränennaß, aber er hatte die Augen geschlossen. Ich blieb in der Tür stehen, Kumpelli schlich an mir vorbei, setzte sich hin, begann, seine rechte Vorderpfote intensiv zu lecken. Kumpellis Art, zu zeigen, daß ihm eine Situation nicht geheuer war.

Das Stück lief noch nicht lange. Walters Zimmer war picobello aufgeräumt, die CDs thematisch sortiert in dreißig dicht aneinandergestellten Türmen, dazu Wagenladungen Vinyl, sauber in Schutzhüllen verpackt, auf Regalen bis unter die Decke. Seine gigantische Anlage thronte auf einem gußeisernen Gestell, gekrönt durch einen Plattenspieler, an den wir nicht einmal denken durften, geschweige denn daran, eine Scheibe aufzulegen – Walter hätte uns ambulant kastriert, ohne Narkose, versteht sich. Die beiden Baßboxen hatten genügend Schub, um eine Rakete ins All zu schießen. Vier Röhrenverstärker strahlten ein weiches orangefarbenes Licht in den Raum. Unter den Fensterbrettern stapelten sich alle Bücher, die jemals über Rockmusik geschrieben worden waren, darunter sogar Erstausgaben der extrem amüsanten DDR-Rocklexika – eine halbe Seite über die Beatles oder Led Zeppelin, dafür fünf über einen Liedermacher aus Schkopau, von dem weder vor noch nach der Wende jemals jemand was gehört hatte, nicht einmal im Osten.

Walters uralter PC hockte drohend auf dem akribisch aufgeräumten Schreibtisch. Auf diesem Rechner befand sich sein gesamtes kommentiertes Archiv, darüber hinaus alle Informationen, die Walter über zig Bands, Musiker, Plattenfirmen, Studios und Veranstaltungsorte zusammengetragen hatte. Gonzo zog die Augenbrauen hoch, wenn er Walter an dieser Kiste sitzen sah.

»Der wird wenigstens nicht geklaut«, sagte er.

»Aber er wird kaputtgehen, irgendwann«, antwortete Gonzo.

»Warum?«

»Technik geht kaputt, das ist einfach so.«

»Also würde ein neuer auch kaputtgehen, richtig?«

Gonzo stöhnte. »Mach wenigstens ein Backup!«

»Um es zu verlieren? Damit mir die Disketten geklaut werden?«

»Ach, Walter. Kein Mensch benutzt mehr Disketten. Das paßt alles auf einen Speicherstick, den man als Schlüsselanhänger tragen kann.«

»Und noch leichter verlieren.«

Walter schrieb für einige Magazine, arbeitete angeblich auch an einem Standardwerk, und ich wußte, daß er noch immer heimlich komponierte. Sein Gehör war fantastisch. Er konnte alles über Produktionsweise und Aufnahmetechnik eines beliebigen Albums sagen, wenn er ein paar Minuten gelauscht hatte, fand Overdubs und gefakte Liveaufnahmen – einmal war er als Sachverständiger bei einem Verfahren aufgetreten, das eine Plattenfirma gegen eine Band geführt hatte. Dabei ging es darum, daß die angeblichen Liveeinspielungen gar keine waren, was auch stimmte. Walters Expertise gab den Ausschlag. Kleinlaut gestanden die Musiker anschließend, daß sie tatsächlich gemogelt hatten.

»So long« verklang. Walter hatte seine rechte Hand, die das Plek zwischen Daumen und Zeigefinger hielt, auf dem Oberschenkel abgelegt, die Augen aber immer noch geschlossen. Kumpelli machte »Märrg«, bevor ich etwas sagen konnte.

Walter blinzelte, sah erst den Kater an, dann mich, sagte »Oh« und wischte sich die Wangen ab.

»Wie lange stehst du schon hier?«

»Zwei Minuten.«

»Aha.« Er nahm die Plastikohren ab, zog den Gitarrengurt

über den Kopf und stellte die Fender neben sich. Aus dem Kopfhörer war der Beginn des nächsten Stückes zu hören. Walter ging zur Anlage und regelte die Lautstärke runter.

»Was gibt es?« fragte er.

»Das wollte ich eigentlich dich fragen.«

Er nahm ein Tempo aus der Schublade seines Schreibtisches, schneuzte sich.

»Es geht mir nicht so gut«, erklärte er etwas widerwillig.

»Das sieht man. Warum?«

Er legte wieder diesen seltsamen Blick auf, den gleichen, mit dem er mich am vergangenen Nachmittag an seinem *Wohnzimmer*-Tisch begrüßt hatte. »Du hast von nichts eine Ahnung, oder? Rennst durch die Weltgeschichte und nimmst nur die Dinge wahr, in die du reinstolperst. Interessiert dich überhaupt, was um dich herum vor sich geht?«

»Hä?« fragte ich, konsterniert.

»Genau. Hä. Das ist alles, was dir einfällt.« Er wurde etwas laut, sein Gesicht rötete sich leicht.

»Tickst du noch ganz sauber? Könntest du mir mal verraten, wovon zur Hölle du redest?«

»Von Andrea«, sagte er, wieder leiser.

Ich stutzte. »Wieso – Andrea? Was ist mit Andrea? Ich dachte, *dir* geht es schlecht.«

Er nickte. »Eben drum.«

Ich ging einen Schritt zurück, streckte die linke Hand zum Türrahmen aus. So ganz bekam ich das nicht zusammen, aber es regte sich eine leise Ahnung.

»Willst du mir damit sagen …« Ich wußte nicht, wie ich die Frage formulieren sollte. Walter hatte mir einmal erzählt, daß er sich selbst für asexuell hielt, auf ganz besondere Art frigide, jedenfalls mied er Frauen – ausgerechnet Gonzo hingegen hatte mir erzählt, daß Walter in der zwölften Klasse mit dem hübschesten Mädchen der gesamten Oberstufe gegangen sei, und die hatte ihn nach dem ersten Sex fallengelassen, darüber hinaus böse Geschichten über ihn verbreitet, er sei ein Versager, solche Dinge. Aber Walter träumte davon, die Leadsängerin irgendeiner ganz berühmten Band kennen- und liebenzulernen, ihr persönlicher Begleiter, Chronist, Vater ihrer Kinder zu werden. Ein etwas infantiler Traum, wie ich fand.

»Scheiße«, sagte er jetzt. Und: »Gehen wir rüber!«

Wir gingen ins Gemeinschaftszimmer. Walter ließ sich schwer in das dicke Sofa fallen, das uns Harry vom Trödel mitgebracht hatte, ich fläzte mich, immer noch verwirrt, in den Schaukelkorbstuhl. Kumpelli kam auch, sprang neben Walter aufs Sofa und rollte sich zusammen.

»Könntest du damit aufhören, in Rätseln zu sprechen?« bat ich. »Denk daran, mit wem du redest!«

Er lächelte.

»Was weißt du eigentlich über Andrea?«

Ich zuckte die Schultern. »So gut wie nichts. Sie kommt aus der Gegend um Hamburg, denke ich …«

»Pinneberg«, unterbrach Walter.

»Also Pinneberg. Sie ist mit Harry befreundet. Sie ist intelligent, sieht irre aus. Das ist eigentlich alles.«

»Aber du hast doch so oft mit ihr gesprochen, bis tief in die Nacht?«

Ich nickte. »Ja, aber sie hat nie irgendwas Persönliches erzählt. Meistens ging es um Harry oder die Kneipe.«

»Sagt dir der Bandname Purple Notes etwas?«

Ich grübelte kurz. »Nee.«

»›My diamond love‹, Platz vier der deutschen Single-Charts, Oktober 1995.«

»Nie gehört.«

»Andrea war die Sängerin.«

Ich wollte irgendwas sagen, brachte aber nur »Böh …« heraus.

»Nach einem Konzert hat ihr ein Kerl aufgelauert. Das war irgendwo in der süddeutschen Provinz, in der Nähe von Reutlingen, Schwabenländle.« Er kicherte unfroh. »Ein Kaff mit vierzehntausend Einwohnern. Der Typ hat sie in sein Auto gezerrt und ist in den Wald gefahren.«

Ich zog die Stirn kraus, spürte meine Gänsehaut.

»Sie hat sich nicht gewehrt, sie wußte nicht, wie. Hätte wahrscheinlich auch nicht geholfen.« Walter atmete tief ein, zittrig. Auf seine hohe Stirn trat Schweiß. »Er hat ihr sehr, sehr weh getan.« Er starrte mich an, sah irgendwas, aber nicht mich. Ich war dankbar, daß er nicht ins Detail ging. »Danach hat sie die Musik aufgegeben, kam nach Berlin, ist herumgestreunert, ein bißchen wie du, aber im Gegensatz zu dir nicht, weil sie es cool fand, Angst vor der Verantwortung hatte.« Ich wollte unterbrechen, aber Walter hob die Hände, wischte sich mit der Rechten über die Stirn. »Sie wollte eigentlich Schluß machen, aber zum Glück fehlte ihr der Mut. Dann hat sie Harry kennengelernt, über einen von seinen Freunden, der sie in einer Bar auflas – er hatte sie erkannt. Hat er dir das nie erzählt?« Ich konnte nur den Kopf schütteln. Walter lächelte: »Na, mir ja auch nicht. Andrea wollte nicht, daß es jemand erfährt.«

»Und woher weißt du das?«

Jetzt grinste er, aber immer noch ohne jede Spur von Fröhlichkeit. »Ich bin Journalist, du Depp. Und ich weiß einfach *alles* über Musik. Man mag mich unterschätzen, aber es ist mein verdammter Job, Dinge herauszubekommen. Erkannt habe ich sie natürlich sofort, und der Rest war nicht sonderlich schwierig.«

Ich zögerte. »Und dabei hast du dich in sie verliebt?«

Er nickte: »Sie hat übrigens blonde Haare, normalerweise. Vielleicht ist deshalb noch kein Gast draufgekommen. Außerdem vergessen die Leute schnell. Heutzutage lösen sich Bands auf, noch bevor das erste Album erschienen ist.« Er sah kurz zur Decke. »Außerdem gibt es viele Bands. Zu viele.«

Dann hob er wieder die Hände, hilflos. »Ich würde ihr so gerne helfen. Sie wieder zur Musik bringen. Ein paar Mal hatte ich das Gefühl, es wäre bald soweit, ich könnte mit ihr darüber reden. Und dann springt sie mit dir in die Falle.«

Ich ignorierte den letzten Satz, weil mir die Sache mindestens so rätselhaft war wie Walter. »Aber helfen und Liebe – das ist nicht das gleiche«, sagte ich statt dessen.

»Weiß ich auch.«

Gonzo kam rein, der Kater drehte kurz die Ohren zur Tür, dann gleich wieder zurück, öffnete nicht einmal die Augen. Gonzo gähnte. Er sah aus, als hätte eine Marktfrau Fisch mit seinem Gesicht eingewickelt.

»Hast du bis eben geschlafen?« fragte ich.

Es war fast halb neun. Abends. Gonzo nickte.

»Sie ist wieder da«, sagte ich zu Walter. »Ich hab sie vorhin unten gesehen.«

»Wer?« fragte Gonzo.

»Andrea«, antwortete Walter.

»Ich weiß«, sagte Gonzo. »Sie hat mich rausgeklingelt, irgendwann gegen sechs. Sie wollte zu dir.« Er nickte in meine Richtung.

»Es gibt noch etwas Neues«, sagte ich dann, um das Thema zu wechseln. »Tina ist in der Stadt.«

»Nein!« riefen Walter und Gonzo gleichzeitig. »Tripper-Tina?«

16. Square Dance

Wir entschieden uns, noch ein wenig in die Hasenheide zu gehen – zur Zeit fanden die Neuköllner Maientage statt, ein Rummel, Kirmes, wie die Südlichter sagen. *Extreme Prolling* nannte Walter das, aber es war lustig, irgendwie. Andrea stand vor der Tür des *Wohnzimmers* und sprach mit der unansehnlichen Endfünfzigertante, die einen Dutt trug, der mich an die Butter-Beck-Verkäuferin meiner Kindheit erinnerte, und die den klitzekleinen Salon Evi direkt neben der Kneipe besaß. Sie wohnte auf der anderen Straßenseite, auch im Erdgeschoß. Die Produkte in der Auslage und die Poster im Schaufenster des Salon Evi waren allesamt vergilbt, die gelb-violett-ausgebleichten Frisurenfotos zeigten eine Mode, deren Schöpfer längst zu Staub zerfallen waren. Und trotzdem existierte dieser Laden noch.

Es gab immer Streß mit dieser Frau. Der Gestank aus dem Bierkeller dringe angeblich in ihren Laden, ihre Kunden würden sich über die Gäste des *Wohnzimmers* beschweren, obwohl ihr Geschäft exakt dann zumachte, wenn die Kneipe öffnete: abends um sechs. Gut, manchmal schloß Harry erst, wenn sie längst an schuppigen Schädeln herumschnippelte. Irgendeinen Grund fand sie jedenfalls immer, um herumzumeckern, aber Andrea lächelte nur, nickte, versprach Besserung, die es nie geben würde, denn der Streß war grundlos.

Die beiden diskutierten, wir waren fast vorbei, da sagte Andrea: »Hallo.« Wir drehten uns um, sie lächelte.

»Ich bin wieder da.« Das ging auf mich.

Ich nickte, versuchte auch ein Lächeln. Ob es gelang, weiß ich nicht, denn ich hatte ein schlechtes Gewissen, wegen des Briefes, der weiter unberührt in meiner Jackentasche steckte. Andrea sah erwartungsvoll aus, froh, gutlaunig. Ich hätte ihr nicht unterschreiben können, daß diese Gefühle berechtigt wären.

»Wir sehen uns nachher«, sagte Walter. Alle nickten, und wir marschierten schweigend in Richtung Hasenheide. Ich atmete durch.

Vor dem *König*, einer Dinosaurierkneipe zwei Ecken weiter, waren vier Fahrräder angeschlossen, gesichert mit High-Tech-Bügelschlössern und armdicken Ketten. Zweien fehlten Vorder- und Hinterrad, einem der Lenker, alle hatten keine Sättel mehr. Zehn Meter weiter saß ein südländischer Mann im weißen Kaftan auf einem blauen Kinder-Mountainbike und telefonierte lautstark, wobei er mit der freien Hand energisch gestikulierte. Eine dicke, zigaretterauchende Frau kam uns entgegen, schob einen Kinderwagen, der mit Aldi-Tüten vollgeladen war, an ihrem Schürzenzipfel hing ein Fünfjähriger, dem der Schnodder bis auf die Brust reichte. An der nächsten Ecke lehnten fünf junge Türken an einem alten, aber gepflegten 316er BMW, dessen Beifahrerscheibe eingeschlagen war, die Splitter lagen daneben auf Straße und Bürgersteig. Alle sprachen in Mobiltelefone, keiner scherte sich um uns. Auf der anderen Straßenseite stand eine leere Bullenwanne in zweiter Spur, aus dem zweiten Stock des Hauses direkt dahinter kam Geschrei. Die Hauswand war bis zum ersten Stock mit Graffitis besprüht. Eines lautete: »Fuck Busch.« Wie nennt man Leute, die mit Pflanzen Sex haben?

Die Neuköllner Maientage sind im Vergleich etwa zum Hamburger »Dom« das, was eine Cottbusser Frittenbude im Vergleich zu einem Pariser Gourmet-Tempel ist. Sieben, acht Fahrgeschäfte, staubige, zugemüllte Gehwege, gut belegte

Trinkstände, an denen schaumloses, lauwarmes Bier ausgeschenkt wurde – und ein Publikum wie sonst wohl nirgendwo auf diesem Planeten. Sämtliche Leggins, die je produziert und dann in die Altkleidersammlung gegeben worden waren, erlebten hier ihren zweiten bis vierten Frühling; Männer in Shorts und weißen Socken zu schwarzen Slippern, Tanktop-gekleidete Frauen, die schwanger aussahen, es aber nicht waren, nicht sein konnten. Fettringe, die aus allen möglichen Kleidungsöffnungen quollen, Myriaden umgeschnallter Bauchtaschen. Es gab schmuddelige Kids, brührotgesichtige Säufer, strohhaarige Hausfrauen, alte Damen mit lila Frisuren aus dem Salon Evi, die unvermeidlichen Gruppen goldkettenbehängter Türken, die breitschultrig nebeneinander marschierten, niemandem aus dem Weg gingen und auf jeden noch so häßlichen Arsch glotzten. Es gab mehr Zahnlücken als Hauptschulabschlüsse, mehr billige Toupets als Arbeitnehmer. Bauchnabelpiercings in Bauchnabeln, die man besser nicht zeigen sollte, glitzerten um die Wette, überhaupt war die Hälfte der jüngeren Maientagebesucher schwermetallbeladen, tätowiert und auf andere, nicht minder unoriginelle Arten verziert.

Es war zum Wohlfühlen.

»Gehen wir ins Bierzelt«, schlug Walter vor.

»Gehen wir ins Bierzelt«, nickte ich.

Das lieblos dekorierte Zweihundert-Mann-Zelt war ziemlich voll, auf der Bühne spielte eine Drei-Mann-Combo ihre Art Countrymusic. *Wir haben beides. Country* und *Western* – das fiel mir ein, unvermeidlich: Die legendäre Ansage, als die Blues-Brothers in eine Provinzkaschemme stolpern, in der ausschließlich stiernackige Rednecks hocken und mit Bierflaschen schmeißen. Das hier war ähnlich.

Walter zeigte auf die Bar, Gonzo hielt auf einen freien Tisch zu. An dem Biertisch, der der Tanzfläche am nächsten stand, saßen zwanzig Männer und Frauen, die volle Cowboymontur trugen – New Cologne Style. Die Hemden von Woolworth, Ramschware Sommerschlußverkauf. Die Hüte … nun ja. Sie trugen Jeans und Arbeitsschuhe mit Metallspitzen, zwei Männer hatten Sheriffsterne an der Brust.

Walter kam mit den beiden Bieren ohne Schaum und der Cola für Gonzo. Alle Gläser sahen aus, als seien sie zuvor mindestens zwei dutzendmal benutzt worden, ohne Spülung zwischendurch.

»Ist das Lippenstift?« fragte Gonzo. Walter beugte sich zu ihm, nickte. »Cool«, sagte Gonzo und trank.

Der Rhythmus wechselte, die zwanzig Cowboys und -girls nickten kollektiv, standen wie ein Mann auf und formierten sich auf der Tanzfläche – zwei Reihen hintereinander. Und dann legten sie los. Square Dance. Mit todernsten Gesichtern präsentierten sie einen Tanz, der aus so dramatischen Choreographieelementen wie einer Seitwärtsbewegung der Fußspitze oder dem Drehen des Kopfes bestand. Wir lachten Tränen. Gonzo wollte sogar ein Bier, als ich für die nächste Runde zur Bar ging.

Um elf waren Walter und ich etwas angegangen, Gonzo hingegen sturzbetrunken – nach drei Bieren, davon wurde nicht einmal mein Hals feucht. Wir hatten uns die Hände wund geklatscht für die Square Dancer, den ganzen Laden dazu gebracht, sie anzufeuern. Und sie wurden nicht müde, ihre feinmotorische Darbietung zu wiederholen. Kein Wunder, sie taten ja kaum etwas dabei.

»Gehen wir Karussell fahren«, meinte Walter.

Wir enterten die Walzerbahn, ein Blech-Holz-Ungetüm vom Beginn des vergangenen Jahrhunderts, aber nach wie vor ungeschlagen, was die Brechreizschwelle anbetrifft. Gonzo kotzte noch während der Fahrt. Anschließend ging es ihm besser. Kotzen wird generell unterschätzt als therapeutische Maßnahme. Wir probierten die anderen Fahrgeschäfte, holten uns blaue Flecken beim Autoscooter, schossen den Billigteddys am Schießstand die Plastikaugen weg, nahmen noch zwei Runden Bier, ergänzten sie um Rixdorfer Pfläumchen. Gonzo hing endgültig in den Seilen, aber wir waren alle mordsmäßig gut gelaunt.

17. Feste Freundin

Als wir gegen Mitternacht wieder vor dem *Wohnzimmer* ankamen, unterwegs hatten wir Tanzschritte geübt – sogar Gonzo –, hielt gerade ein Taxi davor. Tina stieg aus, umarmte Walter, auch Gonzo, dann mich. Sie lächelte, aber ihre Augen waren feucht. Gonzo wollte etwas sagen, aber in seinem Zustand wäre ihm sicher nur »Tripper-Tina« herausgerutscht, also legte ich ihm von hinten die Hand vor den Mund. Harry kam vor die Tür, Tina fiel ihm schluchzend um den Hals, er hakte sie unter und zog sie ein paar Schritte von der Kneipe weg. Wir gingen rein, mein Platz war frei, die beiden daneben auch. Gonzo wollte noch ein Bier, fragte nach Rixdorfer Pfläumchen, das es hier natürlich nicht gab. Andrea war nicht zu sehen. Ich mußte diesen verfluchten Brief lesen.

»Ich bin in fünf Minuten wieder da.« Ich nahm mein Bier und ging in den hinteren Gastraum, der glücklicherweise leer war – es verirrten sich wenige hierher, hauptsächlich kleine Gesellschaften, die ihn extra reservierten, manchmal eine Skatrunde.

Der Umschlag enthielt nur einen halben A4-Bogen. Andrea hatte mit ihrer schönen, leicht geschwungenen und sehr gleichmäßigen Handschrift eine Art Mini-Filmplakat entworfen. Da stand:

Wohnzimmer-Produktionen präsentiert:
Henry Hinze und Andrea Berach in
FESTE FREUNDIN?
Starttermin noch offen

Darunter befand sich eine Zeichnung, eine ziemlich gute Nachahmung dieser »Liebe ist ...«-Comicfiguren, die nebeneinander sitzen, Hand in Hand, und in die unter- oder aufgehende Sonne sehen. Rechts neben der männlichen stand ein Bierglas.

Das war alles.

Ich atmete tief durch, trank dann mein Bier aus.

»Und?« fragte eine Stimme hinter mir. Andrea setzte sich an den Tisch. Es schien ihr nicht peinlich zu sein, sie wirkte völlig entspannt.

Mir war heiß. Ich zog mein Jackett aus. Starrte sie an, versuchte, sie mir mit blonden Haaren vorzustellen. Es gelang nicht.

»Das ist kein Ultimatum oder so was«, sagte sie, nahm meine Hand. Es fühlte sich gut an, aber in mir tobten die wildesten Gefühle. Ich stand an einer Klippe, unter mir hundert Meter bis zum Meer, schaumige Brandung, Steine und Felsen. Hinter mir eine Horde geifernder Hyänen. Wie auch immer ich mich entschied – Entscheidung war ein scheißblödes Wort für diese Sache. Ich legte den Kopf schief und sah sie an. Sie strahlte, warm und herzlich, gleichzeitig bestimmt und sicher. Sie richtete sich auf, drückte die Schultern durch, lächelte.

»Ich kann mir denken, was in dir vorgeht. Ich bin zwar zurückgekommen, weil ich dich sehen wollte, aber es ist mir lieber, wenn du dir wirklich Gedanken machst, dir über deine Gefühle klar wirst, als daß du hier und jetzt etwas sagst. Wir lassen es bei Montag, okay?«

Ich nickte dankbar und kam mir dabei vor wie ein Glas Milch, von dem verlangt wird, daß es durchsichtig wird; ich sah dieses Bild tatsächlich vor meinem geistigen Auge. Andrea wollte keine Milch. Sie war schon aufgestanden, drehte sich in der Tür um.

»Wer ist die Frau, die vorhin mit Harry gekommen ist?«

»Tri... Tina«, sagte ich. »Eine alte Freundin.«

»Sie ist auf der Damentoilette und flennt.«

»Das kann ich mir vorstellen.«

Andrea machte ein fragendes Gesicht und ging. Ich stand ebenfalls auf, Tina kam mir von der Toilette entgegen. Ihre Augen waren verheult, aber sie hatte sich etwas aufgefrischt. Selbst in diesem Zustand wäre sie zum Playmate des Jahres gewählt worden.

»Alles okay?«

»Du stellst Fragen.«

Sie hakte sich ein, wir kehrten zum Tresen zurück, Gonzo rutschte einen Platz weiter, Tina legte ihren Kopf auf meine Schulter. Andrea ging hinter den Tresen, sah kurz zu mir, zu Tina, zog die Augenbrauen hoch, machte eine seltsame Kopfbewegung, verschwand in der Küche. Harry folgte ihr, die Musik ging aus, dann kamen ganz entfernte, leise Geräusche, wie von einem Bahnhof oder Flughafen, fast eine Minute später erklang ein wohlbekanntes Gitarrenintro.

»Time to wonder«, sagte Walter nickend, sah immer noch zur Küchentür, durch die Andrea verschwunden war.

»Das kannst du laut sagen«, antwortete ich.

Stunden später, so gegen drei, halb vier, saß ich mit Tina am Fenster. Sie hatte sich etwas gefangen, außerdem drei oder vier Weißweinschorlen getrunken. Ihre Hand lag auf meinem Oberschenkel, wie die von Andrea, gestern, aber es war anders, sehr anders – und es erregte mich. Sex mit Tina war eine fantastische Sache, Sex mit Andrea der Anfang von etwas, bei dem mein Navigationssystem Fehlermeldungen anzeigte – »off road« sozusagen. Ich verdrehte den Kopf, um zu sehen, ob uns Andrea beobachtete, aber sie war nirgends zu sehen. Der Laden brummte, es geschah oft, daß es erst weit nach Mitternacht richtig voll wurde.

»Mein Job ist klasse«, sagte Tina plötzlich, sie lallte ein bißchen, was irre sexy klang.

»Prima. Glückwunsch.«

»Ja, das ist Glück, daß es mir soviel Spaß macht. Weißt du, warum ich etwas angefangen habe, bei dem ich ständig unterwegs bin?«

»Nee. Weil du gerne verreist?«

Sie schüttelte langsam den Kopf, legte mir die Hand an die Wange. Im Augenwinkel sah ich Andrea in die Küche gehen, sie blieb kurz stehen, als wäre sie auf irgendeinen wichtigen Gedanken gekommen, verschwand dann.

»Euretwegen. Deinetwegen. Harry. Walter. Sogar Gonzo.«

»Wie meinst du das?«

Sie schüttelte wieder den Kopf, stand auf, griff nach meiner Schulter, sagte leise: »Denk doch mal darüber nach!« und schwankte leicht in Richtung Damentoilette.

Okay, sagte ich mir und dachte darüber nach. Noch bevor ich aber zu einem Ansatz gekommen war, saß Tina wieder neben mir. Rasant schnell für eine Frau. Geheimnisvolle Dinge müssen auf Damentoiletten passieren, und keines dieser Dinge ist in unter zehn Minuten zu erledigen.

»Und?«

Ich zuckte mit den Schultern und lächelte sie an.

»Keinen Schimmer.«

»Keinen Schimmer«, wiederholte sie, nahm ihr Glas, eine Bewegung, für die sogar routinierte Schauspieler zwei Dutzend Einstellungen gebraucht hätten, als wäre es ihr Beruf, Gläser anzuheben, als wäre sie Profi-Glasanheberin. Der Anflug von Trunkenheit schien verschwunden; vielleicht hatte sie auf der Toilette irgendwas genommen.

»Was soll aus euch werden?« fragte sie.

Ich gab ein Geräusch von mir, das ich für schwer interpretierbar hielt.

»Was soll aus dir werden?« präzisierte sie.

Ich nahm das volle Bierglas, das wunderbarerweise plötzlich vor mir stand, kippte einen Schluck. Ich hatte keine Ahnung, warum man etwas werden sollte, das man noch nicht war, und wie man wissen sollte, wie es wäre, so zu sein, wie man dann wäre. Ich knusperte daran, das auszuformulieren, aber Tina kam mir zuvor.

»Ich rede von der Zukunft, Henry. Von einem Zeitpunkt jenseits der nächsten durchzechten Nacht, weit entfernt von alten Platten, Kneipengesprächen und diesem Zeug. Du kannst doch nicht ewig so weitermachen.«

Ich blinzelte.

»Kann ich nicht?«

»Nein, kannst du nicht. Irgendwann wirst sogar *du* das merken.«

18. Mahnschreiben

Sechs Jahre zuvor

Anfangs glaubte kaum jemand an den Erfolg des *Wohnzimmers*, vielleicht nicht einmal Harry selbst. Eine neue Kneipe in Berlin, das verhieß Pleite innerhalb von sechs Monaten bei gut der Hälfte, und vom Rest erwischte es wiederum die Hälfte nach spätestens einem weiteren halben Jahr – pausenlos kam es vor, daß ich Leute zu irgendeinem Laden fahren sollte, der einfach nicht mehr existierte, obwohl er Tage zuvor noch ganz oben auf allen Trendlisten gestanden hatte. Und kaum einer machte es sich so schwer, wie Harry es tat: Eine wirklich üble Gardinenkneipe in einen Wohlfühl-Szeneladen zu verwandeln, in einer Gegend, in der sich der Bedarf an Szenekneipen umgekehrt proportional zu dem an Gardinenkneipen verhielt. An jeder Kreuzung gab es vier *Krüge* oder *Ecken*, so lustige Orte wie *Wolfgang's Bierlaube – mit* Apostroph – oder *Bei Trudchen*. Früh um neun oder zehn saßen die örtlichen Alknasen an den mit Asbach-Werbeschildern beleuchteten Tresen aus dunklem Eichenfurnier, in diesen schäbigen, verrauchten, samt und sonders genau gleich eingerichteten Kaschemmen, in denen die Spielautomaten blinkten, die Musikboxen reichlich Vorrat an Sechziger-Schunkelmucke boten, die Bedienungen bei der Einstellung einen Mindestarschbreitentest ablegen mußten, die Besitzer jederzeit jeden Stammgast unter den Tisch saufen konnten, was sie auch rechtschaffen oft taten, denn genau deshalb waren sie Wirte dieser Kneipen. Die Gäste glichen sich wie Klone: stoppelige, kurze, fettige Haare, Bierbäuche in Feinrippunterhemden, Schnauzbärte, rauchige, unsaubere

Stimmen, immer die Fluppe in der Hand, immer einen kratzenden Lacher in der Kehle. Häufig gab es inmitten dieser Schnauzbartgrüppchen eine einzelne Frau, eine abgetakelte, etwas fette, aber heftig umschwärmte Dame in den späteren Fünfzigern, die zum Bier ebenso Körner schlürfte wie die männlichen Kollegen, ihr verschmiertes Make-up nicht bemerkte und beim Lachen eine Zahnreihe zeigte, gegen die das zerbröselte Gebiß des Gletschermannes Ötzi wie aus der Perlweiß-Werbung wirkte.

Früh um neun saßen sie da – nicht wie wir, die wir manchmal noch um neun im *Wohnzimmer* saßen –, nein: Sie *kamen* um diese Uhrzeit. Und gegen diese Konkurrenz wollte Harry ankämpfen.

Anfangs passierte es noch häufiger, daß einer dieser Gesellen seine rote Nase durch die beschriftete, verglaste Tür steckte, nach dem Bierpreis fragte, sich seltsam umsah – falscher Planet – und dann von Uwe, Andrea, Sylvie oder Harry persönlich gebeten wurde, doch besser den diagonal gegenüberliegenden *Eckkrug* zu konsultieren. Manch einer von den Gesellen legte dann einen fragenden Blick auf, staunte über den sanften, aber bestimmten Verweis und protestierte auf ganz eigene Art, wenn er gebeten wurde, doch den Tresen zu verlassen und das Glück auf einem geeigneteren Planeten zu versuchen.

»Aber icke bin's!« schimpfte einer von diesen.

»Ja. Eben«, antwortete Harry und schob den Gast aus der Tür.

Nach zwei Monaten schon sah es nicht gut aus. Harry kam von der Idee ab, in dieser Gegend wochentags ein umfangreiches und anspruchsvolles Frühstücksbuffet durchsetzen zu können – die Studis schliefen alle noch, die anderen arbeiteten schon, die, die im *Eckkrug* saßen, wollte Harry nicht, außerdem hätten die den rechtsdrehenden Joghurt aus Bio-Anbau für geronnene Kondensmilch gehalten oder beim Räucherlachs gefragt, warum der Fisch nach Orange aussah, aber trotzdem nach Fisch roch. Niemand kam, Harry verlegte die Öffnungszeit auf 14, dann 16, nach sechs Monaten auf 18 Uhr. Gleichzeitig sprach sich das Open-End des *Wohnzimmers* herum. Der Ladenschluß um drei Uhr morgens wurde niemals eingehalten, die Zeit nach Mitternacht zu einem Markenzeichen. Nach und nach begann es aber auch, sich ab sieben, acht abends zu füllen. Leute kamen herein, meist Gruppen, die sich erst skeptisch umsahen, weil ein solcher Laden hier im Kiez einfach nicht erwartet wurde. Und sie kamen immer wieder. Alle.

Dieser Tag hatte damit begonnen, daß ich den angebackten Kaffee aus der Kanne kratzen mußte, um mir neuen zu machen, denn die Schicht war inzwischen so dick, daß die Warmhalteplatte keine Wirkung mehr zeigte. Als ich damit fertig war und die Maschine zu blubbern begann, holte ich die Post hoch und fand eine Mahnung von Denker, vielleicht die fünfte oder sechste, seit wir diesen hanebüchenen Vertrag geschlossen hatten. Weil ich – aus einer Reihe von Gründen – kein Konto besaß, also auch keinen Dauerauftrag einrichten konnte und den Termin regelmäßig verschlief, erfreute mich Denker mit diesen Erinnerungsschreiben, die punktlandungsgenau am zweiten Tag nach Fälligkeit eintrafen und in einem freundlichen Schlußsatz den Hinweis enthielten, daß vertragsgemäß Mahngebühr und -zinsen (zusammen 40 Eier) auch dann fällig wären, wenn ich zwischenzeitlich – also gestern – gezahlt hätte. Er selbst wäre so freundlich, mich bei Vergessen abermals hinzuweisen, natürlich gebührenpflichtig. Ich schlurfte also nach einem einsamen Frühstück ins Postamt Karl-Marx-Straße Ecke Anzengruber, was am Monatsbeginn ein ganz besonderes Vergnügen war, weil da die versammelte Sozialhilfeempfänger- und Rentnerschaft ihre paar Pipperlinge abholte – es roch fast wie in

Ergüns Dönerbude um die Ecke. Danach war ich auf hundertneunzig, kramte meine wacklige elektrische Schreibmaschine heraus und tippte einen Brief an Denker. Er endete mit den Worten:

»*Dieses Mal* werde ich der Zahlungsaufforderung noch Folge leisten. Meine Recherchen haben ergeben, daß die Beauftragung eines berufsmäßigen Menschenbeseitigers nur unwesentlich höhere Kosten verursacht als das Vertragsverhältnis mit Ihnen. Sensenmannmäßige Grüße, Ihr Taxi- und Garagensklave Henry Hinze.«

Ich schob den Wagen der Schreibmaschine sechsmal zurück, um »Dieses Mal« auch richtig fett hinzukriegen. Natürlich würde das den schleimigen Knechter wenig jucken. Gleich im Anschluß warf ich den Brief in den Kasten, aß noch einen versalzenen Döner bei Ergün – immerhin hatte das Mahnschreiben indirekt damit zu tun – und fuhr los. Vor dem Columbiabad winkte eine ältere Dame. Sie wollte tatsächlich zum Rathaus Marzahn – ich mußte nicht einmal im Stadtplan nachsehen. Der Tag endete so ganz anders, als er angefangen hatte, ich fuhr nur minutenweise leer, nicht einmal aus der Ostwüste Marzahn zurück in die Innenstadt. Abends klapperte ich, wie immer, die Veranstaltungsorte ab, relativ genau terminiert, denn Walter hatte Setlists aller Gigs und konnte mir fast auf die Sekunde sagen, wann die Konzerte zu Ende sein würden. Meistens legte er mir eine Liste auf den Frühstückstisch, die sein klappriger und steinalter Matrixdrucker ausgeworfen hatte, mit einem Farbband, durch das man hindurchsehen konnte – folglich mußte ich die Liste mit der Lupe lesen, seitlich ins Licht halten, aber ich war dankbar, schließlich verfügte ich über Informationen, die zwar kein Geheimnis waren, um die sich aber sonst kein Taxifahrer zu scheren schien. Lieber standen sie stundenlang am Flughafen Tegel. Ich sammelte zehn, zwölf Konzertgäste je Abend ein – mehr

Touren, als manch einer meiner Kollegen in der gesamten Nacht fuhr.

Als ich gegen halb eins im *Wohnzimmer* aufschlug, herrschte gähnende Leere. Nur Iggy saß am Tresen, Andrea spülte, eine Runde langzeitliierter Spätjugendlicher (Ende Zwanzig, Kinderwunsch, aber noch nicht die Traute) spielte lautstark Therapy – dieses Selbsterfahrungsding für Leute, die ihren Partnern wesentliche Informationen vorenthalten – eine Hälfte grölte, die andere hatte rote Köpfe.

Ich hockte mich zu Iggy. Der war auch so ein Fall für sich. Keine Ahnung, wie er tatsächlich hieß – Tresenmann Uwe hatte ihn zu Zeiten des Personalnotstands eingeführt, als alten, schwerst zapfhahngeeigneten Kumpel Iggy, der aber nach zwei Probeschichten einen Platz diesseits des Tresens vorgezogen und Harry die Entscheidung vorweggenommen hatte. Iggy gehörte nicht zu der Kategorie Typen, die auf der anderen Seite der Theke Punkte sammelte, er war schusselig, abwesend, vermutlich war er andauernd zugekifft, auf jeden Fall nach spätestens einer Stunde besoffen. Er machte seinem Spitznamen alle Ehre: etwas verwittert, irgendwie drahtig; er hatte dünne, zu einem Zopf zusammengebundene Haare, deren Ansatz sich waltermäßig auf dem Rückzug befand. Schmutziger Bart, der auf dem Drei-Tage-Status stagnierte, helle, gegerbte Lippen, dunkle, manchmal stechende Augen. Aber sympathisch. Iggy lächelte gern, auch wenn gerade niemand etwas Lustiges erzählt hatte. Sobald aber das Thema auf Rock and Roll kam, auf die alten Zeiten, Genesis mit Gabriel als Frontmann, Yes in der alten Besetzung, Dinosaurier-Rock eben, dann blühte er richtig auf. Wenn ihm Harry den Gefallen tat und etwas von dieser Mucke einlegte, sprang Iggy auch schon mal auf den Tresen und spielte eine Runde Luftgitarre.

»Was liegt an?« fragte ich ihn, Andrea stellte mein Bier hin und drehte die beschriftete Seite des Glases zu mir, ich nickte dankbar, obwohl ihre Gewissenhaftigkeit überflüssig war. Dann zog ich es in einem Schluck. Andrea hatte bereits nachgezapft und tauschte leeres gegen volles Glas – in einer Handbewegung.

»Ach Kacke«, erklärte Iggy. Er lächelte nicht.

Soweit ich wußte, jobbte er als Lieferfahrer für einen 24-Stunden-Kopierladen an der Hasenheide, er wohnte im Hinterhof direkt an der Hermann-, Ecke Flughafenstraße, entmilitarisiertes Gebiet sozusagen. Einmal hatte er eine Party gegeben, vermutlich sein Geburtstag, genau wußte ich das nicht mehr. Außer mir waren zehn Stammgäste aus dem *Wohnzimmer* dagewesen, die meisten waren nach einer Stunde gegangen, weil sie das dröhnende Geschrammel, die lauwarmen Pilsatorbüchsen und die miefigen Sessel vom Trödel nicht mehr aushielten. Iggy aber hatte eine Rübe nach der anderen gedreht und bald selig gelächelt. Seine Wohnung hatte viele Gemeinsamkeiten mit meiner Denker-Garage, aber die Härte war sein Treppenhaus, ein riesiger, quadratischer Raum über alle fünf Stockwerke, bei dem die außen verlaufende Treppe einen gut acht mal acht Meter großen Raum freiließ – Claude Chabrol hätte gejuchzt, dieses Treppenhaus war genau die richtige Location für sinnlose Psycho-Schlüsselszenen in todlangweiligen französischen Filmen. Nach der insgesamt zweistündigen Party stand ich minutenlang am wackeligen Holzgeländer und starrte in die weite Tiefe.

Wenn Iggy also nicht lächelte, mußte etwas faul sein. Ich legte ihm eine Hand vorsichtig auf die Schulter – bei solchen Typen bestand immer die Gefahr, daß die falsche Geste zum Ausbruch führte – und sah ihm in die dunklen Augen.

»Willst du reden?«

Er nickte dankbar, seine Augen wurden feucht. Andrea zog sich einen Barhocker hinter den Tresen und setzte sich schräg gegenüber, notierte irgendwas in einem Ringbuch, wahrscheinlich Einkäufe. Am Therapy-Tisch gab es einen kleinen Streit, zwei Mädels sprangen auf und gingen gemeinsam in Richtung Toilette, eine davon mit nassen Wangen. John Mellencamp sang »Lonely Ol' Night«.

»Bin jetzt dreißig«, sagte Iggy. »Seit gestern.«

»Glückwunsch.« Ich drückte seine Schulter, zog dann aber meine Hand weg. Ich hatte ihn auf fast Vierzig geschätzt, aber das gefühlte Alter lag in Neukölln meistens höher.

»Petra heiratet.«

Ich nickte pflichtbewußt; heiraten ist etwas, das Petras immer tun, deshalb heißen die so.

Dann erzählte Iggy. Petra, das war seine Sandkastenliebe, drüben in Mülheim an der Ruhr, wo Iggy herstammte und alle zwei Wochen hinfuhr auf seiner rostigen Yamaha bei Wind und Wetter, auch im tiefsten Winter. Sie kannten sich seit fast zwanzig Jahren, hatten gemeinsam Höhlen gebaut, die Scheiben leerstehender Fabriken eingeschmissen, Luftgitarre gespielt, Initialen in sämtliche Bäume des örtlichen Wäldchens geschnitzt, getanzt, gesoffen, gekifft, geküßt, niemals gevögelt – Petra war eine von denen, die sich aufsparen wollte, für nach der Eheschließung, aber eben nicht mit Iggy. Denn während Iggy 14-Stunden-Schichten für den Copyshop fuhr, um sich das Dope und die Wochenenden in Mühlheim leisten zu können, machte der unvermeidliche Dritte im Bunde Karriere. Busenkumpel Kalle erbte die Peugeot-Vertretung des Vaters, trug plötzlich Anzüge, fuhr den dicksten Wagen aus dem hauseigenen Angebot. Dagegen konnte Iggy nur abstinken, im wahrsten Sinne des Wortes, denn seine Yamaha qualmte selbst dann, wenn der Motor abgeschaltet war. Kalle war die bessere Partie, aber Petra hätte das nicht unbedingt in dem Glückwunschtelefonat zum dreißigsten Geburtstag mitteilen müssen.

Iggy lehnte sein Gesicht in die Hände, die Ellenbogen auf dem Tresen. Seine Schultern ruckelten rhythmisch, aber nicht zur Musik. Ich sah hilfesuchend zu Andrea, doch die drehte sich gerade zu den Regalen um und zählte Whiskeyflaschen, indem sie in der Luft Häkchen mit ihrem Kugelschreiber machte.

»Ach, Iggy, altes Haus. Vielleicht bist du auf diese Art besser dran«, sagte ich, weil mir nichts Besseres einfiel.

Er sah auf. »Wie meinsten das?« Auch Andrea sah zu mir, sie lächelte, vielleicht ein bißchen schadenfroh.

»Also erst mal – so eine Fernbeziehung ist doch sowieso geschenkt, langfristig gesehen. Mal unter uns – du schaust dich doch auch nach anderen Frauen um, während du hier in Berlin bist, oder?«

Iggy nickte langsam.

»Ist doch kein Wunder, wenn sich deine Petra genauso verhält. Nur ein dummer Mann glaubt, daß Frauen noch dümmer sind.«

Andrea zog die Augenbrauen hoch, Iggy hatte jetzt was zum Grübeln. Ich bestellte uns zwei Jack Daniel's.

»Zweitens«, fuhr ich fort. »Zweitens.« Dabei mußte ich es erst mal belassen, denn mir fiel nichts ein, aber Iggy grübelte sowieso noch wegen meines Spruches.

»Was war das mit den dummen Männern?« fragte er.

Ich wiederholte den Satz. »Zweitens. Wie lange lebst du schon in Berlin?«

»Acht Jahre.«

»Du hast dich geändert, oder?« Das war pure Spekulation, schließlich hatte sich an Iggy erkennbar nichts geändert während der vergangenen zwanzig Jahre, zumindest, was seinen Musikgeschmack und sein Outfit betraf. Trotzdem grinste er jetzt.

»Mmh. Bin cooler geworden.«

»Eben. Da stellt sich die Frage, ob deine Petra wirklich noch cool genug ist für dich. Schließlich hat *sie* nicht in Berlin gelebt, sondern in Mühlheim. Während *du* in Neukölln wohnst, und in Neukölln wohnen sowieso nur die Härtesten.«

Er nickte wieder langsam. Vermutlich war seine Motorik ob der vielen Joints generell etwas gebremst.

»Du solltest die Chance nutzen und dir eine Neue suchen, hier. Eine, die zu dir paßt. Zum jetzigen Iggy, zum coolen Iggy.« Das war vielleicht etwas dick aufgetragen, aber er lächelte tatsächlich.

»Darf ich einen rauchen, mit Henry?« fragte er Andrea, die aber zu meinem Glück energisch den Kopf schüttelte. Harry schmiß jeden achtkantig raus, der in seinem Laden kiffte. Und Iggys Rüben enthielten fast keinen Tabak, das wußte ich seit seiner legendären Party – auch einer der Gründe, weswegen ich minutenlang am Geländer gestanden hatte. Danach war ich, wie eine Fliege an der Wand klebend, die Treppe heruntergeschlichen, in permanenter Panik, bei einem falschen Schritt in diesen Riesenschlund zu stürzen.

Iggy bestellte uns noch zwei Jacks, saß ein Weilchen schweigend neben mir, nickte ab und zu, als würde er sich selbst bestätigen wollen.

»Irgendwie haste ja recht«, sagte er irgendwann. »Danke, Mann. Kumpel.« Dann stand er auf, ging zum Klo, und als er fünf Minuten später wiederkam, hüllte sich der Tresen in süßlichen Rauchgeruch. Iggy lächelte. Andrea lächelte. Ich lächelte.

19. Bauchtrainer

Tina ging irgendwann, ohne mir dabei zu helfen, ihre Fragen zu verstehen oder sogar zu beantworten. Andrea verabschiedete sich mit einem flüchtigen Kuß auf die Wange, ohne Worte, sah sogar an mir vorbei. Harry übernahm so gegen vier, obwohl er fürchterlich aussah, sehr blaß, dicke Augenringe, fahrig, die Zigaretten zitterten zwischen seinen Lippen, beschrieben kleine Oszillatorkurven in der Luft. Am Tresen saßen nur noch Oskar, Iggy und Uwe, außerdem Manne, der Wirt des *Eckkrugs* von gegenüber, sein Laden schloß lange vor Mitternacht. Iggy nickte mir zu, spendierte ein Bier. Seit jener Nacht lag er mir zu Füßen, und er hatte tatsächlich schon bald eine neue Freundin, Pamela: Frankensteins Monster, weibliche Version. Jede Aufblaspuppe hatte mehr Sex-Appeal – selbst im luftlosen Zustand. Sie mußte über die inneren Werte von Mutter Teresa, Brigitte Bardot und Beate Uhse zusammen verfügen. Jedenfalls ähnelte sie einer besonders mißlungenen Kreuzung der drei. Wie Petra wohl ausgesehen hatte?

Es dämmerte, der Himmel wurde milchig-blaugrau, die ersten Putzfrauen traten ihren Arbeitsweg an, ein zahnloser Zeitungsausträger schob seinen grünen Karren an mir vorbei, murmelte dabei vor sich hin, fuhr Slalom um die zahllosen Hundehaufen. Ich ging hoch, die Wohnung war still, schmiß mich aufs Bett, zappte wie üblich. Nachtprogramm. Auf DSF wurde für einen Entsafter geworben, der eine astronomische Summe kostete, aber Ken und Barbie plapperten asynchron synchronisiert in einer Endlosschleife davon, was für einen

Boost die eigene Gesundheit machen würde, mit diesem Gerät. Auf Eurosport war es ein Bauchtrainer, der aus einem verbogenen Blechrohr bestand und fast fünfhundert Mücken kosten sollte, nein, keine achthundert, keine siebenhundert, keine sechshundert, nur fünfhundert, Glückwunsch. Zuzüglich zwanzig IQ-Punkte Versandspesen – wenn man damit unter die Nullgrenze kam, wurde kostenlos, gratis und völlig umsonst ein von mallorquinischen Behinderten mundgemaltes Keramikschild mit der Aufschrift *Gehirn* mitgeliefert, das man sich in den leeren Schädel legen konnte. Und natürlich gab es ein *Full-Body-Workout*.

Aber auf *Kabel 1* war Verlaß. Ich schlief selig bei einer steinalten *Simon-Templar*-Folge ein, vergaß, wie immer, mir Notizen zu machen, um den Sender dazu zu bewegen, endlich »Renn, Buddy, renn« und »Immer wenn er Pillen nahm« zu wiederholen.

Statt dessen galt mein letzter Gedanke …

Andrea.

20. Fifo

Gonzo saß am Tisch, vor sich ein Schaltplan, der fast die gesamte Tischplatte einnahm, so ein Strickmuster, aus dem Elektronikfreaks ihre Wunderwaffen häkeln – wie so oft, wenn ich so etwas bei ihm sah, mußte ich an den Abend im *Ufergarten* denken und an das Bild im Gemeinschaftszimmer. Der Abstand zwischen seinen Augen und den Brauen stand auf Maximum – er war wirklich am Grübeln, nicht ansprechbar. Der Kater lag eingerollt auf seinem Schoß und blinzelte unter einer Ecke des Schaltplans hervor.

Gonzo arbeitete hauptsächlich von der Wohnung aus, meistens entwarf er irgendwelche Schaltungen oder programmierte raffinierte »Tools«, die dann von Großkonzernen benutzt wurden – er verdiente gutes Geld, soweit ich wußte, hatte einen Namen in der Szene, aber er machte nur exakt so viel, wie er zum Leben brauchte. Das gab ihm die Freiheit, an seinen Modellautos zu schrauben, Baugruppen zu sezieren – und Lösungen für Probleme zu suchen, die niemand hatte. Tagelang sahen wir ihn nicht, weil er in seiner Kemenate hockte und an einem Programm schrieb, mit dem er irgendein Puzzle knacken wollte, das er in einer Zeitschrift entdeckt hatte. Irgendwann kam er dann ins Gemeinschaftszimmer, mit einem seiner zig Laptops, und in Sekundenbruchteilen sortierten sich auf dem Bildschirm gemusterte Dreiecke zu einer ebenmäßigen Pyramide in einheitlicher Textur. Walter und ich staunten höflich, ohne die leiseste Peilung zu haben, was das sein sollte.

Er zog den Plan vom Tisch und ließ ihn auf den Boden sinken.

»Walter ist beim Notar«, sagte er.

Ich nickte. Es gab nichts zu essen, einfach nichts, sämtliche Vorräte waren verbraucht, irgend jemand hatte sogar den schimmligen Toast gegessen, denn die leere Packung lag im Schrank. Mein Kinderschokoladeglas war auch leer. »Wir müssen einkaufen gehen«, antwortete ich.

»Es geht um ein Erbe. Wir haben was geerbt.«

»Wie. Was geerbt?«

»Weiß ich auch nicht. Von Sal, glaube ich.«

»Kaum zu glauben.« Geerbt. Von Sal. Was konnte das schon sein?

»Wir müssen einkaufen«, wiederholte ich. Gonzo nickte.

»Gehen wir ins Fifo«, sagte er.

Also gingen wir einkaufen. Man kann gegen Neukölln sagen, was man will, aber die Infrastruktur stimmt. In Sichtweite gab es immer einen Lidl, einen Spar, einen Kaiser's (auch mit Apostroph, nicht nur bei den Neuköllner Filialen), eine ganze Einkaufspassage, die allerdings zur Hälfte leerstand. Wir ignorierten das – an unserer Straßenecke befand sich nämlich außerdem eine mikroskopisch kleine Edeka-Filiale, der wir die Treue hielten. Ihr Vorteil lag darin, daß es *keine* Auswahl gab. Wann immer wir einen Versuch gemacht hatten, anderswo einzukaufen, war Gonzo stundenlang vor dem Nudelregal hängengeblieben, zwei Pakete Tagliatelle in den Händen, gleiches Gewicht, gleiche Ingredienzien, das eine Paket doppelt so teuer wie das andere. Walter und ich hatten noch so oft »Nimm die billigeren« sagen, an ihm herumzerren, aufstampfen, schreien können. Gonzo blieb stehen und versuchte herauszufinden, worin der Unterschied bestand, der Unterschied, der die Preisdifferenz rechtfertigte. Daß es keinen gab, zog er nicht in Erwägung. Oder daß Besseresser gerne mehr bezahlten.

Unsere Edeka-Filiale hatte dagegen überhaupt keine Tagliatelle. Es gab *Bandnudeln* und Spaghetti, ein Hersteller, ein

Preis. Es gab Katzenfutter, ausschließlich Kitekat, meistens nur eine einzige Sorte. Es gab Kinderschokolade – glücklicherweise – und Milka, immerhin zwei Sorten, Vollmilch und Vollmilch-Nuß. Es gab Berliner Kindl im Sechserpack, damit hatte es sich. Es gab Askie-Suppe, sonst wäre Gonzo nicht mehr hierhergegangen. Es gab keine Lätta und auch keine Lätta hoch zwei, drei oder vier, sondern nur Rama im 250-Gramm-Becher. Es gab Cornflakes von Kellog's, nicht einmal Schoko-Pops. Milch in Einlitertetrapacks, nicht fettreduziert, aber ewig haltbar. Thunfisch in Dosen, nur im eigenen Saft, nie in Öl. Weiße Eier, keinen Bioquatsch oder Eier von Legehennen, die in sozial adäquater Umgebung aufwuchsen, eine 35-Stunden-Woche hatten und abends Spanischunterricht nahmen. Ein Wunderland für Gonzo, der, von jedem Entscheidungszwang befreit, den klitzekleinen Einkaufswagen durch die zwei Gänge schob, die exakt die Breite des Wagens hatten, fröhlich in die Regale griff, mal über die Schulter fragte: »Würfelzucker?« und dann eine Schachtel in den Wagen versenkte. Ein Paradies für ihn, vor allem, wenn er eine ungeöffnete Großpackung Askie in den Wagen legen konnte – vermutlich machte dieser Miniladen den weltweit größten Umsatz mit Buchstabensuppe. Und es war ein Paradies für uns, Walter und mich, denn auf diese Art dauerte der gemeinsame Einkauf selten länger als zehn Minuten. Linsensuppe in der 800-Gramm-Dose mit zwei dunkelbraunen, daumenlangen, weichen Würstchen, abgepackte Mortadella, die Salami, bei der der weiße Schimmel durch Kunststoffolie vorgetäuscht wurde, auch eingeschweißt. Kaffee, die Sorte, die es eben gab, rein damit. Nix Koffeinfreies oder Magenfreundliches, einfach nur Kaffee.

»Brauchen wir Klopapier?« fragte er, hielt sich das Doppelpack Zewa 4-lagig über die Schulter. Da kam uns vom anderen Gangende ein Wagen entgegen, aus der *falschen* Richtung. Hier war es essentiell, die Regeln einzuhalten. Der Laden durfte nur in einer Richtung durchfahren werden, wer etwas vergessen hatte, mußte zum Ausgang raus und erneut von vorne anfangen. Es gab nicht einmal die Möglichkeit, sich ohne Wagen an den anderen Käufern vorbeizudrücken. Im Prinzip begann die Kassenschlange an der Eingangstür – auch etwas, das Gonzo liebte, denn man wartete nie, hatte man das jenseitige Ende erreicht. Der Bezahlvorgang stellte die logische, abschließende Konsequenz des Einkaufens dar, stand an seinem Ende – ohne Unterbrechung, quasi in einer Bewegung. Der Laden, sagte Gonzo einmal, war die perfekte Umsetzung einer bestimmten Speichertechnik, weshalb er ihn auch so nannte, »Fifo«: First in, first out. Das war seine Art von Humor.

Eine junge Frau schob den Wagen, anderthalb laufende Meter weiblicher Mensch. Vielleicht Mitte Zwanzig, nackenlange, leicht gewellte dunkelblonde Haare, dunkelbraune Augen, rundes Gesicht, Stupsnase. Kategorie süß. So eine, die ein Reihenhaus will, vier Scheißbären, einen Golf, Cabrio wäre schon dekadent und, »ehrlich gesagt«, nicht im Etat. Typ Sozialarbeiterin, Krankenschwester oder Tewlak – Technisch-wissenschaftliche Lehramtskandidatin: angehende oder abgebrochene Lehrerin. Fertig konnte sie nicht sein, sonst würde sie nicht hier wohnen und einkaufen. Vielleicht Kindergärtnerin, ja, Kindergärtnerin. Sie schien etwas verwirrt, hatte lauter Milchkrempel im Wagen, Joghurt, Käse, Quark. Suchte die Regale nach irgendwas ab, eigentlich völlig überflüssig. Hier mußte niemand suchen. Sie wohnte also noch nicht lange in dieser Ecke.

Dann sah sie Gonzo. Sie öffnete den Mund, schloß ihn wieder, blieb stehen, vergaß die Regale.

»Und?« wiederholte Gonzo.

»Jup. Klopapier.«

Er tat, wie ihm geheißen, machte Anstalten, den Wagen weiterzuschieben.

Die Maus starrte immer noch. Gonzo sah in ihre Richtung, hielt dann in der Bewegung inne.

»Äh.« Dann drehte er sich zu mir um.

»Da ist jemand im Weg«, sagte er.

»Das sehe ich auch. Klär das!«

Er drehte sich zurück, brachte aber nur ein weiteres »Äh« raus. Frauen, das waren Geräte, für die Gonzo keinen Schaltplan besaß. Er verfügte über zwei Varianten, mit ihnen umzugehen: Entweder behandelte er sie wie einen von uns – oder er ignorierte sie vollständig. Manchmal geschah es, daß er unter Einsatz von Variante eins zu einem unverhofften One-Night-Stand kam, wenn die betreffende Dame extrem beharrlich war und ihm einfach nicht zuhörte (oder betrunken war). Das überraschte dann alle anderen mehr als ihn selbst – ihm ging einfach nicht auf, daß die geschlechtliche Interaktion normalerweise nach völlig anderen, sehr eigenen Prinzipien ablief.

»Entschuldigung«, sagte die Maus, legte ein Lächeln auf, das dem Dümmsten klargemacht hätte: Ich! Will! Was! Von! Dir! Aber Gonzo nickte nur und beugte sich nach rechts zu den Achterpackungen Tempo-Taschentücher.

»Brauchen wir Tempos?«

Ich zuckte mit den Schultern, was Gonzo nicht sehen konnte, und beobachtete sein Gegenüber.

»Hallo«, sagte sie zu ihm.

»Hallo«, sagte auch Gonzo, aber wie zum Briefträger.

»Äh ... mmh ... ich heiße Susanne.«

Gonzo nickte nur, und dann schlug er erbarmungslos zu. »Du bist im Weg.«

Die Frau nickte, ein bißchen traurig, trat dann den Rückzug an. Als wir an der Kasse angelangt waren, hatte sie den Laden schon verlassen – natürlich, ging ja nicht anders.

»Ist dir da eben was aufgefallen?« fragte ich ihn, als wir die beiden Tüten zur Wohnung hochschleppten. Wir verhielten uns dabei wie Möbelpacker. Obwohl die Tüten fast nichts wogen, mußten wir verdeutlichen, daß diese Plackerei unter unserer Würde war.

»Klopapier ist teurer geworden«, sagte er, machte sogar Anstalten, anzuhalten, um in seiner Tüte nach dem Zweierpack Zewa zu suchen. Eine Behauptung ohne Beweis mußte zunächst als haltlose Theorie angenommen werden, eines seiner Prinzipien.

»Ja, das Scheiß-Klopapier ist teurer geworden, laß stecken. Ist dir sonst noch etwas aufgefallen?«

Er grübelte, betrachtete erst seine, dann meine Tüte. Schließlich schüttelte er den Kopf.

»Etwa einen Meter fünfundfünzig hoch, dunkelblonde Haare, Stupsnase?«

Wir hatten die Wohnung erreicht, Gonzo zog das monströse Schlüsselbund aus der Tasche, an dem außer unseren Schlüssel für die Serverschränke einiger Großkonzerne hingen, die sicher nicht so lustig gefunden hätten, daß er so locker mit ihren Werten umging.

»Einen Meter ...«, wiederholte er dabei. Dann drehte er sich zu mir um. »Meinst du das Mädchen?«

Das Mädchen. Ja, das meinte ich. *Mädchen* – zwanzig Jahre zurück, Schulhof, Gymnasium. Der Zeitpunkt, an dem Gonzos Sozialverhalten von einer bösen Fee eingefroren worden war.

Ich nickte.

»Was war mit der?«

»Ach, Gonzo. War sie hübsch?«

»Keine Ahnung.« Er schloß die Tür auf, drehte sich dabei wieder kurz zu mir um, fragender Blick. Vor dem offenen Kühlschrank setzte er das Gespräch fort.

»Die war hübsch, oder?« Jetzt griente er.

»Ja, verdammt. Die *war* hübsch. Und sie hat … ach, Mann, vergiß es einfach.«

»Wovon redest du?«

»Ich weiß auch nicht. Nein, die Butter nicht ins Gefrierfach.«

21. Überfall

Walter saß im Gemeinschaftszimmer und las im *Rolling Stone*, Kumpelli lag neben ihm, auf dem Rücken, weil Walter mit einer Hand seinen Bauch kraulte. Als wir hereinkamen, drehte sich der Kater in einer unglaublichen Bewegung auf die Füße, sagte in Gonzos Richtung »Märrg«. Das hieß: Setz dich! Ich will auf deinen Schoß.

Alle Herzen flogen Gonzo zu, und er merkte exakt: Nichts.

»Ich habe Backstagepässe für Doubtful Medicine, heute Abend, Columbiahalle. Habt ihr Lust?«

Wir sahen uns kurz an, Gonzo und ich. Ich hatte eigentlich keine Lust, genaugenommen mußte ich taxifahren, aber dennoch nickten wir beide. Das letzte gemeinsame Konzert lag ein paar Wochen zurück. Und Backstage war es immer lustig. Selbst Gonzo fand das, obwohl er auf diese Art Leuten begegnete, die so viel mit ihm gemein hatten wie ein geköpftes Ei mit einer Cadillac-Limousine.

»Das hier wird dich interessieren«, sagte Walter zu mir und zog eine Tageszeitung unter seinem Oberschenkel hervor.

»Du liest den *Tagesspiegel*?«

»Ausnahmsweise. Ist eine Plattenkritik von mir drin. Aber das meine ich nicht. Hier, schau mal.«

Zweispaltig, Titelseite des Berlin-Teils: NEUKÖLLNER UNTERNEHMER ÜBERFALLEN. 57-JÄHRIGER WERKSTATTBESITZER SCHWERVERLETZT IM KRANKENHAUS. Daneben ein Foto von Denker, dem Arschloch.

»Der Neuköllner Fuhrunternehmer Peter D. ist am Morgen des gestrigen Donnerstags schwerverletzt aufgefunden worden. Seine Mitarbeiterin Gisela F. entdeckte das mutmaßliche Überfallopfer, als sie um sieben Uhr ihren Dienst antreten wollte. Peter D. war erheblich verletzt und bewußtlos, heißt es im Polizeibericht. Er befindet sich auf der Intensivstation und ist in kritischem Zustand. Nach Angaben der Behörden muß von einem Raubüberfall ausgegangen werden. Nach Aussagen einer Mitarbeiterin wurde ein höherer, nicht näher bezifferter Geldbetrag aus dem Firmensafe gestohlen. Der bewußtlose Peter D. saß in seinem Bürostuhl.«

Jemand hatte Denker überfallen und fast getötet. Wie fast? Warum hatten sie nicht gleich vollendete Tatsachen geschaffen? Wer war mir da zuvorgekommen?

»Da ist mir jemand zuvorgekommen«, sagte ich.

Beide nickten, Gonzo nahm mir die Zeitung aus der Hand und las weiter.

Plötzlich wurde es mir bewußt. Verflucht, Denker würde vielleicht sterben. Heilige Scheiße. Ich empfand kein Mitleid, keinen anteilnehmenden Schmerz, logisch. Okay, ein Mensch, blablabla, aber was für einer! Mein nächster Gedanke war: Würde es Erben geben, wenn der kleine Denker vor den großen Denker träte?

»Steht da was über Familie? Angehörige?« fragte ich Gonzo.

Er schüttelte den Kopf.

Den. Ker. In. Ten. Siv. Sta. Tion. Die sieben Silben rotierten in meinem Schädel. Das konnte ein unverhofftes Ende für mein einziges wirkliches Problem jenseits von Andrea bedeuten, aber das konnte auch heißen: Jetzt wird alles noch schlimmer. Ich sah einen Bruder von Denker vor meinem geistigen Auge, einen Zwilling, mit fettigem Seitenscheitel und kleinem Bärtchen über der Oberlippe, Buchhaltergamaschen, dicker Brille und einem Tischrechner von 1950 vor sich. Wie gruselig.

»Wie kriegt man raus, ob jemand Erben hat?«

Walter legte den *Stone* auf den Tisch.

»Er ist nicht tot.«

»Mal angenommen.«

»Indem man eine Forderung aufmacht, irgendeine, gerichtlich. Mahnbescheid. Eine Fantasiesumme. Wenn es einen Nachlaßverwalter gibt, irgendwen, wird er sich schon melden. Aber wahrscheinlich wäre es einfacher, wenn du die Sekretärin anrufst.«

»Was passiert eigentlich, wenn jemand überhaupt keine Erben hat?« wollte Gonzo wissen.

»Wenn keine Erben festgestellt, keine Verwandten ermittelt werden können«, sagte Walter, »dann tritt der Staat ein, aber nur als Nachlaßverwalter.«

»Wand... woher weißt du das alles?« brabbelte ich. Eigentlich wollte ich fragen: Wandern auch Dauerschuldverhältnisse in den Nachlaß?

»Ich war den halben Tag bei einem Notar. Hat dir Gonzo das nicht erzählt?« Er grinste, ich nickte.

»Tata!« rief Walter. »Es gibt nämlich noch eine Neuigkeit. Wenn wir wollen, gehört uns ein Haus.«

»Nein!« rief Gonzo zurück. »Echt? Wo?«

»Tja, das ist der Pferdefuß. Schmökendorf. Ein kleines Nest im Süden von Brandenburg.«

»Schmöken...dorf?« fragte Gonzo, mit einem äußerst seltsamen Gesichtsausdruck – als hätte er eigentlich keine andere Antwort erwartet.

»Warum sollte uns Sal ein Haus vererben?« fragte ich. Gonzo hatte sich inzwischen gesetzt, Kumpelli seine Position auf dessen Schoß eingenommen. Ich sah ihn an, unseren Gonzo, den merkbefreiten Aus-Versehen-Herzensbrecher. Die Frage konnte ich mir selbst beantworten. Sal hatte das Haus an Gonzo vererbt, eigentlich. Die beiden anderen schüttelten den Kopf.

»Keine Ahnung«, sagte Walter. Und Gonzo hatte ohnehin keine Ahnung. Systemimmanent, sozusagen.

Ich hob entschuldigend die Hände, ging nach vorn, zum Gemeinschaftstelefon. Ein seltsamer Tag. Überfallen, geerbt. Es gab da eine Frage, auf die ich sofort die Antwort haben mußte.

»Denker Unternehmensgruppe, Friedrichs am Apparat«, sagte eine sehr matte Frauenstimme.

»Hinze.«

»Ach, Herr Hinze. Sie auch noch!«

»Ja. Wie geht es Ihnen?« Eigentlich wollte ich das nicht wissen. Sie schwieg, wahrscheinlich wußte sie, daß ich das nicht wissen wollte.

»Ich habe das von Herrn Denker gehört«, sagte ich. »Mein Beileid. Wie geht es ihm?« Gisela Friedrichs schwieg weiter, mein geheucheltes Beileid konnte ich mir in den Arsch schieben. Beileid. Sagte man das auch, wenn jemand noch nicht vollständig in den Ewigen Jagdgründen hockte?

»Sagen Sie. Ich weiß, das hört sich jetzt seltsam an. Aber wissen Sie schon, wie es weitergehen wird?« Nach einer kurzen Pause schob ich »Mit Ihnen?« hinterher.

Einen Moment lang blieb es totenstill in der Leitung, als wäre die Verbindung abgebrochen. Dann brach das Fünfziger-Jahre-Denkmal am anderen Ende in Tränen aus. Heulen, Schluchzen, stoßweises Atmen. Zwischendrin das Geräusch eines Feuerzeugs. Ich ließ sie machen, wartete geduldig.

»Eigentlich sind Sie der letzte, dem ich das erzählen sollte«, sagte sie, nachdem sie sich etwas gefaßt und drei oder vier weitere Zigaretten angezündet hatte. »Aber es ist fürch-ter-lich. Ich sitze mit all diesem Kram alleine hier. Drei Jahre vor der Rente. Ganz allein.«

»Wie meinen Sie das?« Ich versuchte, möglichst viel Mitgefühl in die Frage zu legen.

»Da ist niemand. Herr Denker hat keine Familie, keine

Freunde, keine Verwandten. Hier rufen nur Mieter an, Kunden. Und natürlich die Presse. Wenn er stirbt … ich weiß nicht, was dann passieren soll.«

Ich jubilierte. »Das ist ja fürchterlich. Und wie geht es …?« Dem Arschloch? Dem Sklaventreiber? Dem Knebelvertragsschreiber? Dem Neuköllner Hinterhofsauhund? Ich ließ es offen, die gute Gisela hatte sicher ihre eigenen Bezeichnungen.

Sie zögerte. Das Feuerzeug klickte wieder. »Schlecht. Sehr schlecht. Innere Verletzungen, Lungenriß, Schädelbruch. Die Ärzte befürchten das Schlimmste.«

Ein Hoch auf die Ärzte.

»Und Ihnen?« Ich gab mich verständnisvoll, aber so ganz kam das vermutlich nicht an.

Sie zögerte wieder. »Ich sitze an meinem Schreibtisch, die Polizei hat das ganze Büro auf den Kopf gestellt. Die Spurensicherung ist bis heute morgen hier gewesen. Sie können sich nicht vorstellen, wie es hier aussieht. Die haben fast alle Akten mitgenommen.«

»O Gott.« Ich zog die Schnur so lang, daß ich mir in der Küche einen Jack Daniel's einschenken konnte.

»Und andauernd rufen Mieter an und fragen, ob ihre Verträge jetzt unwirksam werden. Das ist sehr pietätlos. Herr Denker lebt schließlich noch.«

Ich ließ den Eiswürfel vorsichtig, fast lautlos in das Glas sinken. Denker vielleicht bald tot, keine Erben. Ich wäre wieder ein freier Mann. Und die Taxe gehörte dann mir. Mi-hir. Ganz alleine.

»Wären sie das denn?« fragte ich, möglichst beiläufig.

»Vermutlich schon.« Ihre Stimme wurde etwas härter. »Deshalb haben Sie angerufen, richtig?«

»Na ja. Wenn Sie mich so fragen …« Ich unterdrückte ein Kichern, kippte den Jack. Machte zwei Square-Dance-Tanzschritte zurück in den Flur.

»An Ihrer Stelle würde ich mich nicht zu früh freuen. Wissen Sie eigentlich, daß Herr Denker damals Anzeige gegen Sie erstattet hat?«

»Weswegen?« platzte ich heraus, völlig perplex. Davon wußte ich nichts. Anzeige? Darf man das, wenn einer zu spät bezahlt? Und wenn schon, ich hatte ja alles überwiesen, früher oder später. Ich wurde sofort wieder ruhiger.

»Wegen des Drohbriefs, den Sie geschrieben haben. Ich denke, in den nächsten Tagen werden Sie Besuch von der Kriminalpolizei bekommen.«

»Von der ... ?«

»Ja. Die fanden das sehr interessant. Machen Sie sich auf was gefaßt.« Und dann legte sie auf.

22. Schnitzel

Doubtful Medicine gab es seit fast zehn Jahren, aber die Combo erlebte ihre Hochzeit jetzt, da ein Song die Charts rauf und runter lief. Insbesondere die Sängerin genoß erhebliche Popularität, die weiblichen Kids versuchten sich als Doubles; Hundehalsbänder, zerrissene T-Shirts, Lacklederhosen und Pudelmützen verkauften sich derzeit gut. Den Rest der Band hätte keine Sau auf der Straße erkannt – und nicht nur dort nicht: Bei den MTV-Awards ließen sie Brittany McDonald hinein, während die restliche Combo völlig bekifft vor dem Bühneneingang herumirrte und nach dem Manager schrie.

»Die McDonald finde ich ganz niedlich«, sagte Walter, als wir uns an der Menschenmenge – Durchschnittsalter siebzehn – vor der Columbiahalle vorbeischoben, die drei laminierten VIP-Pässe über die Köpfe haltend, was uns neidvolle Blicke einbrachte. Allerdings grinsten einige auch, als sie Walter sahen – seine Tolle im Wind flatternd, mit der ausgewaschenen Jeansjacke, einem steinalten Roadblock-T-Shirt, den seitlich geschnürten Lederhosen. Wenn er auf Konzerte ging, trug er nie etwas anderes. Inzwischen sah es fast so aus, als würde das Outfit *ihn* tragen. Wie ein Rollstuhl.

»Aber die Musik ist ein ziemliches Geschrammel, von ›Being My Angel‹ abgesehen«, fuhr er fort, ein bißchen schreiend. »Drei Gitarren, Schlagzeug, kein Baß – ich bin gespannt, wie sich das live anhört.«

Gonzo und ich nickten nur, unsere Meinungen waren vollständig irrelevant, und es interessierte uns auch wenig, wie es sich anhören würde. Ein monströser Türsteher mit Sonnenbrille, Ohrstöpsel und Lederjacke machte Anstalten, uns zu filzen. Walter drückte ihm seinen Paß fast ins Gesicht, der Securitymensch winkte uns schließlich durch, zeigte dann sogar noch höflich zum Aufgang für den Backstagebereich. Dort stolperten wir in eine Gruppe aufgeregter Teenies, die bei irgendeinem Privatradio ein Meet & Greet gewonnen hatten, das machte man jetzt, das war hip. Fünf Mädchen und drei Jungs starrten ehrfürchtig auf die beiden Sofas, auf denen sich zehn Meter entfernt die Band fläzte – Brittany McDonald im fast bodenlangen Shirt, noch ohne Piercing, Halsband, Mütze und Latexhose, fast hausfrauenmäßig, wie kurz nach dem Aufstehen. Walter ging zur Seite, um mit einem Typen zu sprechen, der irgendwie wichtig aussah und den er offensichtlich kannte. Der sehr kurze und etwas mißgestaltete Radiomoderator, der die Kids begleitete, rannte ihm hinterher, ruderte mit den Armen. Der Wichtigmensch nickte, ignorierte den Radiomann und ging mit Walter zu den Sofas, der wiederum nickte in unsere Richtung – mitkommen, hieß das. Im Vorbeigehen lüpfte ich ein Glas Schampus von einem Biertisch, Gonzo griff sich eine Art Mini-Wiener-Schnitzel, biß ein großes Stück ab und schmatzte laut – der Eindruck, den er machte, war ihm egal, und ich liebte ihn dafür.

Der Radiomensch mit seiner Kindermannschaft wurde langsam unruhig. Es gab etwas Trouble, weil die Band keine Lust auf Händeschütteln mit pickeligen Teenagern hatte, der Radiomoderator fing an herumzuschreien, und plötzlich leerte sich der Bereich – die Security machte kurzen Prozeß, wir saßen allein mit der Band da, ganz entfernt war noch das Krakeelen des Radiomenschen zu hören, »Nachspiel« und solche Dinge, Drohungen, so leer wie der Weltraum. Walter begann in englisch mit der Sängerin zu plaudern, ganz locker und entspannt, sie reagierte entsprechend. Als wäre ein Schalter umgelegt worden, mutierte der im Profil wie ein ondulierter Pudel aussehende, mülltrennende Neuköllner Hinterhoftyp zu *Sir Walter Pop*, dem Ritter des Rock. Er gehörte dazu, zum Business, auch wenn er sich in der WG oder im *Wohnzimmer* ganz anders verhielt.

Zwei der drei Gitarristen unterhielten sich miteinander, Sonnenbrillen im Gesicht, die Köpfe über die Sofakante zurückgelehnt. Der dritte schraubte konzentriert an einer riesigen Möhre. Der Schlagzeuger zog ein silbernes Etui hervor, cuttete drei Lines auf einen Taschenspiegel, zog eine davon und hielt dann ausgerechnet Gonzo den Spiegel und sein wahrscheinlich maßangefertigtes mattsilbernes Röhrchen hin. Gonzo betrachtete es interessiert, als wäre es das Gimmick aus dem letzten *Yps*: die Maschine, mit der man viereckige Eier machen konnte, das Tütchen mit den Urzeitkrebsen, der Mini-Zeppelin. Als Walter und ich ihm zu seinem vorletzten Geburtstag fast drei komplette Jahrgänge geschenkt hatten, war Gonzo so gerührt gewesen, daß wir alle drei beinahe in Tränen ausgebrochen waren. Außerdem baute er den ganzen Krempel sofort zusammen, und natürlich zappelten ein paar Tage später schleimige Minikrebse in einem Einmachglas, allerdings nicht lange, weil Kumpelli beschloß, das kleine Aquarium als Trinknapf zu nutzen oder hineinzuschiffen, jedenfalls lebte da drin bald nichts mehr. Eine milchige Schicht hatte sich am Boden gebildet.

Bevor ich jetzt irgendwas sagen konnte, hatte sich Gonzo das Röhrchen ungeschickt ins linke Nasenloch gesteckt und einfach *eingeatmet.* Die Hälfte der Line verschwand, Gonzo pausierte mittendrin, legte einen seltsamen Gesichtsausdruck auf, als erwarte er einen Nieser, dann atmete er kräftig aus, durch die Nase, durch das Röhrchen – in Sekundenschnelle war der Spiegel leer und blank. »Goddamnedmotherfuckingbloodyassholebastard« oder etwas Ähnliches krähte der

Schlagzeuger, sprang auf, setzte sich aber gleich wieder, als wäre Stehen irgendwie nicht sein Ding. Gonzo sagte: »Ich merke nichts«, lehnte sich zurück, mit weit aufgerissenen Augen und schon beinahe nicht mehr sichtbaren Brauen.

Ich schnappte mir den Joint, der endlich fertig war, Walter unterbrach sein Gespräch, legte Gonzo eine Hand auf die Schulter und fragte: »Alles okay? Mußte das sein?« Gonzo schüttelte nur den Kopf, allerdings recht energisch, und wiederholte: »Ich merke nichts.«

Ich quatschte mit dem dritten Gitarristen über Biersaufen, dusselige Groupies und schlechte Tourhotels, Walter war ganz in das Interview mit Brittany vertieft, Gonzos Kopf ruckte zwischen uns hin und her. Dann kam ein glatzköpfiger, unsauberer Roadie. Die Band mußte in die Garderobe, von unten hörte man schon eine Weile das Gedröhne der Vorband – einer der undankbarsten Jobs überhaupt, Vorgruppe, noch hinter Jauchegrubenpolierer oder Popelsortierer. Walter flüsterte kurz mit Brittany, bevor die fünf verschwanden, wir blieben noch ein bißchen Backstage, Gonzo futterte jetzt Schnitzel en masse, was mich sehr erstaunte, er war ziemlich gut gelaunt, ganz plötzlich.

Die Halle war dicht besetzt, wir durften im Mittelbereich der Tribüne stehen, die nur für wichtige Gäste geöffnet war, fünf Meter über den Kids. Irgendwann kam die Band dann auf die Bühne, und es ging los. Ziemlich infernalischer Krach, die Gitarren hörten sich an, als würde jemand Müll damit schippen. Walter lehnte sich über die Brüstung, drehte den Kopf ein bißchen hin und her: »Da stimmt irgendwas nicht. Die Vocals und das Schlagzeug sind live, aber der Rest … na ja. Außerdem ist der Mixer noch nicht wach«, erklärte er nickend. »Möchte jemand ein Bier?«

Gonzo sprang nach vorn, als hätte ihm jemand einen rostigen Nagel in den Hintern gestoßen. »Bier«, sagte er, fast im Befehlston.

»Gonzo, auf Koks sollte man mit Alkohol etwas vorsichtiger sein.«

»Egal«, schnauzte er zurück. »Heute wird gefeiert!«

»Und was?« fragte Walter.

»Egal!«

Als das Konzert zu Ende war, die Band nach einer kurzen Zugabe nicht wieder auf der Bühne erschien und die Kids sich der Erkenntnis beugten, eine Unsumme für 70 Minuten Höllengeschraddel und bluterguẞreiches Geschubse abgedrückt zu haben, wollte Gonzo immer noch feiern. Er war aufgekratzt, sah aber inzwischen wieder normal aus.

»Gehen wir ins *Asül*«, schlug ich vor. Mir war nicht nach *Wohnzimmer*.

Walter aber verabschiedete sich von uns und ging wieder hoch, vielleicht fehlten ihm noch ein paar Statements. »Wir sehen uns nachher«, sagte er.

Mein Taxi stand direkt vor der Tür, obwohl da natürlich strengstes Halteverbot herrschte, aber das galt eben nicht für Taxis.

23. Asül

Das *Asül* war in den späten Siebzigern gegründet worden, als eine Art alternatives Projekt, alternativ vor allem im Hinblick auf die Betriebsführung. Ein selbsternanntes Kollektiv hatte einen brauereigebundenen Laden gemietet, bald aber nur noch einen Bruchteil der Miete gezahlt. Ausgeschenkt wurden alle Sorten Bier, nur nicht die der Brauerei. Man hatte sich fünf Dutzend Anwohnerbeschwerden pro Nacht eingehandelt, und das in einer Gegend, in der die Leute damals nicht einmal die Polizei riefen, wenn jemand schon tot vor der Tür lag. Die Brauerei, die gleichzeitig Vermieter war, hatte schließlich auf Einhaltung der Verträge gepocht, die Anwohner versuchten den Laden möglichst schnell wieder loszuwerden. Aber die Szene hatte ihre Mittel und Wege. In kürzester Zeit gab es eine Widerstandsbewegung, eine Initiative, man veranstaltete Solisitzungen, druckte Plakate und klebte Spuckis an jedes Fenster der Gegend (die gummierten Papieraufkleber, die man so schwer wieder abbekam). Es hatte zwei Benefizkonzerte im *Tempodrom* gegeben, zu denen auch Leute gekommen waren, die das letzte Wort des Mottos wahrscheinlich für einen Gag oder Schreibfehler hielten. In der Konsequenz hatte das *Asül* bleiben dürfen, die Brauerei hatte die Miete gesenkt, das Hausbier mußte wenigstens pro forma am Hahn verfügbar sein. Das war vor über zwanzig Jahren. Inzwischen waren der Laden offiziell brauereifrei, die Besitzer gealtert, das Publikum ebenso. Die Billardtische standen nun fast gerade, man bekam jetzt sogar Ärger, wenn man ein Bier darauf abstellte, die Barhocker hinterließen keine schwarzen Flecken mehr am Hintern, die Pißbecken fielen nicht mehr plötzlich von der Wand, überhaupt konnte man sich inzwischen darauf verlassen, daß ein funktionierendes Pißbecken zur Verfügung stand. Am Tresen hockten inzwischen auch Menschen in solidem Anwaltsoutfit, zwischen den üblichen Verdächtigen, den Allnightern in zerschlissenen T-Shirts, die das billigste Bier soffen, vor sich hin brabbelten und schlechte Zähne hatten. Das *Asül* war erwachsen geworden, eine etwas miefige, laute, insgesamt aber lustige Kneipe, in der sich vornehmlich Leute tummelten, die wünschten, noch nicht so alt zu sein, wie sie inzwischen aussahen. Als Reminiszenz an die früheren Zeiten lagen Flyer und Broschüren von irgendwelchen wilden Initiativen herum, Befreiungsaufrufe für Leute, die in namenlosen Fünfte-Welt-Ländern inhaftiert waren, Infos von Gruppen, die gegen den »Agrarkapitalismus« ankämpften, gegen die »Imperialisierung des Internets«, gegen jede Form von Faschismus – ein Phänomen, mit dem offensichtlich fast alle gesellschaftlichen Strukturen behaftet waren, sogar Hühnerlegebatterien oder Pelztierzuchten hatten etwas mit Faschismus zu tun. Die Türen und Spiegel in den Klos waren mit entsprechenden Aufklebern gepflastert. An den Wänden hingen Poster wie eines, auf dem ein abgerissener Arm neben einem Stück Stacheldraht lag, Bildunterschrift: »Your Country Needs YOU!«. Vom Dogma der ersten Jahre war das allerdings Lichtjahre entfernt. Gonzo turnte sofort zum Tresen, um uns Biere zu bestellen, während ich zwei Barhocker an einem kleinen runden Tisch ergatterte, von dem man Blick auf die Billardtische hatte. Zwei Minuten später war er wieder da, kurz darauf stellte uns jemand die beiden Biere hin. Ihr Gesicht kam mir bekannt vor, auch wenn sie mich nicht ansah, denn ihr Blick galt allein meinem WG-Genossen. Gonzo glotzte auch tatsächlich zurück, sagte unglaublicherweise: »Hallo, Susanne.« Und dann, nach einer kurzen Pause: »Ich habe heute zum ersten Mal Kokain genommen, aber ich merke nichts.«

Nach zwei Bieren ließ ich ihn allein. Gonzo linste tatsächlich ab und zu nach Susanne und hatte nichts dagegen. Ich schlenderte zum vorderen Billardtisch, an dem Beißer gegen einen listig aussehenden, sehr kleinen Vietnamesen spielte. Beißer war der örtliche Dope-Dealer, seinen Namen verdankte er der zerschundenen Kauleiste, der beide Schneidezähne fehlten und deren Eckzähne aussahen, als hätte jemand mit einer Schrotflinte darauf geschossen, was ihn nie daran hinderte, breit und mit offenem Mund zu grinsen, vor allem jetzt, als er mit einem Vorbänder die Acht versenkte, die eigentlich nicht zu treffen gewesen war, und vor den Augen des verdutzten Vietnamesen den Zwanni vom Tischrand nahm.

»Forderst du?« fragte er mich. Der Vietnamese schraubte sein schweineteures Profiqueue auseinander und ging kopfschüttelnd, aber lächelnd in Richtung Tresen.

»Bin doch nicht bescheuert«, sagte ich, ebenfalls grinsend. »Um nix.«

Beißer konnte man beim Pool nur schlagen, wenn es um nichts ging. Sobald ein Schein auf dem Tischrand lag, zauberte er, ließ Jimmy »The Whirlwind« White oder Stephen Hendry, die Snooker-Götter, wie zappelnde Anfänger aussehen. Er konnte Vielbänder ansetzen, bei denen sich jeder von Gonzos Computern zu Tode gerechnet hätte. Aber eben nur, wenn Asche im Spiel war.

»Okay, um nix«, sagte ich.

Wir waren beim vierten Spiel – zwei zu eins für mich –, als flackerndes Blaulicht von draußen verriet, daß Bullen in der Nähe waren. Dann ging die Musik aus, ein Zapfer mit sehr anachronistischem Irokesenschnitt sprang auf den Tresen, hielt sich die Hände trichterförmig vor den Mund und brüllte »Welchem Idioten gehört die Taxe vor der Tür?« durch den

Laden. Ich wartete ein bißchen, tat dann so, als müßte ich zum Klo, umwanderte den Tresenraum durch das Nebenzimmer, wobei ich Gonzo und die Maus beobachten konnte, die sich tatsächlich unterhielten, und ging vor die Tür. Dann lieferte ich mir das übliche Wortgefecht mit den Bullen, wobei ich peinlich darauf achtete, nicht zufällig in die falsche Richtung auszuatmen. Glücklicherweise kam ein junger Türke über die Straße, im teuren schwarzen Anzug, Goldkette, ölglänzende Haare. Schon von weitem zielte er mit seiner Fernsteuerung auf den schwarzen, fast neuen, AMG-getunten Mercedes CLK, der vier Meter vor meinem Daimler parkte, es gab ein Quietschtüt-Geräusch, die Warnblinkanlage flackerte kurz auf. Nur Männer machten das auf diese Art, so lässig aus der Hüfte mit den kleinen schwarzen Kästchen auf die Autos zielen, um bereits aus zwanzig Metern Entfernung darauf aufmerksam machen zu können.

Die Bullen ließen mich schließlich gehen, ich hatte einen legalen Parkplatz, fast direkt vor der Tür. Allerdings dauerte es noch ein Weilchen, bis er wirklich frei war. Der Türke fichtelte ewig in seiner Karre herum, führte noch Telefonate. Ich fragte mich derweil, wie dessen soziales Gesamtkonzept aussah, dachte über seinen Job, seine Familie, all das nach – wahrscheinlich befand ich mich mit meinen Vermutungen, die zugegeben viel mit Drogen, Gewalt und solchen Sachen zu tun hatten, auf dem völlig falschen Dampfer. Der junge Mann verdingte sich als Chefeinkäufer bei Woolworth, hatte BWL studiert und hier nur seine kränkelnde Tante besucht. Seinen Kleidungsgeschmack erklärte das allerdings nicht. Als er losfuhr, war das Baßdonnern seiner Anlage um ein Vielfaches lauter als das Geräusch unserer beiden Motoren. Ich ging nur noch kurz zurück ins *Asül*, beendete meine Runde gegen Beißer mit einem denkwürdigen drei zu eins, zahlte und ließ Gonzo allein.

Uwe stand hinter dem Tresen, Harry und Walter saßen am Tisch mit dem großen Sofa, zwischen ihnen eine junge Frau mit langen roten Haaren, Sonnenbrille und Hut. Walter hatte tatsächlich Brittany McDonald ins *Wohnzimmer* geschleppt. Er flüsterte ihr etwas ins Ohr, als ich näher kam, ihr Kopf drehte sich zu mir. Walter grinste. Harry sah etwas mitgenommen aus, lächelte aber.

»Du fährst Taxi? Cool!« sagte sie. Walter lachte. Harry zeigte auf den freien Stuhl gegenüber. »Setz dich doch!« Uwe stand mit meinem Bier schon am Tisch. Offensichtlich erkannte er Brittany nicht – Uwe hielt große Stücke auf seine Rockkenntnisse, wettete ständig über irgendwelche Facts mit Walter, verlor aber immer. Wahrscheinlich hätte er Mick Jagger nicht einmal erkannt, wenn der ihm Zungenkuß verpaßt und dabei »Satisfaction« gestöhnt hätte. Ich setzte mich.

»Ich bin Fuhrunternehmer«, erklärte ich. Walter und Harry prusteten los, gaben sich sogar High Five, die Arschlöcher. Harry mußte vor Lachen husten. *Beim* Lachen. Vielleicht mußte er einfach husten.

»Cool«, wiederholte die Sängerin und nahm einen Schluck Apfelsaft. Jedenfalls sah es wie Apfelsaft aus – kaum anzunehmen, daß sich in dem Nullviererglas irgendwas Hartes befand.

»Sie wollte mal ihre Ruhe haben und trotzdem unter Menschen sein«, sagte Walter.

»Schöner Laden«, erklärte Brittany. »Gemütlich.«

Harry strahlte.

Und dann kam Andrea um die Ecke, aus dem Hinterzimmer. Ich hätte sie fast nicht erkannt, denn ihre Haare waren blond. Helles Gelbblond mit einigen platinfarbenen Strähnen. Ihr Gesicht hatte sich verändert, wirkte offener, fröhlicher. Sie lehnte sich kurz zu mir rüber, küßte mich auf die Wange, wollte schon weitergehen. All die Kühle war wie weggeblasen, das Distanzierte aus ihrem Wesen verschwunden.

Da sagte Brittany: »Fuck, ich kenne dich!« Sie nahm die Brille ab.

Ein sanfter, rötlicher Schimmer legte sich über Andreas Wangen. Die Doubtful-Medicine-Sängerin zog die Stirn in Falten, sah zu Walter, dann wieder zu Andrea.

»Wir haben zusammen gespielt, irgendwo. Kann das sein?«

Andrea sagte nichts, starrte Brittany McDonald an, als hätte sie bei Jauch die Millionenfrage zu beantworten, Thema Fußball oder: Wer war stellvertretender Finanzsekretär unter Julius Cäsar? Sie deutete ein Kopfschütteln an, brach die Bewegung gleich wieder ab.

»Rück mal ein Stück«, sagte sie zu mir, setzte sich neben mich auf die Stuhlkante.

»Das war vor sieben oder acht Jahren, auf einem Festival, ich glaube, in Hamburg. Wir haben den Abend davor zusammen verbracht.«

Andrea sah die Sängerin an, dann Walter, dann mich. Wir reagierten nicht.

»Scheiße, ja!« rief Brittany. »Purple … Purple …«

»Purple Notes«, sagte Andrea und senkte den Kopf.

»Wow, wie fantastisch.« How *fan-tas-tic*. »Was machst du hier?«

»Ich arbeite in diesem Laden.«

Brittany öffnete den Mund, sagte aber nichts. Andrea liefen plötzlich Tränen über das Gesicht, ich legte meinen Arm um ihre Schulter, sie rückte tatsächlich noch ein bißchen näher an mich heran, sah mich fragend an. »Hier weiß keiner, was ich früher gemacht habe«, sagte sie. »Außer Harry.«

»Und mir«, sagte Walter.

»Und mir«, sagte ich.

»Wie?« platzte Andrea heraus, funkelte Harry an, der sofort tiefer in das Sofa sank, sein hageres Gesicht fiel in sich zusammen, wenn das überhaupt noch möglich war. Gleich darauf hob er die Hände: »Von mir weiß keiner was.« Nach einer kurzen Pause ergänzte er: »Glaube ich.« Harry neigte zum Plappern, vor allem, wenn reichlich *Alex* geflossen war, aber es war eigentlich nicht seine Art, Intimitäten oder Geheimnisse zu verraten. Eher Dinge, die man sowieso nicht wissen wollte. Wer mit wem im Darkroom gevögelt hatte. Daß der Typ Amtsrichter gewesen war, der mich anzubaggern versucht hatte, irgendwann letztens, als ich Harry begleitet hatte. So was.

»Ich habe das herausgefunden, schon vor längerer Zeit«, sagte Walter. »Und Henry weiß es von mir.«

Andrea war völlig perplex. Sie winkte Uwe, bestellte Weißweinschorle.

»Das finde ich toll, daß wir uns hier treffen«, sagte Brittany. Das begleitende Lächeln schien ehrlich. Ich meinte eine Form von Melancholie bei ihr zu spüren, etwas in der Art: Es ist zwar geil, ein Star zu sein, aber ungeil, so weit von bewohnten Planeten entfernt sein zu müssen. Ich staunte über mich selbst bei dieser Wahrnehmung.

Dann begann Andrea zu erzählen. Musik machen gegen den Willen der etwas schnöseligen Eltern, norddeutscher Geldadel; Geld als Fundament des Daseins, als Gradmesser, als sozialer Quotient. BWL-Studium, um den häuslichen Frieden zu sichern, parallel heimlich Gesangsunterricht, Bruch mit den Eltern, Gründung der Band. Texte von Andrea, Musik vom Bassisten. Soul. Fünf Jahre Arbeit, Tingeln durch Miniclubs, Betteln um jeden Auftritt, Firmenparties, Hochzeiten und Vereinsfeste, ständig hart an der Grenze zum Aufgeben. Eine Zufallsbegegnung, ein Plattenvertrag, ein Hit, endlich Respekt für die Musik – Andrea war kurz vor der Verwirklichung ihres Lebenstraums gewesen, kurz vor der Emanzipation von ihrem nüchtern-geldkalten Elternhaus. Brittany nickte zu alldem, Andrea erzählte in englisch.

»Und dann?« fragte die rothaarige Sängerin.

Andrea sah uns nacheinander an, drückte den Rücken durch. Die Hand, die das Weinglas hielt, zitterte.

»Ihr wißt das auch, oder?« fragte sie Walter und mich. Wir nickten. Mir lief eine Gänsehaut über den Rücken.

»Gehen wir kurz nach hinten?« fragte sie dann die andere Frau.

»Sie sollte wieder singen«, murmelte Walter leise, als die beiden verschwunden waren. Nachdenklich starrte er in sein Bier. Harry schüttelte den Kopf. »Das halte ich für ausgeschlossen. Ich habe oft und lange mit ihr darüber gesprochen – auf eine Bühne wird sie nicht mehr gehen. Nie wieder einen Club durch den Personalausgang verlassen. Es ist traumatisch.«

»Es ist verdammt schade«, sagte Walter.

Ich lehnte mich zu ihm rüber und stieß ihn freundschaftlich an die Schulter. »Na ja. Ist nicht der einzige Musiker im Haus, der nach einem Desaster keine Bühne mehr betritt.«

»Arschloch«, antwortete Walter. Harry nickte.

24. Verdächtig

Montag, elf Uhr dreißig. Ich ließ den Daumen im Sekundentakt auf der Programm-vor-Taste daddeln und stoppte bei *MTV*. Brittany McDonald saß im Studio von *MTV Europe* und gab ein Interview. Bis morgens um fünf hatte sie mit uns im *Wohnzimmer* gequatscht, leicht angetütert, denn in ihrem Apfelsaftglas war schottischer Dalwhinnie, 15 Jahre altes Todesgesöff. Irgendwann schaltete sie ihr Mobiltelefon ein, und es dödelte sofort los. Das Gebrüll eines Typen war trotz der Hintergrundmusik zu hören. Zehn Minuten später fuhr eine Limousine vor, Walter ging mit raus. Andrea hatte sich lange zuvor verabschiedet, wollte ihre Ruhe haben, ein bißchen nachdenken. »Bis Montag«, hatte sie zu mir gesagt und dabei die Kneipenwände angestarrt. Ich war Samstag und Sonntag gefahren, nachts um zwei im *Wohnzimmer* aufgeschlagen, hatte bei zwölf Litern Bier tatsächlich auf sie gewartet, ohne mir selbst die Frage beantworten zu können, warum eigentlich *genau*. Aber Andrea war nicht aufgetaucht. Harry hatte nur den Kopf geschüttelt, als ich ihn fragte, ob ich sie anrufen sollte.

Die Doubtful-Medicine-Sängerin durfte sich Videos aussuchen, die in den Pausen des Interviews gesendet würden. »Greetings to Noykollen«, sagte sie. Und dann war plötzlich Andrea im Fernsehen. Ich setzte mich im Bett auf, konnte es nicht fassen. Natürlich kannte ich den Song *doch*, schließlich hatte ich eine zeitlang als Discjockey gearbeitet. »My diamond love« hatte nicht zu meinem Repertoire gehört, dafür war es zu soft. Aber der Song war oft im Radio gelaufen. Ich konnte die Anfangstakte mitsummen.

Eine etwas jüngere Andrea in Lederhosen und viel zu weit geöffneter Seidenbluse auf einer Bühne, vor ihrer vierköpfigen Band. Beide Hände um ein Mikrofon auf einem Ständer, lächelnd, das blonde Haar von rechts nach links schwenkend, Blick nach hinten zum Schlagzeuger, ein einäugiges Zwinkern in die Kamera. Schnitt auf den Gitarristen, Schnitt auf Keyboarder und Bassisten, Schnitt ins Publikum, Schnitt in die Deko. Zurück auf Andrea, die zu singen beginnt. »Ever since I met you, life changed from a stone to a diamond, my diamond love, oh, my diamond love.« Ich kannte sogar den Text. Verflucht, ich hätte ihre Stimme erkennen können. Ich glotzte die Mattscheibe an. Diese Bewegungen, Andrea strahlte Liebe aus, Liebe zu ihrer Musik, zu dem, was sie da tat. Sie fühlte sich wohl, das sah man. Walter hatte recht. Es war verdammt schade. Als der Song geendet hatte, sagte Brittany noch ein paar Worte, dann endete auch das Interview. Ich schaltete ab, stand auf, kramte meine beiden Plattenkoffer hervor. Auf einem Hit-Sampler aus dem Jahr 1995 wurde ich fündig. Zweite CD, achtes Stück. Lyrics/Music Berach/Keil. In der Unterhose tappte ich ins Gemeinschaftszimmer und legte die Platte auf, drehte den Volumeregler zwei Drittel weit auf. Eine halbe Minute später stand Walter neben mir, eine gerissene Gitarrensaite in der linken Hand.

»Schön, oder?« brüllte er. Ich drehte etwas leiser.

»Lief gerade im Fernsehen. Brittany bei MTV, sie hat es sich gewünscht.«

»Wenn man nur irgendwas tun könnte«, sagte Walter. Das Telefon klingelte. Beim siebten Mal machte ich mich auf die Socken, Gonzo war entweder nicht im Haus oder so sehr mit der Puzzelei an irgendwelchem Unsinn befaßt, daß er das Geräusch nicht wahrnahm. Wenn Gonzo konzentriert arbeitete, an was auch immer herumpuzzelte, konnte man ihm währenddessen ein Bein amputieren – er würde nicht einmal aufblicken...

»Hier ist Andrea.«

»Oh. Hallo. Wie geht es dir?«

»Nicht so toll. Ich würde unser Date für heute gerne absagen. Macht dir das was aus?«

»Natürlich. Aber es ist okay.«

»Das ist lieb von dir.« Dann legte sie auf. Ich war nicht einmal dazu gekommen, ihr von der *MTV*-Geschichte zu erzählen.

Ich braute mir einen Becher Askie-Suppe, legte mich aufs Bett und zappte bis zum frühen Abend. Als mir der Daumen fast schon weh tat vom Überspringen dieser Nurdumm-Magazine namens *explosiv, exclusiv, executiv, ex*-wieauchimmer, klingelte es an der Tür. Da ich noch immer nur die Unterhose trug und Walter und Gonzo offensichtlich nicht im Haus waren, dauerte es eine Weile, bis ich öffnete. Die beiden Männer, einer davon polizeigrün uniformiert, befanden sich schon wieder einen Absatz tiefer.

»Hallo«, rief ich ihnen hinterher.

»Oh«, sagte der eine, während sich beide umdrehten. »Sind Sie Herr Hinze?«

»Äh ... ja. Möglich.«

Sie drehten auf dem Absatz um und standen in Sekundenschnelle vor mir.

»Hauptkommissar Mager«, sagte der Nichtuniformierte, der alles andere als mager war und jetzt etwas kurzatmig schien. »Guten Tag. Wir hätten ein paar Fragen an Sie.«

»Oh. Warum denn?«

»Dürfen wir reinkommen?«

Wir setzten uns ins Gemeinschaftszimmer. Kumpelli kam hereinmarschiert, sah die beiden Fremden, gab ein »Märrg« von sich und verschwand wieder.

»Herr Peter Denker ist am vergangenen Donnerstag schwerverletzt aufgefunden worden, haben Sie davon gehört?« fragte der Ziviltyp.

Ich nickte. Der uniformierte Begleiter zog einen Block aus der Aktentasche.

»Könnten Sie uns mitteilen, was Sie in der Nacht von Mittwoch auf Donnerstag gemacht haben, in der Zeit zwischen 23 Uhr abends und vier Uhr morgens?«

»Warum? Werde ich verdächtigt?«

Der Kommissar lächelte, nickte dann dem Uniformmenschen zu. Der zog einen Bogen Papier aus der Tasche, der wiederum in einer Klarsichthülle steckte.

»Das ist von Ihnen, oder?«

Ich nahm den Bogen, las meine Formulierung, nickte: Sensenmannmäßige Grüße. »Ist aber nur ein Spaß gewesen.«

»Sie haben einen etwas seltsamen Humor«, sagte die Uniform.

»Na ja. Kennen Sie Peter Denker näher?«

Beide schüttelten den Kopf.

»Sehen Sie.«

»Also«, sagte der Kommissar. »Mittwoch auf Donnerstag.«

»Ich bin Taxi gefahren, wenn ich mich recht erinnere, danach war ich in meiner Stammkneipe, bis drei oder vier. Genau weiß ich das nicht mehr. Aber Harry Moor, der Wirt, müßte es wissen.« Ich grübelte, ob das wirklich stimmte. War immerhin schon ein paar Tage her. Aber ich war ja nicht der Täter. Dessen wenigstens war ich mir ziemlich sicher. »War es denn eine Gewalttat?« fragte ich. »Also, so richtig, Sie verstehen schon, was ich meine?«

Der Kommissar nickte. »Raubüberfall. Es sieht zumindestens so aus.«

»Zumindest«, korrigierte ich.

Der ranghöhere Polizist verzog das Gesicht, dafür lächelte jetzt der Uniformierte.

Die beiden ließen sich Harrys Adresse geben. Dann standen sie auf. »Ich habe das Schreiben eigentlich auch für einen Scherz gehalten. Aber Sie müssen verstehen, daß wir jeder ...«

»... jeder Spur nachgehen müssen, klar. Ich hätte kaum gedacht, daß Ihr Leute so was wirklich sagt.« Ich grinste.

»Sie sollten das nicht auf die leichte Schulter nehmen«, sagte der Uniformierte. »Die Kriminalpolizei ermittelt. Es kann sein, daß wir nochmals auf Sie zukommen.«

»Tun Sie das«, nickte ich.

»Wenn Ihnen noch etwas einfällt, rufen Sie mich an«, sagte Kommissar Mager und drückte mir eine Visitenkarte in die Hand.

»Auf jeden«, sagte ich und expedierte die beiden zur Tür hinaus. Walter kam uns entgegen, blickte den Bullen hinterher.

»Was war denn das?«

Ich zuckte mit den Schultern. »Man hält mich wohl für den Killer von Peter Denker.« Dazu machte ich ein dramatisches Gesicht.

»Echt? Ist ja ein Hammer.«

»Finde ich auch. Gehen wir darauf einen trinken?«

Er zog die Stirn kraus: »Wie wär's mal mit einem alkoholfreien Tag?« Walter sah mich an, als mache er sich Sorgen.

»Ja, prima Idee. Sprich mich nächstes Jahr noch mal darauf an!«

»Na ja, du mußt es ja wissen. Gib mir 'ne halbe Stunde, ich muß noch einen Text tippen.«

25. Duftmarken

Ich saß mit Walter am Tresen, beobachtete Sylvie, die zierliche brünette Kellnerin, die seit einem unseligen Zwischenspiel mit Uwe nur noch Vertretungsschichten machte, und überlegte, ob die sehr dunkle Erinnerung an eine heftige Knutscherei im Hinterzimmer – Halloween oder so – nur eingebildet oder eine echte Erinnerung war. Seit den Erlebnissen der vergangenen Woche konnte ich nicht mehr sicher sein, mich je an das Tabu gehalten zu haben. Ganz im Gegenteil meinte ich jetzt sogar ziemlich sicher zu sein, daß Sylvies Zunge sehr naß, ihre Lippen dafür unangenehm kühl waren. Wie ihre Arschbacken.

Walter saß eigentlich nur zu Dekorationszwecken neben mir am Tresen, er redigierte einen seiner Texte und reagierte kaum auf meine Gesprächsversuche, auch nicht, als ich den Namen Brittany McDonald nannte oder über den Polizeibesuch sprechen wollte. Er schüttelte nur unwillig den Kopf, spielte mit dem Kugelschreiber im Mund herum, bewegte die Lippen beim Lesen.

Ich zog einen Bogen unter Walters Papierstapel hervor, was er mit einem mürrischen Grunzer quittierte, und begann, eine Liste anzufertigen.

»Was tust du da?« fragte er mich nach einiger Zeit.

Mariella notierte ich noch, das war die letzte gewesen, vor zwei Wochen. Mel, die Modderfoggers-Sängerin, mein einziges längeres Verhältnis in den letzten Jahren, schrieb ich nicht auf, sie paßte irgendwie nicht auf die Liste.

»Wonach sieht's denn aus?«

Er beugte sich rüber. »Suchst du nach einem Namen für dein erstes Kind?«

Ich nahm den Zettel hoch und hielt ihn am ausgestreckten Arm vor mich hin.

»Eine Liste deiner Abenteuer?«

Ich nickte.

»Willst du dich für irgendeinen Preis bewerben?« Er feixte.

»War so eine spontane Idee. Ich wollte herausbekommen, welchen Frauengeschmack ich habe.«

»Dafür brauchst du diese Liste nicht. *Du hast keinen.* Das allerdings kannst du eindeutig ablesen.«

»Kann sein.« Ich nahm einen Schluck Jack. Walters Zynismus gefiel mir nicht.

»Du könntest genausogut eine Strichliste fürs Onanieren machen. Die hätte die gleiche Qualität.«

»Arschloch.« Ich verkniff mir die Frage, wann er zuletzt einen weggesteckt hatte.

»Das ist wie beim Taxifahren, oder?« fragte Walter. »Rein und raus, vergessen. Ein Strich auf der Liste. Henry Hinze setzt seine Duftmarken in der Welt. Weißt du, was das lustige dabei ist?«

»Nee.«

»Der Welt ist es *egal*. Wahrscheinlich würdest du auf den Listen dieser Frauen nicht einmal auftauchen. Selbst bei denen, die außer dir nur einen einzigen anderen Mann gehabt haben. Oder glaubst du, deine Taxikunden erinnern sich an dich?«

»Aber ...« Ich starrte auf das Papier und wußte nicht weiter.

»Du kannst ein feiner Kerl sein, Henry.« Seine Augen wurden feucht. »Aber manchmal weiß sogar Gonzo mehr von der Welt als du.« Er nahm den Bogen, zerknüllte ihn und drückte ihn in meinen Aschenbecher. Dann griff er sich seinen Text, sein Weizenbier und verschwand nach hinten. Wieder einmal.

Ich saß eine Weile nur da, schluckte mein Bier und ein weiteres. Als Sylvie den Aschenbecher ausleeren wollte, zerrte ich die Liste heraus, strich sie wieder glatt. Ich versuchte mich an die Gesichter zu erinnern, Gespräche, Hintergründe, das Aussehen von Schlafzimmern, ein Lächeln, einen fragenden Blick.

Da war wenig. In einem Zimmer hatten selbstgemalte Ölbilder gehangen, riesengroß, knallfarbig. Aber war das bei Marianne oder bei Alina gewesen? Und wie sahen *die* aus? Ich erinnerte mich an ein Räumkommando von der Polizei, das mitten beim Sex in eine Wohnung eingedrungen war, fälschlicherweise, weil sie das Stockwerk verwechselt hatten und an der Wohnungstür kein Name stand. Aber welcher dort hätte stehen müssen – keinen Schimmer. Eine Nummer auf einem Kreuzberger Balkon, nach hinten raus, um elf Uhr vormittags, vor den Augen der Nachbarn. Ärsche und Titten erschienen vor meinem geistigen Auge, aber kaum Gesichter.

Harry legte mir die Hand auf die Schulter. Er sah finster aus, Augenringe, so groß wie Bierdeckel, ein grauenhafter Kontrast zu seinem milchigweißen, leicht fleckigen Gesicht, dessen Wangen seit zwei, drei Tagen wieder täglich weiter einzufallen schienen. Die unsauberen Bartstoppeln, weil ihm das Rasieren Schmerzen bereitete, die Haut war zu trocken, zu faltig, zu schuppig, zu ungleichmäßig. Trotzdem lächelte er. Zwei seiner Vorderzähne wurden schon wieder grau, dabei hatte er gerade einen monströsen Zahnarztmarathon hinter sich. Verflucht, am Freitag hatte er noch *gut* ausgesehen. Verhältnismäßig.

»Na, du.« Feststellung und Frage zugleich.

Ich nickte nur und sagte nichts.

»Wollen wir irgendwo anders hingehen?« fragte er leise.

»Gern«, sagte ich, obwohl mich ein unbehagliches Gefühl beschlich. Ich trank mein Bier aus und machte Sylvie Zeichen, daß wir später wiederkommen würden.

Wir fuhren ins *Morena*. Es war kurz vor elf.

»Mir geht's nicht so gut«, sagte Harry. Ich zuckte zusammen – wenn Harry so etwas sagte, dann ging es ihm schlecht, sehr schlecht. Seine Art der Problembewältigung bestand normalerweise *nicht* darin, mit anderen Leuten darüber zu reden. Er redete statt dessen mit anderen Leuten über deren Probleme. Dabei vergaß er seine eigenen. Er nahm einen zittrigen Schluck Bier, zündete sich die zweite Zigarette an, obwohl wir gerade erst Platz genommen hatten. Seine wäßrigen Augen füllten sich mit Tränen. »Krebs. Lymphdrüsenkrebs. Ich muß ab morgen in die Onkologie, Infusionen und Bestrahlung.« Er atmete ein, stoßweise, flatterig.

»Heilige Scheiße.«

»Das ist nicht alles.« Harry hustete, ein sehr ungesundes, irgendwie schleimiges Husten, ganz anders als der donnernde, knatternde Raucherhusten von Oskar, unserem Möchtegernmaler. Er hörte sich an, als könnte er eigentlich ewig weiterhusten, als würde sein Atmen langsam in ein fortwährendes Husten übergehen. Ein leichtes Rasseln blieb.

»O Gott. Was denn noch?« Eigentlich wollte ich das nicht wissen. Ich spürte Panik in mir aufsteigen.

»Der Virus ist wieder voll da. Meine Leukos haben sich völlig verabschiedet. Und es gibt Anzeichen dafür, daß die Toxo wieder ausbricht.« Er griff nach seinem Zigarettenpäckchen, sah dabei, daß bereits zwei Fluppen brannten, griff nach der einen, dann nach der anderen. Und dann strömten die Tränen. Ich zog ihn an mich heran, an meine Schulter, vor allem, um meine Hilflosigkeit zu verbergen. *Leukos*. Er gab sogar den Dingen, die mit seiner Krankheit zu tun hatten, Kosenamen. Wirklich bösartige Dinge gab es nicht für Harry. Alles hatte auch irgendwie eine niedliche, eine positive Seite. Diminuierung als Bewältigungsprinzip – deshalb gab er allen und allem Kosenamen. Er hatte auch irgendwann einmal Henni zu mir gesagt, vor Ewigkeiten, aber ich hatte ihm das erfolgreich ausreden können. Harry lächelte wieder. »Ich werde bald sterben.«

»Wirst du nicht«, platzte ich heraus.

Er nickte langsam. »Doch. Werde ich. Es kann noch ein paar Wochen dauern, vielleicht ein, zwei Monate. Aber ...« Er seufzte tief.

»Es muß doch ...«

»Nein«, unterbrach er. Nahm einen Schluck von seinem Bier, einen Lungenzug von seiner Zigarette, sein Gesicht wurde rot, dann hustete er, eine halbe Minute lang.

»Was wird aus dem *Wohnzimmer*?« fragte er mich krächzend und brach dabei wieder in Tränen aus. Ich wußte keine Antwort, hielt die Frage auch nicht für entscheidend, im Moment, drückte ihn abermals an mich. Irgendwas piepte. »Scheiße, ich hab meine Medikamente vergessen«, sagte Harry, wischte sich mit dem Handrücken übers Gesicht. »Ich muß dich etwas sehr, sehr Wichtiges fragen, erinner mich daran, wenn ich zurückkomme!« Er ging zum Klo. Schon auf dem Weg dorthin zog er eine lange weiße Plastikbox aus der Innentasche seiner Jacke. Als er zehn Minuten später immer noch nicht zurück war, ging ich ihm hinterher. Er saß da auf einer Kloschüssel, hinter der geöffneten Tür einer Kabine, hielt sich zusätzlich mit einer Hand an der Wand fest. »Kill your idols« stand dort, direkt über seiner Hand.

»Gut, daß du kommst«, sagte er leise, kaum hörbar. »Ich glaub, ich muß ins Krankenhaus.«

26. Blaulicht

Der Krankenwagen brachte ihn in die Notaufnahme des Neuköllner Krankenhauses. Ich brauchte etwas länger, um hinterherzukommen, denn ein Busfahrer hatte zwischenzeitlich Polizei und Abschleppwagen gerufen, um meine Taxe von einer Haltestelle entfernen zu lassen. Ich erzählte eine Horrorstory von einem Kunden, der einfach aus dem Wagen gesprungen und in die nächste Kneipe gerannt war. Nach einigem Hin und Her gab man mich frei, aber widerwillig. »Sie bekommen trotzdem eine Anzeige«, rief ein Polizist, als ich schon im Auto saß. Ich nickte nur. Sie hatten nicht einmal gefragt, ob ich den getürmten Kunden gefunden hatte.

Als ich im Krankenhaus ankam, hing Harry schon an einem Tropf, hatte Kanülen in den Unterarmen und schlief. Da ich nicht mit ihm verwandt war, gab man mir keine Auskunft. Und weil es auf Mitternacht zuging, bat man mich, das Krankenhaus zu verlassen, schnellstmöglich. Es sah nicht danach aus, als würden sie Harry schon am nächsten Tag wieder hergeben. Vielleicht würden sie ihn überhaupt nicht mehr entlassen. Ich fand eine Telefonzelle im Aufnahmebereich des Krankenhauses. Andrea war nicht zu Hause. Also stieg ich in meinen Daimler und fuhr ins *Wohnzimmer*, wo ich sie hinter dem Tresen fand. Als ich hereinkam, schrie sie: »Mensch, Henry. Weißt du, wo Harry ist? Wir sind gerade überfallen worden.«

Ich spürte plötzlich meine Kraft nachlassen, mein Orientierungssinn gab den Geist auf. Meine Wahrnehmung verlangsamte sich, ich rutschte ab, griff nach einem Barhocker, der in Zeitlupentempo zu Boden fiel. Dann wurde alles schwarz, Sekundenbruchteile später – nach meinem Empfinden – erwachte ich wieder, lag auf dem großen Sofa.

»Alles okay?« fragte ausgerechnet Oskar, das Gesicht direkt über meinem, sein Schwarzer-Krauser-Pesthauch ließ mir fast wieder schwarz vor Augen werden. Ich hustete und richtete mich an ihm vorbei auf, nickte. Um uns herum war alles flackernd-blau erleuchtet. Vor der Tür standen drei Bullenwagen. Ich kippte das Wasser, das mir Oskar gereicht hatte, in den Topf mit dem großen Ficus neben der Couch.

Zwei schwarz gekleidete, maskierte Männer hatten plötzlich in der Tür gestanden, ein großer und ein kleiner, der kleine hatte eine Knarre gezogen und sie auf Sylvie gerichtet. Der große sagte: »Das hier kann sehr schnell gehen«, hatte auf Sylvies Portemonnaie gezeigt, dann auf die alte Kasse vom Trödel, die unter den Flaschenregalen stand. Obwohl der Laden voll war, hatte keiner einen Mucks gesagt. Sylvie gab die Barschaft heraus, und drei Sekunden später waren die beiden wieder verschwunden. Sie hatten Gonzo fast noch umgerannt, der gerade das *Wohnzimmer* betreten wollte.

Sylvie saß heulend am Elefanten, Andrea sprach mit gleich drei Gesetzeshütern, der Rest von ihnen stand draußen vor dem Fenster. Kutzek, der Anwalt, hockte an seinem Stammplatz, starrte in sein Bier und tat so, als befinde er sich auf einem völlig anderen Planeten. Einer der drei Polizisten murmelte etwas in ein Funkgerät, ein anderer machte Zeichen zur Schaufensterscheibe. Ein gutes Dutzend Grüner rannte los, in verschiedene Richtungen. Gonzo stellte sich zu einem der Bullen, sagte etwas, darauf sprach dieser wieder hektisch in sein Funkgerät. Sechs seiner Kollegen kamen daraufhin wieder am Laden vorbeigerannt, dieses Mal in die Richtung, in die Gonzo gezeigt hatte.

»Wo steckt Harry denn?« fragte Andrea, während die Bullen mit Sylvie redeten. »Ist er wieder in diesem fürchterlichen Club in der Urbanstraße?«

Ich schüttelte den Kopf. »Er ist im Krankenhaus.«

Andrea fiel die Kinnlade herunter. »Oh, Scheiße.« Sie streckte eine Hand aus, um sich an der Wand festzuhalten. »Scheiße, Scheiße, Scheiße.«

»Er hat Krebs. Er hat jetzt auch noch Krebs.«

Sie starrte mich ausdruckslos an. »Wo?«

»Das Neuköllner.«

Ich sah sie an und war unfähig, dabei an Harry zu denken. Andrea blickte sich im Laden um, hilfesuchend. Sylvie war offensichtlich nicht dazu in der Lage, sich um irgendwas zu kümmern. Gonzo kam angedackelt.

»Kannst du dich um den Laden kümmern?« fragte sie ihn.

»Um diesen hier?« fragte Gonzo zurück, als stünden noch mindestens dreißig andere zur Auswahl. Andrea nickte unwirsch, traurig. Gonzo zuckte mit den Schultern, ging hinter den Tresen und begann in der Getränkekarte zu lesen. Oskar stellte sich neben ihn und zapfte Biere.

»Fahren wir«, sagte Andrea zu mir.

»Es ist sehr spät, außerdem sagen die nur Verwandten, was Sache ist.«

»Harry hat keine Verwandten. Und ich habe eine Patientenverfügung von ihm.«

Als wir gerade durch die Tür gehen wollten, kam uns die Einkaufsmaus entgegen, ihre Schicht im *Asül* war zu Ende. Wie immer sah sie an mir vorbei, und ein Strahlen huschte über ihr Gesicht, als sie Gonzo hinter dem Tresen entdeckte.

Auf dem Weg erzählte ich Andrea, was passiert war, dann schwiegen wir. Sie saß da und starrte durch die Frontscheibe, als würde ein Meteorit auf uns zurasen. Ihre Augen waren weit aufgerissen, mit beiden Händen hielt sie sich an den Kanten des Sitzes fest. Sie weinte nicht; ihr Oberkörper war ruhig.

»Was wird, wenn Harry stirbt?« fragte ich schließlich. Andrea gab keine Antwort.

Am Krankenhaus bat sie mich, im Auto zu warten. Ich schaltete die Innenbeleuchtung ein, stopfte in Windeseile drei Riegel Kinderschokolade in mich rein und betrachtete die graue Waschbetonfassade. Harry lag dort am Tropf, eine Kanüle im linken Unterarm, der so dünn war, daß er keine Uhr mehr tragen konnte. Ich öffnete das Handschuhfach und zog einen Umschlag heraus, der da seit über einem Jahr lag, Fotos von einem Drei-Tage-Trip nach New York, den ich mit ihm und Walter unternommen hatte; ich mußte lächeln bei dem Gedanken: Harry hatte Walter allen als *Wally* vorgestellt – »Wolli«. Das zweite Foto zeigte Harry und mich, beide lächelnd, die Arme ausgestreckt, die Welt umarmend, auf der Christopher Street. Harry sah auf diesen Fotos aus wie ein völlig anderer Mensch.

27. Polen

»Gehen wir Harry besuchen?« fragte ich in die Runde, als ich am nächsten Morgen die Küche betrat. Die beiden anderen nickten, Walter hinter seiner Zeitschrift, Gonzo blätterte in irgendeinem Hochglanzprospekt.

»Ich fahre übermorgen nach Schmökendorf«, verkündete er, als ich meinen Pott mit erstaunlich frischem Kaffee gefüllt und am Frühstückstisch Platz genommen hatte. Walter senkte die *Zitty* in den schleimigen Frischkäse, der auf einem Unterteller gegen das Dogma seines Namens ankämpfte, und hob eine Augenbraue.

»Du fährst wohin?« fragte ich, weil ich nix verstanden hatte.

»Nach Brandenburg. Schmökenburg. Um das Haus anzusehen, das wir geerbt haben.«

»Schön«, sagte Walter und nickte.

»Wie kommst du denn auf *die* Idee?« wollte ich wissen.

»Na ja, irgendwer muß sich das Haus doch ansehen. Wir müssen entscheiden, ob wir das Erbe annehmen.«

Ich lachte. »Aber dafür muß man doch nicht hinfahren, oder? Wir werden doch von hier aus einen Makler beauftragen können, es zu verkaufen.« Hilfesuchend sah ich zu Walter, aber der fixierte Gonzo.

»Daß man es auch nutzen könnte, auf die Idee kommst du nicht, hä?« fragte Gonzo, sah mich ernst an, als hätte ich gerade gestanden, ihm einen Virus auf seine Computer gespielt zu haben.

»Nutzen? Mach dich nicht lächerlich! Das Haus ist in Branden-burg. Naher Osten. Wo sich die Glatzen gute Nacht sagen. Das PDS-Nirvana. Bier vom Faß nur für ehemalige Stasi-Spitzel.«

»Brandenburg ist ein schönes Bundesland«, erklärte Gonzo und schob mir einen farbigen Ausdruck zu. »Und so weit weg ist es auch nicht.«

Ich schlürfte Kaffee, sah abwechselnd zu Walter und zu Gonzo. Walter schien die Idee zu mögen, Gonzo schmollte jetzt. Dann blitzte es in seinen Augen.

»Ich kann überall arbeiten. Ich brauche Strom und ei...«

»Und einen Telefonanschluß, ja, ich weiß«, blaffte ich. »Aber es geht um fucking Brandenburg. Nicht um Kreuz- oder Prenzlauer Berg. Geht das nicht in deinen Schädel?«

»Du bist wirklich ein Arschloch, Henry«, sagte Walter.

»Tut mir leid«, sagte ich, gekünstelt kleinlaut. »Aber ich verstehe das trotzdem nicht. Was wollt ihr da? Ihr kennt dort doch niemand!«

»Ich will mir das Haus erst mal ansehen. Das ist alles. Kein Grund zur Panik. Aber Berlin geht mir sowieso auf den Kondensator, und da wäre es eine Alternative.«

»Wir würden uns nicht mehr sehen«, sagte ich, endlich begreifend, daß er nicht scherzte.

Gonzo zuckte mit den Schultern. »Natürlich käme ich ab und zu her, und wir würden uns seltener sehen, ja. Aber so weit weg ist es nicht; hundertzwanzig Kilometer.«

»Das finde ich nicht gut«, sagte ich. »Außerdem wärst du dort ganz einsam.«

Gonzo schmunzelte, völlig untypisch. »Nicht notwendigerweise«, sagte er. »Ich fahre nicht allein.«

Dann stand er auf, ging in sein Zimmer, um sich umzuziehen.

Dieses Mal fanden wir meinen Bockel nicht, suchten alle Querstraßen ab, die Hermannstraße, den Bereich um das

Kino, sogar die Flughafenstraße. Er war nicht da. Ich winkte einen Kollegen heran, wir fuhren ins Neuköllner Krankenhaus, von dort aus rief ich bei der Polizei an.

»Mein Auto ist geklaut worden«, erklärte ich selbstsicher.

»Na, dann nennen Sie mir doch mal Ihr amtliches Kennzeichen«, bat der junge Mann am anderen Ende, routiniert-genervt. Ich mußte einen Moment lang überlegen.

»Ihr Fahrzeug ist umgesetzt worden. Sekunde, ich verbinde.«

Dreißig Sekunden später mußte ich das Kennzeichen wiederholen.

»Der Wagen steht am Vorarlberger Damm. Wissen Sie, wo das ist?«

»Ja, ich bin Taxifahrer. Das ist eine halbe Weltreise von hier. Warum haben Sie ihn nicht gleich nach Rostock geschleppt? Oder nach Schmökendorf?« Ich linste zu Gonzo, der das Codeschloß an einem Abstellraum inspizierte.

»Ihr Wagen steht am Vorarlberger Damm«, wiederholte die Dame und legte auf.

Auf dem Weg zu den Fahrstühlen kamen uns Andrea und Chrissie entgegen. Chrissie hatte sich bei Andrea eingehakt, beide sahen aus, als stünde der Weltuntergang unmittelbar bevor. Ich machte einen Schritt auf Andrea zu, wollte sie umarmen, aber sie schüttelte den Kopf.

»Laß gut sein, Henry«, sagte sie, drückte kurz meine rechte Hand. Chrissie begrüßte uns mit einem flüchtigen Kuß auf die Wange, dann verschwanden die beiden.

»Großer Gott«, sagte Walter.

Schweigend fuhren wir in den zweiten Stock. Ich hatte erwartet, in Isolationsanzüge steigen zu müssen, doch das war nicht der Fall. Ich wußte nicht, ob ich das für ein gutes oder schlechtes Zeichen halten sollte. Harry lag da und schlief. Er sah aus, als hätte jemand die Luft aus ihm gelassen, kleiner und noch eingefallener als am Abend zuvor. Die Blässe in seinem

Gesicht tendierte ins Gräuliche. Er atmete mit geöffnetem Mund, rasselnd; ein grauenhaftes Geräusch. Wir standen in der Tür, keiner schien zu wissen, was wir jetzt tun sollten.

»Tick, Trick und Track«, sagte Harry plötzlich, ganz leise. Er hustete, schob sich mühsam in eine Sitzposition. Lächelte uns an, als wollten wir ihn zu einem gemeinsamen Ausflug abholen.

»Es ist schlimmer, als es aussieht«, erklärte er, deutete auf die Bettkante und die beiden Metallrohrstühle.

»Du meinst, es sieht schlimmer aus, als es ist«, sagte Gonzo.

»Nein«, antwortete Harry.

Jetzt ist Polen offen, dachte ich.

28. Hotel

Ich hatte meinen Daimler wieder und dazu mehr als üble Laune. War in ganz, ganz böser Stimmung. Mit entsprechenden Fähigkeiten ausgestattet, hätte ich ganze Völker in Frösche, Schmeißfliegen, stinkende Amöben oder dreckfressende Bakterien verwandelt. Mit mir als Diktator wäre augenblicklich ein ganzes Land – Männer und Frauen, Kinder, Rentner und Haustiere – in einen nutzlosen, mörderischen Krieg gezogen. Okay, nutzlos, das sind sie alle – Kriege, meine ich. Außerdem fehlte mir die Macht, leider. Aber ich verspürte die Lust, Böses zu tun. Ich haßte alles und jeden. Und ich konnte nichts dagegen tun.

Ich saß in meiner Taxe, in meinem ausgeleierten, zwanzig Jahre alten Fahrersitz, von dem ich allmählich chronische Rückenschmerzen bekam, brummelte vor mich hin, wechselte alle drei Sekunden den Radiosender, hatte den Lautstärkeregler dabei fast auf Anschlag gedreht, warf neben mir herfahrenden Leuten böse Blicke zu, schnitt jeden, der sich schneiden ließ, fuhr an hektisch winkenden Fahrgästen vorbei, zeigte den Stinkefinger, wann immer sich ein Anlaß bot, hupte sofort, wenn das Auto vor mir nicht in Sekundenbruchteilen anfuhr, nachdem die Ampel auf grün geschaltet hatte. Als ich neben dem hutzeligen Kleinstwagen einer alten Dame hielt, starrte ich konzentriert ihren rechten Vorderreifen an, blickte ab und zu besorgt zu ihr hoch. Das verwirrte die Frau so sehr, daß sie ausstieg und gebückt suchend um ihren Wagen lief, während ich längst auf das nächste Opfer zuhielt, eine lange

Schlange wartender, nervös hupender Autofahrer zurücklassend.

Ich nahm einen japanisch aussehenden Gesellen mit zu kurzen Anzughosen und schlecht geknoteter Krawatte auf, dessen Fahrzielangabe Karl-Marx-Allee, Berlin-Mitte, lautete. Zwanzig Minuten später ließ ich ihn an der Karl-Marx-Straße in Neukölln aussteigen. Im Rückspiegel sah ich ihn mit den Händen fuchteln, aber da fuhr ich schon wieder Richtung Flughafen Tempelhof, an der Rotte wartender Taxis vorbei zum Ausgang, nahm eine Gruppe Geschäftsleute auf und flitzte mit quietschenden Reifen vom Platz, bevor die werten Kollegen, die wahrscheinlich tagelang in der Warteschlange standen, merkten, was gerade abgegangen war. Meine Fahrgäste suchten im Fond hektisch nach Gurten, aber die hatte mein alter Hobel nicht – Sondergenehmigung, dank Denker, der hatte sich lieber fünfmal auf ein Amt begeben, statt die paar Kröten für die Sicherheit anonymer und nicht vertraglich gebundener Fahrgäste auszugeben. Als sie mir ein Fahrziel nannten, das in entgegengesetzter Richtung lag, fabrizierte ich einen filmreifen U-Turn auf der Dudenstraße, mitten im Feierabendverkehr. Sie gaben kein Trinkgeld, die Arschlöcher. Es war mir egal.

Um sechs Uhr morgens hatte unser Telefon geklingelt. Nach dem achten Läuten standen Walter und ich zeitgleich neben dem Apparat, aber keiner traute sich, abzunehmen. Gonzo tummelte sich in Schmökendorf, zusammen mit Susanne-Maus, die, wie Gonzo augenbrauenhochziehend erzählt hatte, tatsächlich auf Lehramt studierte.

»Nimm du ab«, nuschelte Walter, seine Hinterkopfhaare zu beiden Seiten zerdrückt, die Augen schmal, das Gesicht weiß wie eine Line Koks, in einem Pyjama mit Bruce-Springsteen-Aufdruck. Ich hielt mich an der Wand fest, anderthalb Stunden ungesunder Schlaf, nach einer wilden Nacht im Erdgeschoß.

»Nee, du«, murmelte ich. Das Telefon klingelte zum zehnten Mal. Walter griff nach dem Hörer.

»Ja?« fragte er leise, so leise, als hoffe er, der andere Teilnehmer könne ihn nicht hören.

Danach nickte er dreimal, während ihm die Tränen zu laufen begannen. Er legte auf, sah mich an, nickte wieder, und dann liefen auch mir die Tränen. Wir machten einen Schritt aufeinander zu. So standen wir fünf Minuten.

Harry war gestorben.

Wir gingen schweigend ins Gemeinschaftszimmer, saßen schweigend da, eine halbe Stunde lang, die Gesichter naß, beide zitternd, der Auflösung nahe. Dann klingelte es an der Tür, Walter erhob sich, als ich keine Anstalten machte, etwas zu tun; zwei Minuten später kniete Andrea vor uns auf dem Fußboden, vorgebeugt, der Oberkörper vibrierend, und dazu gab sie ein Geräusch von sich, das irgendwo zwischen Summen, Singen und Klagen hing, erbärmlich und verstörend. Kumpelli kam rein, maunzte besorgt, rannte wieder weg, vermutlich zu seinem Kratzbaum. Walter brabbelte irgendwas, Andrea fiel seitwärts um, umklammerte ihre Knie, zwischen die sie ihren Kopf gesteckt hatte, heulte laut.

Irgendwann schüttelte Walter den Kopf und sagte: »Hören wir auf damit!« Er stand auf, sah mich an, dann Andrea, die sich aufsetzte, das Gesicht wie zerschnitten, mit einer Textur gemustert, die an ausgetrocknete Flußbetten erinnerte, gleichzeitig frisch und glatt, aber auch zerfurcht, als hätte sich etwas hineingegraben, gegen das es kein Mittel gab, weil es keinen Regen geben würde. Sie nickte, ich nickte, mehr der Vollständigkeit halber, dann standen wir alle drei auf.

»Willst du bei uns schlafen?« fragte Walter, ging auf Andrea zu, legte seinen Arm um sie, und sie lehnte sich an ihn. Ein ganz böses Gefühl übermannte mich, Wut, Neid, Furcht. Ich starrte die beiden an und war unfähig, etwas zu sagen oder mich zu bewegen. Andrea nickte. Und ging mit Walter. Noch minutenlang stand ich da und starrte auf den leeren Platz, den sie hinterlassen hatte, hörte in meinem Kopf den Widerhall von Walters Zimmertür, der Tür, die in einen Raum führte, in dem nur ein Bett stand, einen Meter zwanzig breit, zu schmal, um zusammen und doch getrennt darin zu liegen. Sie hatte nicht einmal etwas zu mir gesagt, zum Abschied, etwa »Gute Nacht« oder »Schlaf gut«. Mich fröstelte.

Dann schlich ich in den Flur und stellte mich vor Walters Zimmer. Ich hörte nichts. Fast nichts. Nur ganz entfernt ein leises, rhythmisches Schluchzen, das fast wie ein Gebet klang, wie es die Muslime machen, wenn sie auf ihren Teppichen knien und nutzlose Wünsche in Richtung Mekka schicken. Ich ging in mein Zimmer, zog mich an, was nicht leicht war, weil der Promillewert und mein Intelligenzquotient konvergierten, schepperte extralaut mit der Haustür und schwankte in Richtung *Bierburg*, einer 24-Stunden-Kneipe Ecke Fontanestraße, um mir dort den Rest zu geben. Vielleicht hatte ich im Treppenhaus eine Frauenstimme leise »Henry« rufen hören, vielleicht aber auch nicht. Bei noch mehr Bieren und Scheiß-Jägermeister aus Ramazotti-Gläsern verschwanden die Tränen. Und auch alles andere.

Ich erwachte, vermutlich nicht sehr viel später, in der Ausnüchterungszelle des Polizeireviers an der Sonnenallee. Ein nicht sonderlich besorgt aussehender Polizist half mir von der Pritsche, quatschte mich voll, ich schwankte hinter ihm her, vorbei an nervösen Rentnern, kaputten Jugendlichen, ratlosen Ausweisantragstellern mit Wartemarken, deren Nummern erst frühestens in fünf Jahren aufgerufen würden. Ich setzte mich vor der Tür auf die Treppe, blinzelte in die Scheiß-Sonne, und wartete darauf, daß sich irgendwer meiner annehmen würde. Aber das geschah nicht. Die Leute, die ein paar Schritte entfernt auf den Bus hofften, nahmen mich überhaupt nicht zur Kenntnis. Sie hielten Aldi-Tüten in den Händen und schwätzten in Mobiltelefone.

Ich hatte fast vierhundert Steine in der Tasche, weil ich meistens einen Großteil meines Bargeldbestandes mit mir führte, stand auf, schlurfte langsam bis zur Hermannstraße, stolperte in das völlig überflüssige Mittelklassehotel, das sie in die noch nutzlosere Designer-Einkaufspassage gesetzt hatten, schaffte es tatsächlich, einzuchecken, ließ die Zimmertür gegen die Rigipswand scheppern, knallte sie zu, schmiß mich auf das sterilgestärkte Bettzeug und schlief für immer ein.

Als ich erwachte, war es dunkel, drinnen wie draußen. Meine rechte Hand stieß eine Lampe vom Nachttisch, fand einen Schalter, der bewirkte, daß der Raum in beißendes Weiß getaucht wurde, meine Augen brannten. Ich ging ins Bad, duschte heiß, kalt, dann wieder heiß, dann wieder kalt. Ich schraubte an den Hähnen herum, als ließe sich der Lauf der Welt auf diese Art beeinflussen, der Raum füllte sich mit Wasserdampf. Dann rief ich beim Zimmerservice an, ließ mir Kaffee und Aspirin bringen. Es war zehn Uhr abends. Ich checkte aus, schwallte den Rezeptionsmenschen mit Unsinn zu, lief in konzentrischen Kreisen um das *Wohnzimmer* herum, näherte mich schließlich an. »Wegen Trauerfall geschlossen« stand auf einer Haftnotiz, die an der Jalousie klebte. Eine Viertelstunde lang stand ich vor unserem Haus, starrte die Klingelschilder an, dann ging ich zurück ins Hotel und leerte die Minibar eines anderen Zimmers.

Am nächsten Mittag fuhr ich mit dem Bus zum Vorarlberger Damm, meine Taxe abholen. Ich setzte mich auf den einzigen freien Platz, der für Alte und Behinderte freizugeben wäre, hielt minutenlang Blickkontakt mit einer wackeligen

Oma, die mich anklagend ansah und bei jeder Haltestelle beinahe umfiel – zweimal, erst beim Anhalten und dann beim Wiederanfahren. Dann saß ich eine halbe Stunde in meinem Daimler, horchte auf die Geräusche der Autobahn zehn Meter unter mir und wußte nicht einmal ansatzweise, was jetzt passieren könnte. Also beschloß ich, auf Tour zu gehen, das würde mich ablenken, wie ich hoffte. Meine Klamotten stanken, ich hatte seit Ewigkeiten nichts mehr gegessen. Hunger hatte ich nicht, ich spürte überhaupt nichts, außer einem gelegentlichen Zwicken im Schrittbereich, seit zwei Tagen.

29. Würgeengel

Zwei Abende zuvor hatte ich im *Wohnzimmer* gesessen. Sira bediente, eine kleine Frau aus irgendeinem arabischen Land, Haut wie Kaba, Augen wie Nutella, Haare wie Schwartau-Kuvertüre. Harry hatte sie zwei Wochen zuvor als Springer angeheuert. Die kleine Person lächelte immerzu, und wenn sie die Oberlippe kräuselte, spreizten sich ihre feinen, tiefschwarzen Barthaare. »Henry, nicht wahr?« fragte sie schnippisch, wenn sie mir ein Bier hinstellte, sieben-, achtmal. Und lächelte und lächelte. Ich versuchte es auch, aber es gelang nicht. Wenige im *Wohnzimmer* wußten, daß Harry im Neuköllner Krankenhaus lag und mit dem Leben rang, es war voll, laut – ein guter Platz, um mittendrin an Harry zu denken, ohne gestört zu werden. Gonzo befand sich in Scheiß-Schmökendorf, Walter besuchte eine Record-Release-Party in irgendeinem Club in Mitte. Iggy versuchte erfolglos, mir ein Gespräch aufzudrängen, Oskar saß zwei Plätze weiter, starrte mich an, als würde er auf diese Art herausbekommen, was Sache war. Kutzek hob sein rotes Gesicht kurz, grinste mich an, senkte es dann wieder. Am Elefanten spielten drei Typen Skat. Als sie bemerkten, daß ich sie beobachtete, machte einer von ihnen eine einladende Geste, aber ich schüttelte nur den Kopf. Ließ den Laden auf mich wirken, die vielen kleinen Gimmicks, die Harry aufgestellt und angehängt hatte: eine verstaubte Putte über den Flaschenregalen, Homer Simpson als Marionette, vergrößerte, gerahmte Fotos von unserem New-York-Trip, signierte Karten von den paar Promis, die im *Wohnzimmer* vorbeigeschaut hatten, alte Fotos von Leuten, die niemand kannte, Collagen von diversen Parties, Plattencover, darunter ein Jackson-Browne-Album, mir zuliebe, zerfledderte Speisekarten, die irgendwo geklaut worden waren, haufenweise Krempel, Tinnef nutzloses Zeug, ein Samowar und eine Wasserpfeife. Es sah wirklich aus wie in Harrys Wohnzimmer. Was würde geschehen, wenn er nicht mehr lebte? Ich kämpfte gegen Gänsehautschübe.

Ein Duft lenkte mich ab, ein Gefühl. Andrea nahm neben mir Platz. Sie legte ihre Hand nicht auf meinen Oberschenkel, obwohl ich das seltsamerweise jetzt gemocht hätte. Sie gab mir nicht einmal einen Kuß. Sira stellte ihr eine Weißweinschorle hin. Andrea nahm einen großen Schluck, sah mich dabei an, fragend, nachdenklich. Ansonsten hatte ihr Gesicht einen unbestimmten Ausdruck, nicht gerade offen und fröhlich. Ich hatte immer noch Schwierigkeiten, mich an ihre neue Haarfarbe zu gewöhnen. Die alte. Es war, als säße nicht Andrea neben mir, sondern eine Projektion, eine andere Version. Ein Update?

Alles war anders, ganz plötzlich.

»Alles okay bei dir?« fragte ich.

Sie schüttelte den Kopf: »Natürlich nicht.«

Ich nickte.

»Bist du schon betrunken?« fragte sie, ohne große Betonung, eine rein faktische Frage. Ist es schon hell? Kommt der Bus gleich? Es kribbelte in meinem Nacken, ich schüttelte langsam den Kopf.

»Ich habe Hunger.« Sie sah auf die Uhr, schwang ihre Haare zur anderen Seite. »Kurz nach halb elf. Meinst du, wir bekommen noch irgendwo etwas Leckeres?«

Klar. Ergüns Dönerbude hatte bis morgens um fünf geöffnet, schloß dann auch nur für eine Stunde. Aber Andrea hatte sicherlich anderes im Sinn.

Würgeengel, schlug ich vor. Dresdener Straße. Andrea nickte, stand auf, ich ließ mein Bier stehen, winkte Sira und trottete hinter Andrea her. Wir fingen uns ein Taxi an der Hermannstraße, eine wunderbare Wunderbaumschüssel, dessen fettiger, dicker Fahrer auf einer Matte aus Holzperlen saß, laut Klassik hörte und uns ansonsten ignorierte – er fragte nicht einmal, ob er seine Zigarette ausmachen solle. Keiner sagte etwas, Andrea sah aus dem Fenster, zahlte, gab Trinkgeld, ich protestierte nicht. Gleich am Eingang des *Würgeengels* war ein Tisch frei, Andrea bestellte Weißwein, ich ein Bier, und wir beschlossen, uns einen Tapas-Teller zu teilen. Alles in mir schrie danach, mein Bier einfach herunterzustürzen und noch eins und noch eins und dann mindestens noch ein Dutzend weitere, doch ich nippte nur kurz daran. Andrea hielt ihr Weinglas mit beiden Händen fest, betrachtete die eigenen Fingerabdrücke auf dem Rand, als könne sie daran die Zukunft ablesen. Dann sah sie hoch und mir direkt in die Augen. Sekundenlang. Sie schwieg.

Ich hielt dem Blick stand, nahm mein Bier, trank es jetzt aus, sah ihr dabei weiter in die Augen, ich hatte keine Lust mehr darauf, etwas vorzuspielen, in einem Spiel, von dem ich nicht einmal wußte, ob ich es gewinnen, überhaupt spielen wollte. Andrea nickte, als hätte ich ihr eine Frage gestellt, lehnte sich zurück, den Kopf ein wenig nach hinten. War das eine Reaktion auf mein Biertrinken? Oder stellte sie sich pausenlos Fragen, die ich beantwortete, indem ich ihr einfach nur in die Augen sah? Indem ich anwesend war? Indem ich *ich* war?

Ich habe keine Ahnung von Frauen, dachte ich. Und: Frauen sind die *anderen* Menschen, die, die wenig trinken, nichts von Fußball halten (hier empfand ich Empathie), denen die Farbe eines Autos wichtiger ist als die Motorenstärke, die gerne Kinder haben, in hübschen Häusern wohnen, fremde Nachnamen annehmen, die ganz oft zum Friseur gehen und Make-up auflegen (ein paar von Harrys Freunden taten das allerdings auch, manchmal sogar Harry selbst), Ildiko von Kürthy lesen oder *Brigitte*, *Für Sie* und *Das Goldene Blatt*. Frauen folgen einem anderen Paradigma. Es ist nicht nur ein Geschlechterunterschied. Es ist eine andere Rasse. Ich wollte da nicht eindringen. Metaphorisch betrachtet.

Ich habe mit Frauen nichts gemein, dachte ich, gerade als ich bemerkte, daß mich Andrea wieder ansah. Ich will nicht mit einer Frau *zusammen* sein. Ich wollte mit niemandem zusammen sein. Ich war ja nicht einmal mit mir selbst zusammen. Ich dachte an meine Mutter. Unwillkürlich griff ich an meine Brust, nach einer virtuellen Paketschnur, und dachte an Kinderschokolade.

Andrea nickte wieder, beugte sich vor.

»Eine seltsame Situation«, erklärte sie.

»Ja«, sagte ich, weil es stimmte.

»Eine seltsame, etwas verfahrene Situation«, ergänzte sie.

»Ja«, stimmte ich zu, als wäre ich eine Antwortmaschine, nur dafür gemacht, sie in ihrer Auffassung zu bestätigen.

»Hat dich mein Brief eigentlich verstört?«

Ich wollte schon »Ja« antworten, quasi aus Gewohnheit, aber dann fiel mir ein, von welchem Brief sie redete.

»Ja«, antwortete ich, diesmal der Wahrheit gemäßer.

»Inwiefern?«

»Na ja …«, sagte ich und betrachtete mein leeres Bierglas. Ich sah nichts. Ich sah einfach nichts. »Warum ich?« fragte ich, aus der Not heraus. Aber genaugenommen wollte ich es tatsächlich wissen – okay, nicht notwendigerweise direkt, in solch einem Gespräch. Seelenstripteasetechnisch. Lieber wäre es mir gewesen, noch einen Brief zu bekommen. Oder so.

Andrea lächelte. »Warum?« fragte sie zurück. »Meinst du, es gibt immer rationale Gründe? Meinst du, man kann alles erklären?«

»Das meiste«, murmelte ich.

»Das meiste«, wiederholte sie, immer noch lächelnd.

Eine Kellnerin, die aussah, als würde sie sonst für den Katalog eines Nobelversandhauses Modell stehen, brachte unseren Tapas-Teller. Ich bestellte noch ein Bier.

Wir aßen, aber Andrea sah selten auf den Teller, sondern immer nur zu mir. Ihr Blick war auf seltsame Art ambivalent, nicht abschätzig oder abschätzend, aber nachdenklich.

»Eigentlich ist die Frage nicht *so* schlecht.«

»Welche?« mümmelte ich.

»Warum«, sagte sie, wischte sich etwas Dip aus dem Mundwinkel, in einer Bewegung, die kein Zuviel oder Zuwenig hatte, als würde sie vor einem Spiegel sitzen.

»Aha.« Mehr fiel mir nicht ein.

»Ich weiß es einfach nicht. Okay, du bist attraktiv.«

Sie lächelte auf eine Art, die verhinderte, daß ich errötete. Ich tat das sowieso recht selten, aber in diesem Moment wäre es *angebracht* gewesen. So charmant, ehrlich, direkt, wie sie es sagte. Jeder Mann auf der Welt wäre errötet.

»Aber attraktive Männer gibt es jede Menge«, fuhr sie fort. »Und du ...« Sie stoppte, nahm einen Schluck Schorle, grinste, doch etwas generell Unfröhliches blieb in ihrem Blick. »Ich weiß nicht. Warum verliebt man sich?«

»Ja«, nuschelte ich, starrte meine Gabel an. Verliebt? Ver. Liebt.

»Jetzt denkst du, daß ich in dich verliebt bin«, sagte sie.

»Ja. Schon. Ein bißchen.« Eigentlich wollte ich das als Frage betonen, »Ein bißchen?« aber es gelang nicht.

»Ich weiß nicht einmal das, um ehrlich zu sein. Du ... du rührst mich an, auf eine Art.« Sie zog die Stirn kraus.

»Ich mochte dich von Anfang an, aber gleichzeitig warst du mir suspekt. Etwas mit dir stimmt nicht, dachte ich. Ich habe dich beobachtet.«

»Aha!«

»Die Sauferei. Die Frauengeschichten. Aber auf der anderen Seite ...« Sie seufzte kurz. »Harry hält große Stücke auf dich, und Harry ist in mancherlei Hinsicht wählerischer, als man meint. Dann habe ich dich beobachtet, als du mit dem komischen Icke gesprochen hast.«

»Icke?«

»Iggy. Ich nenne ihn bei mir Icke. Er ist einer.«

»Aha.« Langsam konnte ich das auf Band aufnehmen und per Knopfdruck wiedergeben.

»Das war sehr süß von dir. Du hast genau gewußt, was du sagen mußt, damit er sich besser fühlt. Vielleicht willst du es nicht wahrhaben, aber du bist sehr einfühlsam.«

»Aha.« Zurückspulen, Finger über die Wiedergabetaste.

»Irgendwas steckt in dir, von dem du selbst nichts weißt. Ich habe das sehr stark empfunden, an diesem Abend.« Sie pausierte kurz. »Ich glaube sogar, das war der Moment, in dem ich mich in dich verliebt habe.«

Ich öffnete den Mund, wollte wieder meinen Antwortjingle abspielen, aber ich begriff nicht wirklich, wovon sie redete. »A-ha«, sagte ich, diesmal sehr langsam.

Andrea seufzte wieder, richtete sich im Stuhl auf, nahm einen Schluck. Sie setzte das Glas ab und sah mir fest in die Augen.

»Inzwischen bin ich nicht mehr sicher, ob das eine gute Entscheidung war. Es zu versuchen. Zu versuchen, etwas mit dir anzufangen. Wir passen nicht zusammen. Und du willst eigentlich überhaupt nicht. Deine Reaktion war nicht gerade ... überwältigend.«

In diesem Moment zwickte es in meiner Hose, plötzlich, stechend und so sehr, daß ich unwillkürlich aufsprang. Tränen traten mir in die Augen, aber der Schmerz verschwand so schnell, wie er gekommen war; ich setzte mich wieder.

»Alles ... alles okay?« fragte Andrea, besorgt.

Ich schüttelte den Kopf, sagte: »Red doch weiter!«

Hauptsache, sie redete. Ich hatte nicht die Spur einer Ahnung, was ich zu alldem sagen sollte.

»Und jetzt das mit Harry«, sagte sie.

Wir schwiegen eine Weile.

»Wow«, sagte plötzlich eine Männerstimme. Ich blickte auf, an unserem Tisch stand ein Typ, der aussah wie diese Kerle aus der Prince-Denmark-Werbung: markant, in sportlichen Klamotten, anscheinend frisch aus der Boutique – teure Lederjacke, Designerjeans, High-End-Outdoorschuhe, Markenshirt. Seine modische Kurzhaarfrisur war vermutlich kurz zuvor von Udo »Man-muß-nicht-reden-können-um-ins-Fernsehen-zukommen« Walz gestylt worden, der Zwei-Tage-Bart stellte eine exakte Gratwanderung zwischen cool und ungepflegt dar, die extrem gesunde Bräune seiner Gesichtshaut konnte sowohl von einem Kurzaufenthalt auf Hawaii als auch vom Asitoaster stammen. Ich haßte diese Typen, die aus der Werbung (ich hätte meine Hoden darauf verwettet, daß keiner von denen im richtigen Leben rauchte – Raucher sehen einfach anders aus) und den vor mir.

»Du bist die Sängerin von Purple ... Purple ... Mensch, hilf mir doch.« Sein Lächeln war strahlend, seine Zähne makellos, auch wie aus der Werbung.

Andrea lehnte sich zurück und sah ihn an, auch sie lächelte. Gewinnend. »Purple Notes.« Dabei nickte sie langsam.

»Darf ich mich setzen?« fragte er, hatte sich aber schon umgedreht, um vom Nachbartisch einen Stuhl heranzuziehen.

»Nö«, sagte ich, viel zu leise.

Andrea legte ihre Hand auf meine. »Ist schon okay. Oder stört es dich?«

»Ich bin Mark«, sagte er, als er saß und seine Weißweinschorle auf den Tisch gestellt hatte.

Andrea gab ihm die Hand. »Andrea Berach.« Niemand gab mir die Hand, der Typ ignorierte mich. Und Andrea tat das während der nächsten zehn Minuten ebenfalls. Die beiden sprachen über Musik, über vergangene Zeiten, sogar über Klamotten – als würden sie sich seit Jahren kennen. Ich spielte mit meinem Bierglas, starrte zur Spiegeldecke; irgendwann hielt ich es nicht mehr aus, stand auf und sagte: »Bin gleich wieder da.« Keiner der beiden blickte auf, Andrea deutete ein Nicken an und wedelte mit der Hand in meine Richtung, als wolle sie mich berühren, aber sie traf nicht. Ich ging zur Bar, orderte ein weiteres Veltins, schob mich auf einen Hocker. Mit dem frischen Bier in der Hand drehte ich mich zum Gastraum. Das Paar an unserem Tisch, Andrea und dieser schmierige Prinz Dänemark, stach aus der Menge hervor. Es war ihr Mittelpunkt. Ich sah mich um und stellte fest, daß die beiden vom halben Laden beobachtet wurden. Etwas in mir schnürte sich zusammen, ein ganz widerliches Gefühl, eins, mit dem ich nicht zurechtkam. Ich wandte mich wieder zum Tresen um.

Als ich beim dritten Bier war, stellte sich Andrea zu mir. Sie sah auf einen kleinen Zettel, vielleicht eine Art Visitenkarte, und steckte ihn in die Tasche. Prinz Dänemark war verschwunden, unser Tisch wurde soeben von neuen Gästen besetzt.

»Schon fertig?« fragte ich, weniger mürrisch, als ich eigentlich gewollt hatte, während ich überlegte, wie ich im Raucherwerbespot-Outfit wohl wirken würde. Andrea sah mich kurz an, beugte sich dann über den Tresen. Der Barmann reagierte sofort, wie aus dem Replikator gezaubert, stand in Sekundenbruchteilen ein Glas Prosecco vor ihr. Sie nahm einen Schluck und sagte dann: »Eifersüchtig.«

Es war nicht als Frage betont, ich mußte – aber nur sehr kurz – an meine Mutter denken. Andrea setzte sich, lehnte sich mit einem Arm auf den Tresen und sah mich an. Sie lächelte.

»Du bist eifersüchtig«, wiederholte sie nur.

Verdammt, sie hatte recht. Schlagartig wurde mir bewußt, daß wir im Begriff waren, die Rollen zu tauschen. Ich saß tatsächlich Andrea gegenüber und dachte darüber nach, wie ich diese unglaubliche Frau dazu bringen könnte, sich näher mit mir zu befassen. Vor einigen Tagen hatte die Fragestellung völlig anders gelautet. Jetzt, da Andrea Anstalten machte, auf Distanz zu gehen, wollte ich, mit einemmal.

»Ich bin müde.« Sie trank ihr Glas in einem Zug aus. Ich hoffte, sie würde ein neues bestellen, war aber sicher, daß sie es nicht tun würde. Mein Bier war auch alle.

»Ich mag dich«, erklärte sie. »Ich mag dich sehr. Vielleicht könnte es wirklich etwas werden. Mit uns. Aber im Moment ...« Sie schüttelte den Kopf. Ihr linkes Auge wurde feucht, das mit der feinen hellbraunen Korona in der ansonsten blauen Iris, kurz darauf das andere. »Ich bin sehr verwirrt. Das hatte ich mir anders vorgestellt, all das.« Sie zog eine Serviette aus dem Ständer hinter dem Tresen – der Barmann quittierte es mit einem Lächeln, jeden anderen hätte er für die Kompetenzüberschreitung wahrscheinlich kastriert –, wischte sich über die Augen, stand auf.

»Bin gleich wieder da«, sagte sie, lächelnd, als sie meinen Gesichtsausdruck sah. »Bestellst du mir noch einen Prosecco?«

30. Hölle

Also fuhr ich.

Es fing an zu regnen, die Bürgersteige leerten sich bis auf wenige Passanten, die jetzt rasch nach Hause wollten und hektisch winkten, sogar nach besetzten Taxis. Innerhalb einer halben Stunde hatte ich fünf Kurzstrecken, dann plötzlich wollte niemand mehr ein Taxi. Ich gondelte den Kottbusser Damm herunter, Richtung Hermannplatz, aus purer Gewohnheit; die letzte Fuhre war zur Adalbertstraße gegangen, böses Kreuzberg, kein Trinkgeld. Die Ampel vor dem *Moviemento* zeigte rot, ich stand fünf Wagen von der Haltelinie entfernt. Rechts von mir befand sich eine Bushaltestelle, im dazugehörigen Wartehäuschen drängelten sich Leute. Ein junger Typ, vielleicht neunzehn, zwanzig, stand davor, kurze blonde Haare, beschlagene Rundbrille, verwitterte Lederjacke. Er hielt sich leicht vorgebeugt, einen seitlich eingerissenen Regenschirm zwischen linkem Oberarm und Brustkorb eingeklemmt, in der linken Hand zwei Zigarettenschachteln; er sortierte Glimmstengel von der einen Schachtel – Aldi – in die andere – Gauloises. Der Typ arbeitete konzentriert, aber er sah mächtig unglücklich aus.

Auf einmal fühlte ich mich besser, meine Laune stieg. Ich spürte meinen Hunger, hatte Lust auf ein Bier oder zwei, ein paar Zigaretten – auch Aldi-Zeug, warum nicht? – und Geschwätz mit Leuten, die mich nicht interessierten. Zwanzig Meter hinter dem Kino war ein Parkplatz frei, eine Bucht am Straßenrand. Ich parkte vorwärts ein, das rechte Vorderrad auf dem Bürgersteig, und sprintete zwischen hupenden Autos hindurch über beide Fahrbahnen, um halbwegs trocken in die *Hölle* zu kommen, die legendäre 24-Stunden-Kneipe auf der anderen Straßenseite.

Der Laden war wahrscheinlich am nullten Tag entstanden, am Abend vor dem ersten, als Gott noch nicht wußte, wie der ganze Scheiß aussehen sollte, und ein bißchen herumprobiert hatte, vielleicht unter Strom. Jedenfalls gab es die *Hölle* seit Urzeiten, und sie sah auch exakt so aus – ganz zu schweigen davon, daß sie entsprechend roch. Vermutlich war es in der echten Hölle gemütlicher. Von solchen Läden gab es ein halbes Dutzend in dieser Gegend, aber die *Hölle* krönte das Angebot. Wer hier reinging, kam nur, weil man ihn in keine andere Kneipe mehr ließ. Und irgendwie blieben alle drin, auf immer, jedenfalls sahen die Gestalten so aus: wie in der echten Hölle. Mit dem Unterschied, daß es labbriges, etwas zu warmes Bürgerbräu vom Faß und mikrowellenaufgewärmte Zimbo-Buletten mit krustigem Bautzener Senf gab. Das aber war der *einzige* Unterschied.

Ich schob die klebrige, schwere Plastikgardine des Windfangs auf und fühlte mich wie morgens um fünf beim Auflegen: Die Luft war heiß, weiß-grau und dicht, als hätte die Nebelmaschine durchgedreht und als tanzten tausend Leute auf *E.* Es roch nach Tabak, Bier, Füßen, Achselschweiß, Klo, Kotze und alten Soleiern. Ein rotäugiger Säufer, dessen Alter nicht mehr ermittelbar war, stolperte mir entgegen, hielt sich ungeschickt an meiner Schulter fest, bevor ich mich wegdrehen konnte, und lallte etwas wie »Das is so«. Wahrscheinlich fragte er: »Wo ist das Klo?« Ich zeigte auf den neblig-dunklen Durchgang rechts vom verschmierten Tresen, er hangelte sich an meinem Arm entlang, um die Richtung zu wechseln, und schwankte los. Auf dem Weg riß er einen Beistelltisch um. Niemand rührte sich, um den Tisch wieder aufzustellen.

Ich ging zum Tresen, den zu berühren eine eklatante Verletzung sämtlicher Quarantänevorschriften des Planeten darstellte, kletterte auf einen wackligen Hocker ohne Fußabstellring und nickte in Richtung Zapfhahn. Irgendwo im Dunst hinter dem Tresen mußte jemand herumhuschen, der für Bier zuständig war, und richtig: Keine fünfzehn Sekunden später stand ein schaumloses Nullvierer vor mir, ohne daß ich jemanden erkennen konnte. Ich zog es in einem Schluck, nickte wieder, bestellte dann zwei Buletten bei dem verschwitzten, schmutzigbärtigen, papierweißen Männergesicht. Natürlich wäre es gesünder gewesen, in irgendeiner rattenverseuchten Dönerbude nebenan zu essen, aber das war mir egal. Bei der zweiten Boulette grummelte es in meinem Magen, irgendwie hatte ich auch etwas zu harte Stücken zwischen den Zähnen gespürt, Knorpel oder Krallen oder so; ich goß einen Jägermeister hinterher und noch einen und spülte dann kräftig mit Hektolitern Bier nach.

Währenddessen beobachtete ich, wen ich erkennen konnte. Erstaunlicherweise lag ein gutes Dutzend veraltete Mobiltelefone auf dem Tresen, etwas klobig und allesamt in häßlichen, fettglänzenden Kunstledertaschen. Davor saßen mittelalte Männer, die sich wie Mehrlinge ähnelten: schüttere, fettige Haare, faltige, graue Gesichter, aufgedunsen, traurig. Ihre einzige Aktivität bestand in der nickenden Trinkbewegung; gelegentlich hob einer sein Telefon vom Tresen und betrachtete nachdenklich das Display, keines von ihnen klingelte. Zwei Männer drei Plätze rechts von mir unterhielten sich miteinander, in abgehackten, kurzen Sätzen, die ich nur undeutlich verstand. Es ging um Fußball, um Frauen – »Fotzen« – und um Bierpreise. Ich fühlte mich wohl. Ich dachte an nichts und niemanden, vor allem nicht an Andrea oder Harry, so glaubte ich jedenfalls.

Irgendwann gab es Gebrüll, weibliches Gebrüll. Ein blondiertes Waschweib in rosa Leggins, weißen Tennissocken, Gummisandalen und Bundeswehrparka mit Pelzkragen stand,

Arme in die Hüften gestemmt, diesseits des Windfangs und schrie nach Günter. Ihre gelbliche Bluse war weitflächig so ausgedünnt, daß man mehr von der Brust sehen konnte, als erforderlich gewesen wäre. Sie hatte ihre Lippen – offensichtlich kurz zuvor – unsauber in einem schreienden Farbton nachgezogen, weshalb sie wirkten, als wären sie aufgeklebt. Ich hatte rundum nur fünf Meter Sichtweite, maximal, kläglich beleuchtet durch die Asbach-Werbung. Am Tresen jedenfalls reagierte niemand. Der Tresenmensch polierte Gläser, wischte mit einem Lappen in ihnen herum, vielleicht, um die Bazillen gleichmäßiger zu verteilen: Mit diesem Lappen hätte ich nicht einmal Kumpellis Klo geputzt. Die Dame in den rosa Leggins schrie abermals: »Günter, du blöde Sau. Wo steckst du?«

»Günter ist auf Klo«, mutmaßte ich hörbar.

Die Frau nickte, sagte noch einmal: »Blöde Sau«, zu mir oder zu Günter, aber lächelnd, und ging zur Toilette. Kurz darauf polterte es, der Tresenmann blickte nicht einmal auf. Etwas später kamen Günter und die Legginstante vom Klo, ineinander verhakt, die Frau strich liebevoll über seine schleimigen Haare und flüsterte in sein Ohr. Günter grinste, allerdings etwas kläglich; in seinem Bart hingen Reste von Kotze. Die beiden verschwanden, der Tresenmann drehte sich um, zog einen Zettel aus einem Stapel hervor, machte ein paar Striche und schob den Zettel wieder zurück. Es sah nach stoischer Fließbandarbeit aus.

Irgendwann hatte ich einen melancholischen Moment, wußte nicht, wo ich war und zu welcher Zeit, träumte davon, von meiner Schwester Monika Dresche mit dem Geschirrhandtuch zu bekommen, Kinderschokolade zu futtern und »Am laufenden Band« zu sehen. Der Moment ging vorbei, ich sah ihm nach und vermißte ihn nicht.

Sieben-, achtmal ging ich in den nächsten zwei oder fünf Stunden zum Klo, einfach weil die Aufnahmekapazität einer

Durchschnittsblase nicht für die Mengen ausgelegt ist, die ich trank. Überrascht stellte ich beim vierten oder fünften Besuch fest, daß die graue Fläche über dem dreckigen und außerdem undichten Handwaschbecken keine originelle Maserung der Wand war, sondern ein versiffter Spiegel. Aus einer Laune heraus feuchtete ich die letzten zwei Papierhandtücher an, die zu finden waren, und wischte eine eiförmige Fläche frei, in der ich mich undeutlich vor einer graugrünen Wand sehen konnte. Ich putzte weiter, bis ich meine blutunterlaufenen Augen erkennen konnte, meinen ungleichmäßigen Stoppelbart, meine wildwachsenden Augenbrauen, meine langen, etwas unsauber wirkenden Haare ... Moment mal. Ein Farbreflex. Ich beugte mich weiter vor, nahm am Rande olfaktorisch wahr, daß es Günter nicht bis zum Klo geschafft hatte, berührte fast den stinkenden Spiegel. Da war es. Keine Täuschung möglich. Ein langes, fast reinweißes Haar, das zudem etwas dicker als die anderen wirkte. Mitten zwischen meiner ansonsten dunklen, glänzenden Haarpracht.

Ich wollte es finden und herausreißen, aber das stellte sich schwieriger dar, als ich vermutet hätte. Ich bekam es einfach nicht zu fassen. Irgendwann gab ich entnervt auf, betrachtete dieses obskure, so plötzlich aufgetretene Alterungszeichen noch ein bißchen und ging dann wieder in den Schankraum, um es bierblond zu tönen.

Es war dunkel draußen und neblig in meinem Kopf. Ich stand vor der *Hölle* und atmete Neuköllner Mief. Mir war reichlich trieselig. Mein Hirn lag auf Bürgerbräu-Watte gebettet, ich wollte in mein Bett, mein eigenes Bett – noch eine Nacht im Hotel hätte ich nicht überstanden. Ich schlurfte über die Fahrbahn, stolperte über die Mittelinsel, fiel fast auf die Schnauze, rappelte mich wieder hoch und rannte gebückt über die andere Fahrbahn, als sinke dadurch die Gefahr, angefahren zu

werden. Meine Fähigkeit, die Annäherungsgeschwindigkeit der Autos abzuschätzen, war verschwunden. Ein tiefer gelegter BMW zog laut hupend hinter mir vorbei, als ich erst in meinem Hosenbund und dann in der vorderen Seitentasche nach dem Autoschlüssel suchte. Irgendwie schaffte ich es, schaffte es sogar, den Daimler zu starten, und dann überlegte ich einen Moment, ob es nicht besser wäre, die paar Meter mit einer anderen Taxe zu fahren.
Ich verwarf den Gedanken, schließlich hatte ich nur noch zweihundert Meter Kottbusser Damm, den Hermannplatz, ein Stückchen Hermannstraße und dann die Parkplatzsuche vor mir, schlug nach rechts ein, hatte aber den Vorwärtsgang drin, brachte eine junge Linde zum Schwanken, dann schoß der Hobel rückwärts aus der Lücke, begleitet von hektischem Hupen hinter mir. Der Wagen stand schräg über der Fahrbahn. Ich schob den Hebel auf D und gab Gas.

Als ich noch sechzig, siebzig Meter von der Ampel am Hermannplatz entfernt war, wechselte sie auf Gelb, ein orangegrünes Verwischen rechts in meinem Blickfeld, das sich deutlich verengt hatte. Keine Ahnung, was mein Tacho in diesem Moment anzeigte. Ich entschied mich intuitiv für den Kickdown. Mit Lichtgeschwindigkeit fegte ich über die rote Ampel, geradewegs auf die Mittelinsel des Hermannplatzes zu, der hier leicht nach rechts abknickte. Nun ist so ein fünfundzwanzig Jahre alter Strich-Achter nicht wirklich für Autorennen gebaut. Ich schlug nach rechts ein, etwas zu stark, und natürlich brach mein Heck aus. Mit hektischen Lenkbewegungen versuchte ich auszugleichen, dann kam schon etwas sehr Großes, Schmutzig-Beigefarbenes auf mich zu, und Sekundenbruchteile später krachte ich mit Warp 9 in das Heck eines BVG-Doppeldeckerbusses.

31. Tempotücher

Keine Ahnung, wie lange es dunkel war. Als ich wieder zu mir kam, spürte ich Kälte, außerdem eine gewisse Unruhe, als hätte ich irgendwas Wichtiges nicht zu Ende gebracht. Vor mir zischte es; die Motorhaube des Einskommasiebentonnenhobels hatte sich auf zwei Drittel ihrer ursprünglichen Länge verkürzt und in den eigenen Motorraum gefaltet. Dabei allerdings hatte sie die rückwärtige Partie des Busses und ausgerechnet eine Jägermeister-Werbung gravierend umgestaltet – vom Kopf des Hirsches war nicht viel übriggeblieben, das Geweih hing auf Halbmast. Meine Füße schmerzten, jedenfalls der linke, vom rechten spürte ich nichts, außerdem *brannten* meine Hände, die immer noch das Lenkrad hielten, und mein Kopf, nun ja – kein Airbag, nicht angeschnallt, Taxifahrer dürfen das. Der rechte Fuß war, wie ich leicht verschwommen wahrnahm, zwischen dem Gaspedal und irgendwas eingeklemmt, das aus dem Motor- in den Fußraum drang. Ich spürte Feuchtigkeit auf meiner Wange, streckte die Zunge aus. Es schmeckte klebrig und nach Salz, vermutlich aber war mein Geschmackssinn auf Kur. Das mußte einfach Blut sein.

Ich hörte ein Klopfgeräusch und ein seltsames Knarren. Und Stimmen. Von irgendwoher waren Stimmen zu hören. Ich starrte geradeaus, dachte daran, zu versuchen, das Auto wieder zu starten und wegzufahren, ins Bett zu gehen und diese Sache hier einfach zu verschlafen. Sosehr ich mich allerdings konzentrierte, ich konnte meine Hände nicht vom Lenkrad nehmen. Und mein Gasfuß war ja eingeklemmt.

Es knackte links von mir, wurde lauter, ich atmete frische Hermannplatzluft. Mir war sowieso schon übel, doch ich merkte es erst jetzt. Jemand griff an meine Schulter. Endlich drehte ich mich sehr langsam zur Seite, ein leichter Schwindel setzte ein. Jemand Grüngekleidetes quatschte auf mich ein, aber ich verstand nicht, was er sagte; er hielt meine Schulter fest, starrte auf mein Gesicht, auf meine Hände, sah dann das Malheur im Fußraum. Ich folgte seinem Blick, lehnte mich dann zu ihm herüber und kotzte ihm auf die Füße.

Danach war mir wohler, ich stellte fest, daß ich meine Hände bewegt hatte, die waren also noch in Ordnung, aber es gab drückende Schmerzen, als ich sie probeweise zu ballen versuchte. Außerdem tat mein linker Fuß höllisch weh, vielleicht spürte ich deshalb den rechten nicht, Schmerzausgleich sozusagen – und was in meinem Kopf vor sich ging, spottete jeder Beschreibung. Die Sicht war etwas getrübt. Ich tastete nach meiner Wange, da war tatsächlich Blut. Erstaunlicherweise mußte ich ausgerechnet in diesem Moment an Andrea denken. Ich wünschte mir, sie wäre bei mir, jetzt. Um mir herauszuhelfen, wie das Waschweib Günter in der und aus der *Hölle* geholfen hatte, nur anders.

»Bitte bleiben Sie ruhig sitzen«, sagte der Polizist, wahrscheinlich zum tausendsten Mal, aber jetzt erst verstand ich – auch daß er ein Polizist war.

Ich nickte unendlich langsam, sah entschuldigend auf seine vollgereiherten Schuhe, aber er lächelte nachsichtig. Verdammt, ich kannte diesen Typen. Seine Hand lag immer noch auf meiner Schulter. Ich lehnte mich zurück, es war ein gutes Gefühl, den Schädel leicht gegen die Kopfstütze zu drücken, immerhin gab es die, zumindest an den Vordersitzen. Wahrscheinlich die Grundausstattung, nachgekauft hätte Denker so was nie. Im Rückspiegel, der schief herabhing, sah ich einen Notarztwagen ohne Blaulicht von hinten herankommen. In meinem Schrittbereich zwickte es. Ein Wohlgefühl im Vergleich zu dem, was der Rest meines Körpers empfand.

Mit einem Wagenheber schafften es zwei Helferfreunde, meinen Fuß zu befreien. Ein Gefühl stellte sich trotzdem nicht ein, vermutlich war er eingeschlafen. Oder besoffen – der Aufprall hatte den Alk in die Beine gedrückt. Ich konnte nicht auftreten, stand auf einem Fuß neben meinem Wagen und kämpfte dagegen an, zu stark zu schwanken, eine Hand auf dem ebenfalls leicht geknüllten Dach. Ich wartete darauf, daß die beiden Sanitäter die Trage herschleppten. Ich fühlte mich irgendwie nüchtern, gleichzeitig aber auch, als wäre ich gerade aufgewacht – alles war enfernt, nebensächlich, geschah nicht wirklich mir. Adrenalin ist ein erstaunliches Zeug.

»Wie ist das denn passiert?« fragte der Polizist, dem ich auf die Schuhe gespuckt hatte. Er legte die Stirn in Falten, sah mir eindringlich ins Gesicht. »Kennen wir uns?«

»Ich war einfach viel zu schnell«, sagte ich wahrheitsgemäß, ohne auf seine zweite Frage einzugehen. »Ich wollte die Ampel am Kottbusser Damm noch kriegen, danach hab ich die Kontrolle über den Wagen verloren.« Die Worte sprudelten nicht gerade, aber nach meinem Dafürhalten hörte es sich so klar und flüssig an wie frischgezapftes Bier.

Der Polizist sah über meine Schulter. Ich drehte mich langsam auf einem Fuß um. Die Ampel stand gute fünfzig Meter hinter uns.

»Und irgendwie habe ich den Fuß nicht auf die Bremse gekriegt«, fügte ich leise an.

Der Polizist deutete ein Nicken an, zog eine Augenbraue hoch. Ich kniff die Lippen zusammen und atmete langsam durch die Nase.

»Sie sind der Mann mit den Taschentüchern«, sagte der Grüne plötzlich lächelnd.

»Der was?« *Taschentücher?*

»Wo war das noch? Unter den Linden? Vor ein paar Tagen? Letzte Woche? Sie haben Tempotücher auf die Straße geworfen.«

»Habe ich?«

Er lächelte wieder, nickend. »Ja, haben Sie.«

Ich fand das irgendwie kryptisch, sah mich kurz in einer seltsamen Haltung am Straßenrand stehen, Taschentücher auf die Fahrbahn werfend.

»Vorsicht, bitte«, sagte einer der beiden Sanitäter und stellte eine Trage neben mich. Beide halfen mir, mich erst auf das Gestell zu setzen und dann hinzulegen. Ich dachte weiter über Taschentücher nach, fand aber keine Spur. Der Polizist indes kam mir nach und nach bekannter vor.

»Langsam!« sagte der andere Sani, aber da war mir schon trieselig. Schon wieder.

Der Polizist kam mit zum Krankenwagen.

»Wir kommen etwas später nach«, sagte er. »Und bei dem jungen Mann wird ein Alkoholtest gemacht.« Dabei grinste er. »Brauchen Sie ein Taschentuch?«

Doch die Sanitäter waren schon mit Mull oder solchem Zeug in meinem Gesicht zugange. Als sie die Türen des Krankenwagens zuschlugen, fiel mir endlich ein, wovon der Grüne geredet hatte. Es war wie eine Erinnerung aus einem vergangenen Leben, eine, die mich plötzlich sehr traurig machte.

»Hey, ich muß dem Mann noch etwas sagen!« forderte ich, was nicht wirklich stimmte, aber da hatte sich der Transporter schon in Bewegung gesetzt.

32. Zwei Komma sieben

»Sie haben noch Glück gehabt«, erklärte die Ärztin, als wäre sie Komparsin in einer *Emergency-Room*-Folge, und nickte zur Bestätigung. Eigentlich sah sie nicht schlecht aus, hatte allerdings rote Haare, das habe ich noch nie gemocht. Frauen sehen nur mit blonden oder schwarzen Haaren wirklich sexy aus.

»In einfachen Worten zunächst die einfachen Verletzungen. Ihr linker Fuß ist geprellt, ihre linke Hand ist leicht verstaucht, die Platzwunde an der Stirn mußten wir nicht einmal nähen. Sie haben eine Gehirnerschütterung, aber offensichtlich eine minder starke. Ob Sie das HWS-Syndrom haben, wissen wir noch nicht, aber es wäre zu vermuten, angesichts des Unfallverlaufs. Sie waren nicht angeschnallt.«

»HWS-Syndrom«, wiederholte ich. Das Krankenzimmer hatte beigefarbene Wände und einen weißen Fernseher, der an der gegenüberliegenden Wand auf so einem Gestell hing, wie wir es einmal fast bei Ikea gekauft hatten, Walter, Gonzo und ich – Bjork oder Sven oder ganz anders. Rechts und links neben meinem Bett standen zwei weitere, die frisch gemacht und leer waren. Nirgendwo lag eine Fernbedienung. Es klopfte.

»HWS-Syndrom, Zervikobrachialgie«, sagte sie, wofür sie meine volle Hochachtung hatte. »Haben Sie Schmerzen im Schulterbereich, im Nacken, in den Armen oder Händen?«

»Weiß nicht«, antwortete ich wahrheitsgemäß. Denn irgendwie tat mir alles weh. Der einzige Körperteil, von dem ich mit Sicherheit sagen konnte, daß er nicht schmerzte, war mein rechter Fuß, da tat sich überhaupt nichts, und auf meinen

Versuch, die Zehen zu bewegen, gab es keine Rückmeldung. Es klopfte abermals.

»Herein«, sagten Frau Doktor und ich gleichzeitig. Ein Krankenpfleger kam ins Zimmer, warf mir einen leicht gehässigen Blick zu, wie ich meinte, und reichte der Ärztin einen Klemmhefter, dann ging er wieder.

»Zwei Komma sieben Promille Blutalkohol«, sagte sie, als sie den Blick wieder hob. Ich meinte eine Form von Ehrfurcht in ihrem Blick zu erkennen.

»Oha.«

»Ihren Führerschein werden Sie erst einmal vergessen können«, stellte sie mit einem leicht schadenfrohen Lächeln fest.

»Und meinen P-Schein auch«, ergänzte ich.

»Taxifahrer?« fragte sie ungläubig.

»Na ja. Nun wohl nicht mehr.«

Sie nickte kurz, blätterte in den Unterlagen, die der Gehässige gebracht hatte, zog ein Röntgenbild hervor und fuhr in ihrer Diagnose fort. »Das Hauptproblem sind Ihr rechter Fuß und der Unterschenkelbereich. Wir werden morgen früh weitere Untersuchungen vornehmen müssen, eine Elektromyographie des rechten Unterschenkels ...« Den letzten Halbsatz schien sie an sich selbst gerichtet zu haben, jedenfalls nicht an mich. »Wir haben da eine recht komplizierte Fraktur im Mittelfußbereich, oder mehrere ...«, sie pausierte, nickte dann wieder, »aber es ist mehr Diagnostik erforderlich. Einige Nervenbahnen, der *Nervus* ...« Sie verschluckte die Hälfte eines lateinischen Wortes, hielt inne und schien nachzudenken. »Wir untersuchen das noch. Machen Sie sich keine Sorgen. Indikationen für eine sofortige Operation liegen nicht vor.«

Als ich nicht reagierte, weil ich darüber nachdachte, wie man sich *keine* Sorgen macht, nickte sie abermals und sagte: »Es gibt da noch etwas, das wir im Rahmen der Untersuchung festgestellt haben ...«

Es klopfte wieder.

»Ja?« fragte meine Ärztin und zwinkerte mir zu.

Die Tür ging ein Stück weit auf, ein Glatzkopf schob sich durch die Spalte.

»Henry?« fragte der Glatzkopf.

»Ja?«

Dann ging die Tür ganz auf. Neben dem Glatzkopf, der mir ziemlich bekannt vorkam, stand Andrea. Mein Herz machte einen Hüpfer. Aber wer war der Typ ohne Haare?

»Hast du den Ar…«, begann er, sah dann zur Ärztin und schwieg. Scheiße, das war Walter. Walter hatte sich alle Haare abrasiert.

»Ich habe ein weißes Haar«, sagte ich zur Begrüßung – weil es mir gerade wieder einfiel, vielleicht wegen Walters Glatze, und um ein möglichst unverfängliches Thema vorzugeben. Dabei tastete ich mit der rechten Hand nach meinem Schädel, die linke war bandagiert. Ich zuppelte ein paar Haare in die Luft, konnte aber nicht sehen, ob das erweißte dabei war.

Beide sahen gleichzeitig besorgt und wütend aus. Sie blieben in der Tür stehen.

»Das ist cool mit der Glatze«, erklärte ich. Mir war nach plappern, und es fiel mir erstaunlicherweise leicht, vielleicht hatten sie mir was gespritzt. »Macht dich ein paar Jahre jünger. Echt cool.«

»Halt die Klappe«, sagte Andrea.

»Tja«, erklärte die Ärztin, die immer noch lächelte und schon wieder nickte. »Wir sehen in der Frühe weiter. Es liegt keine akute Notsituation vor, am Morgen sind alle Stationen besetzt.«

Sie ging, schob sich an Andrea vorbei, dabei las sie kopfschüttelnd die Zahlen ab, die auf dem Blatt im Klemmhefter standen. *Zwei Komma sieben*. Dicht an der Goldmedaille.

Andrea und Walter kamen einen Schritt ins Zimmer, Walter

schloß die Tür. Zwischen den beiden und meinem Bett blieben gute vier Meter.

»Wie geht es dir?« fragte Walter.

Ich wollte schon irgendwas antworten, weiterplappern, hielt dann aber inne. *Wie geht es dir?* Ich starrte Walter an und bekam das große Zittern. Mir wurde plötzlich kalt. Alles im Arsch. Alles, alles, alles im Arsch. Ich sah Andrea an, die augenscheinlich dagegen ankämpfte, vor Wut zu explodieren. Mir ging die Muffe. Bis zu diesem Augenblick hatten die Geschehnisse etwas Spielerisches, Unrealistisches gehabt, wie eine Scheiß-Daily-Soap-Folge, aus der man sich einfach wegzappen kann. Und plötzlich wurde mir bewußt, daß all das *mir* passiert war. Und nur durch mich. Alles war meine Schuld.

»Scheiße«, sagte ich, weinend. Ich sah auf die Bettdecke und fügte leise an: »Es tut mir leid!«

Dann brach es aus mir heraus, schubweise, ich bekam kaum Luft. Walter zog zwei Klappstühle ans Bett, wie ich wie durch Kneipendunst wahrnahm, stellte sie aber außerhalb meiner Reichweite auf. Keiner von beiden kam auf die Idee, mich zu umarmen, zu drücken, wenigstens meine Hand zu nehmen oder über meine Haare zu streichen. Sie setzten sich nur hin und schwiegen, während ich heulte.

Dem Impuls, mich unter der Bettdecke zu verkriechen, folgte ich nicht. »Wie spät ist es?« fragte ich irgendwann, als ich mich wieder halbwegs gefangen hatte.

»Kurz nach drei. Morgens«, sagte Walter. »Gonzo kommt um sieben zurück, er hat gerade angerufen. Heute nachmittag ist die Beerdigung.«

»Beerdigung«, wiederholte ich.

»Ja. Harrys Beerdigung.«

Ich spürte eine Gänsehaut auf den Unterarmen bei dem Gedanken. Ich sah vorsichtig zu Andrea, aber die starrte nur ihre eigenen Oberschenkel an, zwischen die sie ihre Hände geschoben hatte, als wolle sie sie vor mir verbergen. Erst als sie meinen Blick bemerkte, hob sie den Kopf.

»Warst du besoffen?«

Ich nickte langsam.

»Geschieht dir recht«, sagte sie. Ich nickte weiter, sachte, weil die Trägheitsdämpfer meines Schädels auf maximal 30 Prozent fuhren. *Scotty, wie lange brauchst du dafür? – Jim, fünfunddreißig Jahre.*

Walter öffnete den Mund, fand aber offensichtlich nicht die Worte für das, was er fragen wollte. Andrea kam ihm zuvor.

»Du bist ein verantwortungsloser Idiot, das wußten wir alle. Aber du bist außerdem feige und selbstsüchtig. Feige, verantwortungslos und selbstsüchtig. Zum Kotzen.«

Ich glotzte sie nur an.

»Uns einfach allein zu lassen. Abzuhauen. Du Arschloch.«

Sie schüttelte widerwillig den Kopf, Tränen liefen ihr über die Wangen. »Das hätte ich nicht von dir erwartet.«

»Ich wußte nicht, was ich tun sollte«, setzte ich zu einer Erklärung an. »Du bist mit Walter in sein Zimmer gegangen, da …« Ich biß mir auf die Zunge. Ich Idiot.

»Tickst du noch ganz sauber?« brüllte Andrea, sprang von ihrem Stuhl auf. »Denkst du, wir haben gevögelt, um Harrys Tod zu feiern? Bist du vollkommen durchgeknallt?«

»Wa…?«

»Denkst du nur an dich, nur an Henry Hinze, um den sich die Welt dreht? Ich glaub's nicht! Wenn du nicht im Krankenbett liegen würdest …« Ihre Stimme überschlug sich. Walter lief rot an.

Es klopfte kurz, gleich darauf ging die Tür auf. Eine junge, etwas dicke Schwester steckte den Kopf herein. Ihre Haare standen struppig zu Berge, und mit der Schminke war auch was schiefgelaufen.

»Ihnen ist schon klar, wie spät es ist?« fragte sie.

»Tut mir leid«, sagte Andrea und setzte sich wieder.

»Ich muß Sie bitten, zu gehen«, sagte die Schwester, dabei sah sie auf ihre Uhr.

»Wir gehen gleich«, sagte Andrea.

»Bitte nicht«, bat ich leise, und mir standen schon wieder Tränen in den Augen.

»Wann wirst du entlassen?« fragte Walter.

»Ich weiß nicht. Aber es sind nur Kleinigkeiten. Ich werde auf jeden Fall zur Beerdigung kommen.« Ich wußte nicht, ob das stimmte, und fragte mich jetzt zum ersten Mal, was mit meinem Scheißfuß sonst noch los sein könnte, außer der *komplizierten Fraktur*. Das hieß Bruch, oder?

Andrea sah mich an, prüfend, emotionslos. Dann stand sie auf, ging zur Tür, drehte sich noch einmal um und schüttelte den Kopf. Walter blieb noch einen Moment.

»Das kannst du nie wiedergutmachen«, sagte er leise, traurig, fast mitfühlend. »Du hast sie sehr verletzt.«

»Aber ...«

Walter schüttelte den Kopf.

»Denk darüber nach! Denk einmal in deinem Leben richtig über etwas nach!« Dann stand er auf und ging ebenfalls.

Ich dachte nach, minutenlang, und mir fiel bloß der Satz meiner Mutter ein, den sie vor fünfunddreißig Jahren zu mir gesagt hatte: »Du verantwortungsloses, *schlimmes* Kind.«

33. Pilze

Im Zimmer gab es keine Uhr, aber es war sicher fünf, halb sechs, als ich erstmals in unruhigen Schlaf fiel, obwohl ich total ausgepowert, eigentlich auch noch ziemlich besoffen und schweinemüde war. Nachdem die beiden gegangen waren, hatte ich eine Weile auf dem Rücken gelegen, die Decke angestarrt und ab und zu geheult. Währenddessen hatten sich ganz gemächlich alle schmerzenden Körperteile gemeldet. *Ein* Fuß, Hände, Kopf, Stirn, Nacken, erstaunlicherweise zwickte auch mein Schwengel ganz erheblich, obwohl ich mir nicht vorstellen konnte, wie der beim Unfall hatte in Mitleidenschaft gezogen werden können. Dann fiel mir das Essen mit Andrea ein, bei dem mich ein stechender Schmerz kurz vom Stuhl getrieben hatte. Aber ich sah nicht nach, was sich da tat: Noch mehr Hiobsbotschaften hätte ich nicht ertragen. Ich spürte starken Harndrang, den ich aber verdrängte.

Nur wenige Sekunden nach dem Einschlafen wurde ich wieder geweckt, draußen war es noch dunkel, ein fahles Dämmerungsdunkel. Die dicke Schwester brachte mir ein schmales Frühstück, aber bevor ich Kaffee – *Kaffee!* – trinken und einen Bissen von der Schwarzbrotstulle nehmen konnte, maß sie meine Temperatur – glücklicherweise nicht rektal, sondern mit so einem piepsenden Ding, das sie mir nur kurz ins Ohr steckte – und meinen Blutdruck. Während ich den viel zu dünnen Aldi-Kaffee schlürfte, kam meine Ärztin und wünschte mir einen schönen guten Morgen.

»Schlafen Sie nie?« fragte ich. Der Kaffee spülte den wattigen Zungenbelag langsam fort.

»Nachtschicht, Bereitschaft. Noch zwei Stunden.«

»Aha.« Ich mümmelte die Stulle, auf der ein halbes Mikrogramm Honig gleichmäßig auf noch weniger Butter verteilt worden war, Frau Doktor setzte sich auf einen der Klappstühle neben mein Bett. Sie lächelte, sah erstaunlich ausgeruht aus.

»Wir werden Sie gleich einigen Untersuchungen unterziehen«, verkündete sie. »Ihr Fuß ...«

»Der ist taub«, sagte ich. Er reagierte nicht. Als ich mir in den Spann gezwickt hatte, so doll es mit den schmerzenden Händen eben ging, hatte ich überhaupt nichts gespürt, nur die Hand. Die Handgelenke fühlten sich an, als hätte ich Dreihundertsechzig-Grad-Umdrehungen ausprobiert, mit Gewichten an den Flossen.

Sie nickte. »Ich muß Ihnen außerdem noch etwas sagen«, erklärte sie, als ich das Brot aufgefuttert hatte.

»Aha.«

»Sie haben eine Pilzinfektion. Eine, die eigentlich nur bei Frauen auftritt, aber wir sind noch nicht sicher. Möglich ist auch ein Erreger aus dem fernen Ausland: Asien, Südamerika. Auf jeden Fall nichts Schlimmes. Ich geben Ihnen ein Antibiotikum und eine Salbe.«

Sie grinste.

»Es hat gezwickt, einige Male«, sagte ich. »Hat das etwas mit dieser Sache zu tun?«

»Möglich. Wie gesagt. Ich kenne diese Art von Infektion eigentlich nur von Frauen.« Sie grinste ziemlich breit. »Und da ist noch etwas. Trinken Sie viel Alkohol?«

»Was genau meinen Sie mit *viel*?« Brausepaul *trank* viel Alkohol, Kutzek *trank* viel Alkohol, *ich* genoß ihn.

»Mehr als vier, fünf Biere am Tag?«

»Meistens.«

»Dachte ich mir. Darf ich mal?« Sie hob die Bettdecke an und legte ihre Hand auf meinen Bauch. Ich nickte, weil mich interessierte, was sie vorhatte. Sie hob die Hand wieder und drückte mir mit zwei Fingern in die Bauchdecke, rechts unten vom Nabel.

»Juhu«, schrie ich vor Schmerz.

»Alles dicht. Sie sollten das untersuchen lassen. Und vielleicht etwas kürzer treten, wenigstens eine Zeitlang.«

Ich glotzte sie an, horchte in den abklingenden Schmerz aus meiner unteren Bauchgegend. Die Leber regeneriert sich, oder? Hatte ich mal gehört. Jedenfalls interessierte mich das jetzt einfach nicht.

»Wann kann ich raus?«

Sie lachte. »Sie haben mehrere flächige Hämatome im Unterschenkelbereich, die vermutlich den Nervus Peroneus quetschen, daher die Gefühllosigkeit im Fuß. Wir machen gleich im Anschluß ein EMG und messen die NLG.« Ich lächelte zustimmend, immer machen lassen, die Götter in Weiß. »Außerdem müssen wir die Frakturen behandeln.«

Ich wiederholte meine Frage.

»Tja«, sagte sie kopfschüttelnd. »Wie geht es Ihrem Kopf?«

»Schwummerig. Wenig Schlaf, denke ich.«

»Das könnte auch von Ihrer Gehirnerschütterung kommen.«

Ich deutete ein langsames Nicken an, die Trägheitsdämpfer lagen jetzt bei sechzig Prozent. »Und wann *kann* ich raus?«

»Vermutlich können *wir* Sie recht bald entlassen«, begann sie.

Das klang nach: *Ich habe eine gute und eine schlechte Nachricht.*

»Aber?«

»Ihren rechten Fuß werden wir operieren müssen, die Frakturen scheinen doch recht komplex, und im Anschluß wird eine Physiotherapie erforderlich werden. Wir arbeiten mit einem Reha-Zentrum in der Nähe von Beelitz zusammen, dort könnten Sie einen Platz haben. Drei oder vier Wochen ...«

Haben die Faßbier? war die erste Frage, die mir durch den Kopf schoß. Dann kam die Botschaft an. Drei oder vier Wochen. Ich bekam eine Gänsehaut.

»Mein bester Freund wird heute beerdigt«, erklärte ich, versuchte ein mitleidheischendes Lächeln, aber irgendwie funktionierte an meinem Scheiß-Körper überhaupt nichts mehr.

»Mein Beileid.«

»Ich muß da hin.«

Sie legte den Kopf schief. »Sie sind mir einer. Ich muß zugeben, auf eine Art finde ich Sie sympathisch.« Dabei errötete sie leicht, und das sah wirklich nett aus, gab mir ganz plötzlich ein gutes Gefühl in der Herzgegend, *nicht* in der anderen. »Wir müssen auf jeden Fall Ihren Fuß behandeln.«

»Bitte«, sagte ich kläglich.

Sie stellte den Kopf wieder gerade.

»Ich werde Sie begleiten. Und gleich im Anschluß operieren wir.«

»Sie haben Feierabend.«

»Ein guter Arzt hat niemals Feierabend.« Sie lächelte, legte kurz die Hand auf die Bettdecke, als würde sie mich streicheln wollen, zog sie dann zurück. »Ich kümmere mich darum.«

Frau Doktor ging, gab zwei Polizisten die Klinke in die Hand, von denen ich einen erkannte. Die drei palaverten kurz in der Tür, aber ich konnte nicht hören, worüber, dann standen die beiden Grünen an meinem Bett. Sie stellten sich vor, beide schienen unangemessen fröhlich. Der Tempotücher-Mann hieß Waldberg.

»Zwei Komma sieben Promille. Absolute Fahruntüchtigkeit«, erklärte einer der beiden, der, den ich nicht kannte, Waldberg lächelte; ich meinte einen Anflug von Mitleid zu erkennen. »In Verbindung mit einem Verkehrsunfall. Es wird ein Strafverfahren wegen fahrlässiger Verkehrsgefährdung geben, Sie müssen mit einer Verurteilung rechnen. Die Fahrerlaubnis wird Ihnen vermutlich für längere Zeit beziehungsweise ganz entzogen: Sie werden sie neu machen müssen. Sie können sich schon mal darauf vorbereiten, für mindestens ein Jahr ohne Führerschein zu sein. Man wird Sie zur medizinisch-psychologischen Untersuchung laden, wenn Sie erneut eine Fahrerlaubnis beantragen. MPU.«

»Idiotentest«, sagte Waldberg nickend.

Ich sagte nichts, alle Idiotentests dieser Welt hatte ich längst vergeigt. Ich war ein Idiot, das mußte nicht mehr ertestet werden. Fehlte nur noch ein entsprechendes Tattoo auf meiner Stirn. Eine Armbinde, irgendein Abzeichen. Vielleicht ein neuer Kaffeetopf: *Größter Idiot der Welt.*

Die beiden verließen mich, aber dafür kam der Katzenjammer zurück. Verbunden mit einem sich langsam aufbauenden, aber stark pumpenden Schmerz – im rechten Fuß. Aber das nahm ich kaum wahr, ich dachte an Andrea. Und an Harry. Erst jetzt wurde mir bewußt, daß Harry endgültig und für immer in der Erde vergraben werden würde. Ich heulte und starrte dabei den blinden Fernseher auf dem Ikea-Halter an.

34. Chor

Ich schaffte es, mit Walter zu telefonieren, ohne vorher auf allen vieren in die Haupthalle zu kriechen, um eine Wertkarte für das Telefon zu kaufen – Frau Doktor lieh mir ihr Mobiltelefon, obwohl die Benutzung im Krankenhaus streng untersagt war. Walter war kurz angebunden, im Hintergrund hörte ich die Geräusche aus unserer Küche, meinte die Stimmen von Andrea, Oskar, dem Möchtegernmaler, Gonzo und Susanne zu erkennen, vielleicht sogar das Kratzen von Löffeln in halbleeren Askie-Suppenschüsseln. Ich biß mir auf die Unterlippe. Die Beerdigung würde um zwei beginnen. Es war halb elf.

Walter kam eine halbe Stunde später ins Krankenhaus und brachte mein Sal-Beerdigungs-Outfit. Er legte mir die Sachen mit spitzen Fingern aufs Bett, als hätte ich Lepra, stellte sich daneben, die Hände hinter dem Rücken. Sein Kopf sah wirklich cool aus – es stand ihm, das mit der Glatze. Komisch, daß er da nicht früher draufgekommen war, die Glatze glich das Bürohengstmäßige aus. Er hatte jetzt wirklich etwas von einem Mucker, eine Mischung aus Michael Stipe und dem frühen Joe Cocker, mit einer Prise Bruce Willis.

»Wie bist du auf die Idee gekommen, dir die Haare abzurasieren?« fragte ich ihn, der offensichtlich ein Schweigegelübde abgelegt hatte.

Walter grinste schief, sah mich aber nicht an; ich wurde von dem Gefühl ergriffen, daß hinter meinem Rücken Dinge passierten, von denen ich gerne mehr gewußt hätte. »Eigentlich ein Versehen. Ich war total müde und wollte mir ein … Mittelchen in die Haare reiben.« Er blickte kurz zum Fernseher. »Aber ich hatte den Rasierschaum gegriffen. Da dachte ich mir: Warum nicht? Und habe das Zeug einfach abrasiert. Irgendwie war mir danach.«

»Cool.«

Walter nickte und ging dann grußlos.

Vor der hutzeligen Sechziger-Jahre-Kapelle hatte sich eine große Menschenmenge eingefunden, wahrscheinlich über dreihundert Leute. Es nieselte, die mit Abstand scheußlichste Form des Regens, war aber recht warm. Ein paar Leute hatten Schirme aufgespannt. Ich saß im Rollstuhl, Frau Doktor stand hinter mir. Meine Füße und eine Hand waren bandagiert, auf der Stirn trug ich ein enormes Pflaster, man hatte mir etwas gegen die Schmerzen gespritzt. Ich zeigte auf eine Gruppe, Frau Doktor schob mich hin; da standen Walter, Gonzo, Andrea, Oskar und Susanne. Alle warfen mir einen kurzen Blick zu, mehr nicht. Alle, bis auf Andrea.

Harry hatte auf eine sehr eigenwillige Art an Gott geglaubt, mal mehr, mal weniger, aber sehr beharrlich, insbesondere wenn man das Thema mit ihm diskutierte – Agnostiker wie ich machten ihn rechtschaffen wütend, solch ein Streitgespräch nahm locker einige Stunden in Anspruch, wenn ich mich darauf einließ und Harry in der richtigen Stimmung war. Die Kirche bedeutete ihm allerdings nichts, weil Gott im Herzen wohnte, und man war ihm näher, je größer das Herz war, nicht der Kirchturm, hatte er einmal gesagt. Trotzdem hatte er sich einen Beerdigungsgottesdienst gewünscht, quasi um auf der sicheren Seite zu sein. Außerdem liebte er solche Inszenierungen, in dieser Hinsicht war er eine typische Schwuchtel. *Gewesen.*

Geläut setzte ein, die Menschen gingen in das Gebäude, meine Ärztin wartete ab, schob mich schließlich hinein, die kleine Kapelle platzte aus allen Nähten. Der schlichte weiße

Sarg stand in einem Ozean von Blumen und Kränzen, sogar eine regenbogenfarbene Schwulenfahne lag darauf, wie bei einem Staatsbegräbnis: Die Freie Tuckenrepublik Neukölln trug einen der Ihren zu Grabe. Frau Doktor plazierte mich am Ende des Mittelgangs, Chrissie ging an mir vorbei, tränenüberströmt, sie sah mich nicht einmal. Langsam gewöhnte ich mich daran, für meine Freunde Luft zu sein. Und dann rügte ich mich für diese Egozentrik. Es war Harrys Beerdigung. Meine fand im stillen statt, parallel, schleichend. Ohne großes Publikum.

Es herrschte Gedränge. Ich sah Walter, der sich in einer der vorderen Reihen erhob, umsah, mit der rechten Hand über seine Glatze strich, als suche er dort nach etwas. Gonzo und Susanne schoben sich an ihm vorbei, händchenhaltend, sanken in die Reihe. Der Gang vor mir füllte sich, und im Bereich hinter meinem Rollstuhl drückten Dutzende von Leuten, für die es keinen Platz mehr gab. Ich verdrehte mühevoll und unter Schmerzen meinen Hals, der Vorplatz war noch immer gut gefüllt.

Plötzlich stand Walter neben mir. »Weil du nicht zu erreichen warst, wußten wir nicht, ob du etwas sagen willst«, erklärte Walter. Wir, das waren Andrea und er.

Ich sah ihn an, konsterniert.

»Was sagen?« fragte ich.

»Du bist ... du warst sein bester Freund.«

Ich nickte langsam, weil ich mir nicht sicher war, ob ich immer noch sein bester Freund wäre, wenn er mich während der letzten Tage erlebt hätte. Und dann dachte ich, Scheiße, er, wenigstens *er* hätte mich verstanden.

»Ich werde etwas sagen«, verkündete ich leise in Walters Ohr.

»Gut«, sagte Walter. »Das hatte ich gehofft.«

Es wurde schlagartig still. Ein ziemlich junger Mann, der eine Soutane trug, trat hinter den Altar; der Pfarrer sprach, nicht einmal schlecht – davon, daß andere Menschen unser Leben lebenswert machen, davon, daß der Verlustschmerz zwar schlimm ist, aber gut, um gerade so etwas zu erkennen, ziemlich unreligiös insgesamt, Harry hätte es gefallen. Es folgte ein Gebet, dann ging Andrea nach vorn. Ich sah nur halbe Köpfe und Haaransätze, aber bei Andrea genügte das, um sie zu erkennen.

»Das wird jetzt nicht leicht«, sagte sie, lächelnd, wie ich sehen konnte, weil ich mich ein bißchen aus dem Rollstuhl drückte, die Signale sämtlicher Extremitäten ignorierend. »Ich verlange viel von euch, aber es ist für Harry. Er hat es sich gewünscht, daß wir das tun. Wir werden gemeinsam singen.«

Es gab leises Gemurmel.

»Das Lied ist von Burt Bacharach, Dionne Warwick hat es berühmt gemacht.« Andrea hörte sich jetzt an wie eine professionelle Sängerin, die vor ihrem Publikum auf der Bühne steht und das nächste Stück ankündigt. »Es heißt ›That's what friends are for‹, ihr kennt es. Der Refrain ist nicht sehr kompliziert, und ich möchte, daß wir ihn gemeinsam singen. Er geht so.«

Sie pausierte kurz, faltete die Hände vor dem Bauch, was ich sehen konnte, weil sich die Menschen im Mittelgang wie auf Kommando auf den Boden setzten, und sang erst leise, dann lauter, ohne Begleitung.

»Keep smiling, keep shining, knowing you can always count on me, for sure, that's what friends are for. In good times, in bad times, I'll be on your side forever more. Oh, that's what friends are for.«

Die Gemeinde gab ein kollektives Geräusch von sich. Bevor das Schluchzen zu laut wurde, sagte Andrea: »Es ist ganz leicht. Ich werde euch jede Zeile des Refrains vorsingen, bevor sie kommt, und ihr singt alle mit. *Alle.*«

Und dann fing sie an, nach einem kurzen Orgelintro: »*And I never thought I'd feel this way, and as far as I'm concerned, I'm glad I got the chance to say, that I do believe I love you.*« Und noch eine Strophe. Eigentlich ein fürchterlich schmalziges Lied, aber ich saß wie festgenagelt in meinem Rollstuhl und sah nichts außer Andrea, hörte nichts außer Andrea, die Welt bestand einzig aus ihr, und dazu liefen mir die Tränen, was hier im Raum wohl literweise geschah, natürlich auch bei Andrea selbst. Dann kam der Refrain, sie sang jeweils die Textzeile vorab, wie das die Folksänger bei ihren Konzerten machen. Alle, wirklich alle bis auf die letzte Maus, den Pfarrer und vermutlich sogar Gonzo, für den Singen mit der Anbetung von Analogtechnologie gleichzusetzen war, stimmten ein: »*Keep smiling, keep shining …*« Und trotzdem hörte man Andreas klare, faszinierende Stimme heraus, die gleich darauf wieder solo einsetzte, mit der nächsten Strophe, und die sogar die Wände, die Bänke, die Fenster der Kirche zum Heulen brachte. Selbst der komische, schief sitzende, etwas buckelige Mensch an der Orgel, der leise begleitete und nur noch über drei einzelne, quer über den Schädel gekämmte Kopfhaare verfügte, hatte nasse Wangen. Dabei brachte der Typ wahrscheinlich ein Dutzend Leute pro Tag unter die Erde. Ich drehte mich kurz zur Seite, sah das klatschnasse Gesicht von Frau Doktor, die mich anstarrte, und fühlte mein eigenes, ebenfalls tränenfeuchtes Gesicht.

Es blieb einen Moment lang still, dann gab es einen gemeinschaftlichen Seufzer. Andrea kam den Gang entlang, bahnte sich den Weg durch die Menschen, denen anzusehen war, daß sie gerne geklatscht hätten, sich aber nicht trauten. Ich fing einfach an. Wir applaudierten drei Minuten lang, als hätte Keith Richards gerade ein halbstündiges Höllensolo hingelegt. Andrea blieb im Mittelgang stehen, sah mich an, distanziert, interessiert, nicht unbedingt feindselig. Walter erhob sich und schob sich zu ihr durch, flüsterte etwas in ihr Ohr. Ihr Blick blieb auf mich geheftet, sie nickte und ging zurück nach vorn, zum Pfarrer, der stehend mit uns applaudiert hatte.

Es wurde ruhiger, der Applaus hatte das Pathos auf ein erträgliches Maß reduziert, vereinzelt wurde geschnieft, Taschentücher machten die Runde. Der Pfarrer hob wieder die Hände, sagte: »Als nächstes spricht Henry Hinze.«

Dann setzte sich der Rollstuhl in Bewegung. Die im Mittelgang hockenden Menschen rückten zur Seite; ich fühlte mich unbehaglich. Aus der völligen Nichtbeachtung war plötzlich das genaue Gegenteil geworden. Der Pfarrer half uns, meinen Rolli auf das Podest zu heben. Es gab kein Mikrofon, nichts, woran man sich festhalten konnte, also legte ich meine Hände auf die Reifen des Rollstuhls. Alle sahen mich an, skeptisch, traurig, erwartungs- und hoffnungsvoll: Jemand anderes sollte aussprechen, was in ihnen vorging. Ausgerechnet ich, der ich nicht einmal selbst wußte, was in mir ablief. Ich hätte einen Vortrag über Quantenphysik halten könnten, davon hatte ich in diesem Moment mehr Ahnung.

»Ähem. Hallo. Ich bin Henry, ich bin unvorbereitet.« Ich pausierte kurz. »Wir sind alle unvorbereitet. Es ist auch nicht möglich, sich auf so was vorzubereiten. Und um ehrlich zu sein, begriffen habe ich es sowieso noch nicht. Harry ist weg. Harry ist tot. Ich habe die Nachricht gehört, aber angekommen ist sie noch nicht.« Mein Blick verschwamm langsam, ich fixierte den Gang, den ich als abgesetzte Dunkelheit noch halbwegs erkennen konnte. »In diesem Song, den wir gerade gesungen haben, heißt es sinngemäß: *Du bist gekommen und hast mich geöffnet, und jetzt sehe ich so viel mehr als vorher, also, bei der Gelegenheit: Danke.* Man muß dieses Lied nicht mögen, aber der Text stimmt einfach. Ich kenne keine Freunde von Harry, denen es nicht so ergangen ist.« Ich wischte mir mit dem Jackettärmel über die Augen. »Bei jedem auf seine Art.« Ich konnte Walter erkennen, der bei diesem Nachsatz lächelte. »Harry Moor. So ein kurzer Name. Wie viele von euch wissen überhaupt, daß Harry eigentlich Harald mit Vornamen hieß?« Ein halbes Dutzend Hände ging in die Höhe. »Macht ja nichts.« Ich hatte eine Art Eingebung, der ich folgte; zu verlieren gab es ohnehin nichts. »Worauf ich hinauswill. Wahrscheinlich gibt es irgendwo auf unserem Planeten Völker, bei denen der Name eines Menschen über sein Leben hinweg wächst, immer länger wird. Man fügt Ereignisse an, Charaktereigenschaften, Fähigkeiten. Gäbe es das auch bei uns, müßte Harry einen meterlangen Namen haben. Altruismus. Freundlichkeit. Offenheit. Großherzigkeit. Toleranz. Kreativität. Ein bißchen Eitelkeit. Fanatismus, auf positive Art. Geduld. Ungeduld. Glaube. Philanthropie. Sucht.«

»Wärme«, rief eine Frauenstimme.

»Zärtlichkeit.« Männlich, von weiter hinten.

»Humor.«

Es ging fünf Minuten, mindestens. Ich mußte überhaupt nichts mehr sagen.

»Und wer bekommt Harrys Namen jetzt zusammen?«

Es gab leises Gelächter.

»Wir können uns alle glücklich schätzen, einem Menschen wie ihm begegnet zu sein. Einem, der – wir sind ja in einer Kirche – das Wort vom *Geben, das seliger ist als das Nehmen,* tatsächlich verinnerlicht hatte. Ob wir es wollen oder nicht, Harry hat auf diese Art seine Spuren bei uns hinterlassen, und ich für meinen Teil bin ihm sehr, sehr dankbar dafür.« Ich pausierte wieder kurz, auch weil ich mich schämte, sagte dann nur noch leise: »Danke, Harry.« Ich nickte Frau Doktor zu, deren Gesicht feucht glänzte, und sie drehte den Stuhl, um mich zurück in den Gang zu schieben. »Moment«, sagte ich. »Noch etwas.« Sie drehte den Rolli wieder zurück. »Eine der wichtigsten Botschaften, die ich von Harry gelernt habe, ist die, daß wahre Freundschaft nicht darin besteht, einander aufzurechnen, was man für den anderen tut, oder Gegenleistungen einzufordern. Sondern Freunde zu akzeptieren und zu …«, ich hüstelte, »zu lieben für das, was sie sind, mit allen Macken, Marotten, Schwächen und Eigenarten. Auch wenn sie einen mal enttäuschen. Harry, ich habe dich geliebt, und ich werde es immer tun.« Ich senkte den Kopf, auch weil ich maßlos über mich selbst staunte, gleichzeitig fühlte, daß ich endlich mal die Wahrheit sagte; Frau Doktor und der Pfarrer hievten mich jetzt vom Podest. Ich schluckte gegen meine Tränen an. Gleich darauf setzte die Orgel ein. Es dauerte ein bißchen, bis ich durch die strömenden Tränen das Stück erkannte: »Don't leave me this way« von Jimmy Somerville, in einer ziemlich abgefahrenen Kirchenorgelfassung.

35. Geschäftspartner

Frau Doktor bestand darauf, umgehend ins Krankenhaus zurückzufahren, und ich konnte mich von niemandem verabschieden. Sie bugsierte mich durch die Menschenmenge vor der Kapelle, durch heulende Menschen, die gleichzeitig hastig rauchten, zum Krankenwagen vor der Einfahrt. Natürlich fand die Trauerfeier im *Wohnzimmer* statt, aber den Versuch, meine Ärztin zu überzeugen, dort hinzufahren, unternahm ich nicht einmal. Ich hätte jetzt wirklich ein Bier gebraucht, und ich hätte meinen rechten Fuß dafür gegeben, mit Walter, Gonzo, Chrissie, sogar Oskar sprechen zu dürfen. Und, vor allem, mit Andrea. Der Rollstuhl wurde fixiert, der Wagen setzte sich in Bewegung. Ich saß hinten, hörte von vorne Adult-Contemporary-Geplätscher, das Knattern des Funkgeräts, war allein mit meinen Gedanken. Frau Doktor fuhr in ihrem A-Klasse-Daimler hinterher.

Meine OP werde eine Stunde später stattfinden, sagte die Ärztin, als wir vor dem Krankenhaus angekommen waren. Sie verabschiedete sich von mir, nahm meine rechte in beide Hände und sah mich an, als wäre ich ein verschollener Bruder.
»Ich beneide Sie um Ihre Freunde«, sagte sie, ihr wirklich hübsches Gesicht wies noch leichte Spuren der Beerdigung auf.
Ich lächelte schief.
»Mit einer anderen Haarfarbe sähen Sie rattenscharf aus«, erklärte ich, wußte aber nicht, ob das Kompliment ankam, und auch nicht, ob es ankommen sollte. Sie drehte sich auf dem

Absatz um und ging, aber ich meinte im letzten Moment noch wahrgenommen zu haben, wie abermals Blut in ihre Wangen schoß.

Ein Krankenpfleger schob mich durch die Gänge, in den Fahrstuhl und wieder hinaus, und als wir nach meinem Gefühl schon in der Nähe meines Zimmers waren, kamen wir an der geöffneten Tür eines Mehrbettzimmers vorbei, in dem ziemlicher Betrieb herrschte. Ich sah einen Mann im Bett liegen, gleich hinter der Tür, einen reglosen Mann mit sehr buschigen Augenbrauen. Eine Schwester zog vorsichtig ein Gestell unter seinen Beinen hervor.

»Halt!« rief ich. Mir lief ein Schauer über den Rücken. Der Pfleger stoppte. »Ich kenne diesen Mann«, sagte ich.

»Oh«, meinte der Krankenpfleger nur.

Ich richtete mich vorsichtig auf. Kein Zweifel, das war Peter Denker. Der Herr, dessen Taxiknecht ich sein durfte. »Was ist mit ihm?« fragte ich den jungen Menschen hinter mir. Er ging hinein, redete mit einem bekittelten älteren Herrn, der an Denkers Bett stand und einen Klemmhefter in den Händen hielt; ich bemerkte ein Kopfschütteln.

»Verstorben«, sagte der Pfleger, als er wieder hinter mir stand, völlig emotionslos.

»Verstorben«, wiederholte ich und starrte das fahle Profil mit den mächtigen Augenbrauen an.

»Ja«, erklärte der Pfleger. »Ein Verwandter von Ihnen?«

»Nein, eher nicht. Ein ... ein Geschäftspartner.«

»Aha.« Er schob mich weiter, Denker verschwand nach hinten aus meinem Gesichtsfeld. Etwas berührte mich, es erstaunte mich. Ich verspürte Mitgefühl.

36. Amputation

Nach zwei Wochen wurde mein Bein vom Gips befreit. Die anderen Verletzungen hatte ich beinahe schon vergessen; das Gedächtnis ist ein toller Apparat – die schlechten Sachen stopft es einfach in die Biotonne, früher oder später. Ich konnte mich an die Art des Schmerzes, das Gefühl selbst schon kaum mehr erinnern. Nur der Fuß und mein rechter Unterschenkel machten noch Ärger. Im Spann war nach wie vor kein Gefühl, von Auftreten oder gar Gehen konnte keine Rede sein. Ich fiel auf die Nase, wenn ich es versuchte. Manchmal vergaß ich den Fuß einfach, vor allem morgens, und legte dann beim Aufstehen – das mir eigentlich noch nicht gestattet war – eine mördermäßige Sonne aufs Parkett.

Ich lag in einem sonnigen Dreibettzimmer, das ich mit einem Bandscheibenvorfall (Vor-Fall, nicht *Vorfall*!) und einer Unterschenkelamputation teilte. Die Bandscheibe hieß Fred und war Dachdecker, er liebte Fußball und Jason-Dark-Heftchen; der Unterschenkel hatte uns nur seinen Nachnamen genannt, Moistich oder so, und schwieg meistens, was ich irgendwie nachvollziehen konnte. Nachts heulte er im Schlaf. Er war beim Renovieren seiner Plattenbauwohnung von der Leiter gefallen, die massive Schrankwand auf ihn drauf, und seine Nachbarn hatten erst nach vier Tagen auf sein Geschrei reagiert. Es hatte Fred und mich einiges an Geduld gekostet, die Geschichte aus ihm herauszuholen. »Ich kann den Fuß noch spüren«, war das einzige, das Moistich freiwillig sagte. Immer und immer wieder. Fred nannte das Ergebnis der Amputation »Abber Fuß«: »Der Fuß ist ab. Ein abber Fuß.«

Das Reha-Zentrum war nicht so schlecht, wie ich erwartet hatte. Es gab solides Essen, ambitionierte Schwestern und einen Fernsehraum, in den mich abwechselnd verschiedene Zivis schoben und in dem ich von Fred viel – viel zuviel – über Fußball erfuhr. Wir sahen die Sportschau, DSF und Eurosport. Fred wurde ziemlich ungehalten, wenn man das Programm wechselte. Die anderen Patienten blieben nach und nach aus, meistens saßen der Dachdecker und ich alleine vor der Glotze. Seine Lieblingsbeschäftigung bestand darin, mir die Abseitsstellung verständlich zu machen, aber damit *mußte* er scheitern; niemand außer mir wußte genauer, was Abseits war. Ich steckte mittendrin.

Walter und Gonzo hatten mich ganze zwei Male besucht, aber ich machte ihnen keine Vorwürfe. Sie brachten meine Post, die ich ignorierte, bis auf die Ladung zu einem Verhörtermin, den ich telefonisch verlegte. Beide schwiegen hauptsächlich. Gonzo betrachtete die Anschlüsse in den Wänden und die Apparate an Moistichs Bett, Walter nickte fortwährend, sagte aber kaum etwas. Ich erfuhr wenigstens, daß Andrea in Erwägung zog, das *Wohnzimmer* weiterzuführen. Daß sich Kumpelli vom Acker gemacht hatte, ein paar Tage nach der Beerdigung, schwuppdiwupp durch die geöffnete Tür, runter und weg über den Hinterhof. Im Fifo gab es keine Askie-Suppe mehr, und außerdem würde der Laden bald schließen. Gonzo nickte schweigend dazu. Ich fragte nichts. Wenn sie mir etwas hätten erzählen wollen, dann hätten sie es getan, aber offensichtlich wollten sie nicht. Andrea ließ nicht einmal Grüße ausrichten.

Siegfried kam vorbei, was mich sehr überraschte, aber sein Dorf lag ganz in der Nähe. Er nahm die Mahnungen mit, die auf meinem Nachttisch lagen, aber auch er redete nicht viel, starrte nur Moistich an, der stundenlang auf die Stelle der Bettdecke sah, wo einmal sein Unterschenkel gewesen war.

»Hast noch Glück gehabt«, sagte er zum Abschied und schob mir ein paar Hunderter zu. Ich nickte. Meine Fragen danach, wie es ihm ging, hatte er einfach ignoriert.

Mein Physiotherapeut hieß Thomas Mann, und deshalb nannten alle Patienten sein Behandlungszimmer den »Zauberberg«. Ich erweiterte das auf die gesamte Klinik, tatsächlich kam ich mir wie Hans Castorp vor, gefangen in einer Zeitblase jenseits des Weltgefüges. Alles ging an mir vorbei, aber im Gegensatz zu Manns Protagonisten litt ich darunter. Meine Welt fehlte mir, ich wollte zurück nach Neukölln. Immerhin hatte der permanente Bierdurst in der zweiten Woche etwas nachgelassen. Wir gingen eine Palette von Übungen durch, meistens drei- oder viermal täglich. Thomas Mann war ein Stoiker, den nichts aus der Ruhe brachte, der aber auch nicht redete, kein einziges Wort außerhalb der Therapieroutine. Er lächelte nicht einmal müde, wenn man ihn auf seinen Namen ansprach, sicher hatte er sich deswegen seit seiner frühen Kindheit irgendwelchen Scheiß anhören müssen. Immerhin waren Manns Werke – die des anderen – die begehrtesten Bücher in der gutsortierten Klinikbibliothek. Den »Zauberberg« las ich zweimal, weil er mir trotz vieler Vorbestellungen in die Hände geriet. Meistens tat ich nichts anderes als lesen. Lesen und Kinderschokolade futtern, die es glücklicherweise im Shop gab, obwohl hier keine Blagen therapiert wurden.

Am Ende der dritten Woche kribbelte es im Spann, zeitgleich ließ das Zwicken im Schritt nach, was ganz gut paßte, denn Tabletten und Salbe von Frau Doktor gingen zur Neige. Sie war achtundzwanzig und hieß Barbra, ohne mittleres A, wie bei Frau Streisand; Barbras selige Mama war ein großer Fan gewesen. Sie besuchte mich alle zwei Tage. Mir war durchaus klar, was das bedeutete, aber ich genoß diesen einzigen menschlichen Kontakt außerhalb der Klinik zu sehr, um in diesem Punkt Klarheit zu schaffen. Außerdem. Meine Leute schienen mich zu ignorieren, allen voran Andrea. Ich erwischte mich bei Gedankenspielen, die sich um eine großzügige Ärztinnenwohnung, ein lockeres Bohème-Dasein und bierselige Plauderrunden in Nobelbars rankten. Nicht, daß ich plötzlich auf Nobelbars abfuhr. Es waren ja nur Gedankenspiele.

Dann, am Anfang der vierten Woche, rief Walter an und erzählte mir, daß Harrys Testamentseröffnung nun nicht mehr verschoben werden könnte. Ich fragte ihn, was das mit mir zu tun hätte. Am anderen Ende der Leitung blieb es stumm, wahrscheinlich nickte Walter – und strich sich dabei mit der Hand über die Glatze.

»Eine ganze Menge«, sagte er nach einer Weile. »Nächste Woche, am Donnerstag um zwölf.« Er nannte mir eine Adresse, die ich auf der Rückseite eines von Freds Jason-Dark-Heften notierte. Fred war auf dem Zauberberg und mühte sich damit ab, den Kopf in den Nacken zu legen. Und Thomas Mann gegen den FC Bayern München aufzubringen. Nichts auf der Welt interessierte den Therapeuten weniger. Wenn ihn überhaupt irgendwas interessierte. Ich vermutete inzwischen, daß der Typ ein emotionsloser Vulkanier war oder ein Android, ein Roboter – irgendein Apparat von Sony, heimlich auf dem europäischen Markt getestet.

Zwei Tage später meldete sich mein rechter Fuß zurück. Klar, es steckten noch Nägel drin, leider aus irgendeinem Alu-Epoxidharz-Gemisch, so daß es keine Aufregung beim Durchleuchten an Flughäfen geben würde, aber ich flog ja sowieso nie irgendwohin. Am Mittwoch vor der Testamentseröffnung wurde ich entlassen.

Fred hatte Tränen in den Augen, und er nahm mir das Versprechen ab, mit ihm ins Olympiastadion zu gehen, irgendwann nächsten Sommer, wenn sein Rücken wieder mitmachen würde, wie er das nannte. Moistich starrte seinen Beinstumpf an, nickte aber, als ich »Tschüs« sagte. Ich war schon fast draußen, drehte mich nochmal um. »Das ist schlimm, das mit deinem Bein«, sagte ich zu Moistich. »Aber der Wert des Lebens wird nicht von einem Unterschenkel bestimmt. Denk mal über die Dinge nach, die dein Leben ausgemacht haben, und darüber, welche Rolle dieser Fuß dabei gespielt hat.« Ich grinste ihn an, weil er mich jetzt ansah. Er lächelte.

»Stimmt schon«, sagte er, blickte wieder auf den freien Raum unterhalb seines Knies. »Das ist es auch nicht, was mich fertigmacht.« Er nahm die Bettdecke und legte sie über den Stumpf. Seine Augen füllten sich mit Tränen. »Sie haben mich vier Tage lang schreien lassen, ganze *vier* Tage. Ich weiß, daß sie mich gehört haben müssen. Man hört jedes Scheiß-Wort in diesen Wohnungen. Aber sie haben einfach nichts getan.«

»Menschen sind so«, sagte Fred, wobei er ein zur Rolle gedrehtes Jason-Dark-Heftchen auf den eigenen Oberschenkel schlug.

»Nicht alle«, sagte ich optimistisch.

37. Bruttoregistertonnen

Ich saß im Taxi, der Fahrer wiederholte zum dritten Mal den Fahrpreis, aber ich war unfähig, irgendwas zu tun. Die Jalousien des *Wohnzimmers* waren heruntergelassen. Der Wagen hatte vor unserer Haustür gehalten, die mir unwirklich vorkam, fremd und erschütternd. »Vierunddreißig sechzig«, sagte der Taxifahrer, jetzt zum vierten Mal. Ich zog einen von Siegfrieds Hundertern hervor und hätte fast »Stimmt so« gesagt, bis das ungewohnte Grün des Scheines mein Gehirn erreichte. »Vierzig«, sagte ich, nahm das Wechselgeld und humpelte vorsichtig zum Bürgersteig. Die Taxe dieselte von dannen, schräg gegenüber lehnte Beißer an seinem Fahrrad, um es mit einem Dutzend Schlösser vor dem *Asül* festzumachen. Als er fertig war, sah er mich und nickte kurz, so als hätten wir am gestrigen Abend noch mehrere Runden Pool gegeneinander gespielt. Dann drehte er sich um und ging in die Kneipe. Es war kurz vor sieben, abends. Ich atmete tief ein. Es roch nach Neukölln. Es roch nach Heimat. Ich hatte Angst. Niemand wußte, daß ich nach Hause kam. Würde es jemanden *interessieren*?

Auf dem Bürgersteig rannte ich beinahe in zwei Gestalten, die im Dämmerlicht kaum auszumachen waren, weil sie ganz in Schwarz daherkamen, sogar Rollis trugen, was ich seltsam fand, schließlich war es recht lau. Sie traten zur Seite, schienen in Eile, ignorierten mich. Ich sah ihnen einen Moment lang nach, die beiden kamen mir bekannt vor. Ein Gefühl, das man in Neukölln häufiger hat. Ich grübelte, dachte an die zwei Hiwis, die manchmal auf Denkers Hinterhof herumgemacht hatten. Ein kurzer, dicker und ein langer mit breiten Schultern. Das konnten die beiden gewesen sein. Egal. Ich drehte mich zum Haus.

Ich fühlte mich, als wäre ich jahrelang weg gewesen, und noch seltsamer war es, am Geländer in den fünften Stock hochzuhangeln. Auf jedem Absatz machte ich halt; mein Fuß pumpte und pochte. Aber ich spürte und liebte ihn dafür, daß er rumorte, und dachte an den armen Moistich. Vor unserer Wohnungstür setzte ich mich auf die letzte Treppenstufe. Neben mir stand die billige, nach Plastik stinkende Sporttasche, die meine Habseligkeiten enthielt. Die hatte ich einmal an meiner Tanke bekommen, schon nach der ersten Befüllung, da mein Daimler achtzig Liter Super schluckte – irgendein seltsames Rabattsystem. Ich vermißte den Hobel. Ich vermißte eine ganze Menge. Und ich hatte das Gefühl, am falschen Platz zu sein, hier nicht mehr herzugehören. Ich stand auf und griff meine Tasche, wußte einen Moment lang nicht, ob ich auf Nimmerwiedersehen weggehen sollte, irgendwohin – allerdings nicht in eine Kneipe, darauf hatte ich erstaunlicherweise keinen Bock –, oder doch einfach durch diese Wohnungstür.

Die Tür ging auf. Plötzlich wurde es laut im Treppenhaus, im gleichen Moment schaltete sich die Beleuchtung ab. Aus unserer WG drangen die Stimmen von Menschen, vielen Menschen.

»Bist du das?« fragte eine Stimme, die ich zuletzt gehört hatte, als sie »That's what friends are for« gesungen hatte. Ich hielt den Atem an. Die Geräusche aus der Wohnung verstummten plötzlich. Meine Plastiksporttasche wog auf einmal fünfzig Bruttoregistertonnen. Ich preßte die Lippen zusammen und atmete leise durch die Nase, wie nach dem Unfall.

»Henry?« fragte Andrea. Dann ging das Licht wieder an. Da stand sie, in der Tür, eine Hand auf der Klinke und die andere am Rahmen, kurz über dem Lichtschalter. Sie war schöner, als ich sie in Erinnerung hatte.

»Henry!« schrie sie, ihr Gesicht färbte sich. Sie ließ die Tür los und kam auf mich zu, umarmte mich. »Henry«, wiederholte sie, als wüßte ich selbst nicht, wie ich hieß, deshalb sagte ich: »Ja. Andrea.«

»Ja«, sagte sie und küßte mich auf den Mund.

38. Prozeß

Vier Monate später

Die Anklage lautete auf Straßenverkehrsgefährdung mit Unfallfolge in Tateinheit mit Trunkenheit beim Führen eines Kraftfahrzeugs, womit sie den verstorbenen Hobel meinten, der inzwischen Würfelform angenommen hatte. Kutzek verteidigte mich, das hatte er von sich aus angeboten. Ein solider Feierabendalkoholiker würde den Weltmeister im Besoffenfahren vertreten. »Zwei-sieben«, sagte seine Sekretärin, eine schnippische Türkin, als ich zur ersten Vorbesprechung kam. »Das ist Rekord bei uns.«

»Ich hol mir die Urkunde später«, antwortete ich.

Kutzek hatte einen Gutachter bestellt, der eine halbe Stunde mit mir schwatzte, und er erstellte kühne Schriftsätze, die mich ehrlich beeindruckten, ein Bild von mir zeichneten, das ich fast zu positiv fand. Langsam fühlte ich mich in seiner muffigen, mit roten Aktenordnern vollgestopften »Kanzlei« heimisch, und er schien das Ganze irgendwie humorig zu nehmen.

»Jedenfalls ist das Dauerschuldverhältnis vom Tisch«, sagte er zwei oder drei Male, um mich aufzumuntern, womit er meinen haarigen Denker-Vertrag meinte, von dem er mir eine Kopie abgeschwatzt hatte – »als Vorlage«. »Andererseits ... wir müssen von einer Verurteilung ausgehen, Du wirst mit einer hohen Geldstrafe rechnen müssen. Der Tatbestand ist ja eindeutig. Und die Fahrerlaubnis dürfte noch ein gutes Jahr auf Eis liegen. Mindestens. Die Personenbeförderungserlaubnis allerdings ...«

»Das ist schon okay«, unterbrach ich. Taxifahren wollte ich sowieso nicht mehr. »Vergiß die einfach.«

Seine Verteidigung konzentrierte sich darauf, daß ich in dieser Hinsicht noch nie auffällig geworden war, schließlich standen meine zwölftausend Strafzettel nicht im Registerauszug, und bis zur Beugehaft hatte ich es nie kommen lassen. Der zweite Pfeiler seiner Strategie, wie er es grinsend nannte, waren die besonderen Umstände – Harrys Tod. Das behagte mir eigentlich nicht, aber Kutzek meinte, daß man in einem solchen Fall auch mal pietätlos sein könnte – außerdem stimmte es ja. Zum dritten war ich ehrlich reuig. Und *das* stimmte auch. »Du hättest dich töten können und andere. Oder schwer verletzen«, hatte Andrea ein paarmal zu mir gesagt. »Völlig grundlos, einfach so.« Ich hatte genickt und an Moistich gedacht, den Mann mit dem gekappten Bein. Ein Opfer der Gedankenlosigkeit anderer.

Zur Verhandlung vor dem Amtsgericht Neukölln marschierten alle an, obwohl keiner als Zeuge geladen war. Walter kam aus München, von wo aus er das deutsche Management von Brittany McDonald leitete, die er fast jedes Wochenende sah – »Aber es gibt nichts Interessantes zu erzählen. *Noch nicht*« –, Gonzo aus Schmökendorf, sogar Siegfried aus seinem Nest bei Beelitz. Oskar, Iggy und ein paar andere *Wohnzimmer*-Stammgäste hockten auf der abgenutzten Holzbank vor dem Gerichtssaal, in dem über mich befunden werden sollte. Sie schauten sich um, als wären sie selbst angeklagt. Kutzek steckte in der Robe und sah aus wie ein besoffener Pinguin. Andrea wollte meine Hand einfach nicht loslassen, wir verschwitzten einander.

Etwas später trafen die echten Zeugen ein, die beiden Polizisten, die mich befreit hatten, Waldberg begrüßte mich mit Handschlag und fragte grinsend nach einem Taschentuch. Kurz darauf kam eine Leiche angeschlurft, ein kalkweißer

Mann mit einem schmutzigen Schnauzbart, im verschlissenen Sakko, der schon von weitem nach Kneipe roch. Kutzek ging auf ihn zu und gab ihm die Hand: »Hallo, Willy.« Der *Hölle*-Zapfer sagte: »Tach, Kutzek.« Er sollte bestätigen, daß ich wenige Minuten vor dem Unfall aus der ein paar hundert Meter entfernten Kneipe gestolpert war. Wäre ich ein Richter gewesen, diesem Zombie hätte ich keinen Glauben geschenkt. »Wird schon«, hatte Kutzek auf meine Einwände hin gesagt.

Meine Sache wurde aufgerufen. Wir gingen allesamt hinein, der Richter fragte die Zeugen ab, die geladen worden waren, und bat sie, den graubraunen Saal wieder zu verlassen, meine Leute setzten sich hinten auf die Besucherbänke. Ich nahm auf dem Delinquentenstuhl Platz im Angesicht des Richters, Kutzek links neben mir, an der anderen Seite des fragilen Tisches, auf dem er Aktenberge schichtete. Die Staatsanwältin war eine junge Frau, die rote Haare hatte und mich an Barbra erinnerte. Sie legte fünf Packungen Tempotücher neben ihre Akten, ihre Nase schimmerte in Rougetönen.

Der Richter war ein durchaus sympathischer Endvierziger, der sehr gepflegt wirkte. Seine Frisur kaschierte kunstvoll, daß er nur noch wenige Haare hatte. Als er das Verfahren eröffnete, mußte ich breit grinsen, weil ich ihn schließlich an der etwas zu hohen Stimme erkannte; diesen Mann hatte ich schon mal getroffen, zusammen mit Harry, an einem der Abende, als er mich in diesen schmierigen Tuckenclub in der Urbanstraße mitgeschleppt hatte. Harry war in einer seltsamen Stimmung gewesen, hatte alle Baggerversuche abgewiesen und mit mir an der Bar gesessen. Und der Richter, neben uns, hatte alle Geschütze aufgefahren, *mich* abzuschleppen. Ich hatte höflich, aber bestimmt gegengehalten. Schließlich war er mit einem Stammgast im Darkroom verschwunden.

Ich zwang mich, das Grinsen abzuschalten. Der Richter sah es jetzt auch und betrachtete mich einen Moment lang nachdenklich. Dann verlas die Staatsanwältin die Anklageschrift. Die Beweisaufnahme dauerte nicht sehr lange. Ich erzählte einfach, was passiert war, daß ich mich in der *Hölle* zugetankt hatte und dann in meine Taxe gestiegen war, um die paar Meter nach Hause zu fahren. Weder Staatsanwältin noch Kutzek fragten mich viel, das meiste stand in den Schriftsätzen. Man verlas medizinische Protokolle und das Gutachten, das mir ein hohes Verantwortungsbewußtsein attestierte – ich wünschte, meine dusselige Mutter wäre anwesend, um das zu hören. Kutzek redete über Zurechnungsfähigkeit. Willy, der *Hölle*-Zapfer, stammelte herum, fahrig mit den Händen wedelnd, als würde er Biergläser verteilen, bestätigte aber schlußendlich, daß ich fünf Minuten vor dem Unfall seine Kneipe verlassen hatte. Waldberg und sein Kollege berichteten vom Danach. Davon, daß ich erstaunlicherweise recht nüchtern gewirkt hatte. Der Richter starrte mich die ganze Zeit über an, wenn er nicht in Akten blätterte und Dinge wie »Band zwei, Blatt siebzehn« sagte.

Ich bekam hundertfünfzig Tagessätze, außerdem eine Führerscheinsperre für sechzehn Monate, also noch weitere zwölf, außerdem würde ich die Kosten des Verfahrens tragen müssen. Als der Richter Urteil und Strafmaß vortrug, nickte ich nur. Das war okay. Mehr als das. Die Staatsanwältin, die wegen ihres Schnupfens nur die Hälfte mitzubekommen schien, und auch Kutzek verzichteten sofort auf Rechtsmittel. Ich war jetzt zwar vorbestraft, aber mit einem blauen Auge davongekommen. Draußen fiel mir Andrea um den Hals, die anderen klopften mir auf die Schulter, aber eigentlich hätten sie mir in den Bauch boxen müssen. So was Idiotisches würde ich nie wieder tun.

Der Richter kam an uns vorbei, ohne Robe, in einem coolen hellgrauen Anzug. Er zwinkerte mir zu und stolzierte von dannen. Waldberg stellte sich zu uns, er war ein paarmal im

Wohnzimmer gewesen. »Sie waren es übrigens«, sagte er. Damit meinte er die beiden Denker-Hiwis, die ich vor unserer Haustür getroffen hatte. Der Überfall auf ihn und auf das *Wohnzimmer* ging auf ihre Kappe. Ich nickte nur. Es spielte keine Rolle mehr, Denker schloß jetzt wahrscheinlich grandiose Verträge mit ahnungslosen Engel-Frischlingen im Himmel. Statt dessen dachte ich daran, wie der Abend vor vier Monaten geendet hatte, der nach meiner Rückkehr aus der Reha und vor Harrys Testamentseröffnung.

39. Testament

Der Abend vier Monate vorher

Andreas Wohnung lag nur eine Querstraße entfernt. Wir gingen schweigend, sie bei mir eingehakt. Andrea schwankte leicht, hatte bei meiner Welcome-back-Party ziemlich gepichelt, im Gegensatz zu mir, der ich höchstens zwei Bier – und auch die sehr langsam – und ansonsten Mineralwasser getrunken hatte. Einige Fenster der Erdgeschoßwohnungen waren bereits erleuchtet, durch graue Stores konnte ich das blaue Flimmern der Fernsehapparate in preßspanmöbelüberfüllten Wohnküchen sehen, müde dicke Männer in Schießer-Unterhemden an Resopal-Küchentischen, einsame Kaffeetassen vor sich, Frauen, die sich Kittelschürzen anzogen, um einem frühen Putzjob nachzugehen. Die Luft war mild, es roch nach Abgasen, frischer Hundekacke, kranken Bäumen und ein bißchen sogar nach echtem Frühherbst. Ein bierbäuchiger Mann in Jogginghosen, weißen Socken und Sandalen kam uns entgegen, eine zittrige Hundeminiatur hinter sich herziehend, die mehrfach versuchte, irgendwo das Bein zu heben, aber immer sofort von der Leine mitgerissen wurde, ohne zum Pinkeln zu kommen. Der Mann schritt roboterhaft seinen Weg ab, ohne auf das Tier zu achten. Zwischen seinen Lippen hing eine halbgerauchte Zigarette, die nicht qualmte.

Neben der Haustür stand der grünweiße Handwagen des Zeitungsausträgers. Andrea sagte etwas, aber so leise, daß ich es nicht verstand. Wir stiegen in den zweiten Stock, im Hausflur roch es nach Putzmittel und ein klein wenig nach Lavendel. »Berach« stand auf einem hübschen Keramikschild neben der Tür. Die Klingeln in diesem Haus hatten diese Griffe, die man hochziehen und gegen den Kontakt halten muß, aus Messing oder so. In Neukölln gibt es diese Dinge noch.

Andrea mußte drei verschiedene Schlüssel benutzen. «Hier wird oft eingebrochen«, sagte sie leise und langsam. Ich nickte nur. Ich verstand zwar nicht, wonach sie suchten, denn es gab einfach keine Werte, die zu klauen es sich lohnte in dieser Ecke, aber sie taten es trotzdem. Vielleicht waren sie nur faul: In der Nachbarschaft einzubrechen war der kürzeste Weg.

In der Wohnung hing ein Aroma wie in diesen Esoterikshops, den Kerzenläden, in denen man auch Seife aus originellen Ölen und Badekugeln aus bröseligem Zeug kaufen kann. Ich fragte mich immer, wie es die Verkäuferinnen in diesem Duft aushielten, den ganzen Tag. Die Variante in Andreas Wohnung hatte allerdings eine erträgliche Intensität.

»Möchtest du einen Tee oder einen Kaffee?«

Ich nickte: «Kaffee wäre gut.« Eigentlich war mir nach hinlegen und ausschlafen, diesen traumhaften Abend in einen traumhaften Traum übergehen lassen, aber wenn Andrea mit mir Kaffee trinken wollte, dann sollte sie ihren Willen bekommen. Was immer sie wollte. Ich sah sie nur an, das war wunderbar.

Die Einrichtung überraschte mich ein bißchen. Weiße Rauhfaser, Ikea-Kommode, ein paar Spiegel, Schwarzweißfotos und Aquarelle, ein Tourplakat der Purple Notes, daneben eine goldene Schallplatte im Kunststoffpassepartout. Die Wohnung hatte eine gewisse Hotelzimmernüchternheit, als wäre Andrea nur auf der Durchreise. Die Küche allerdings strahlte die Gemütlichkeit einer Berghütte aus, verursacht vor allem durch den großen, rohen Holztisch und den alten Kachelofen in der Ecke. Auf den Kiefernholzregalen lagen massenweise Teetüten, überall standen Dosen und Gläser mit Gewürzen. Andrea setzte einen Kessel mit Wasser auf, bereitete dann eine Teekanne für sich und für mich eine dieser Durchpreßkaffeemaschinen vor. Dann verschwand sie kurz und kam mit einem Umschlag in der Hand zurück.

»Das ist für dich«, sagte sie und legte den Brief auf den Küchentisch. »Henry« stand darauf. Ich nickte, nahm den Umschlag und drehte ihn in den Händen.

»Von Harry?« fragte ich.

Andrea stand mit dem Gesicht zum Herd und beobachtete den Wasserkessel. Sie nickte. Der Brief war vor fast einem halben Jahr geschrieben worden.

Mein lieber Henry,

es ist also passiert, ich bin gestorben. Es ist seltsam, das zu schreiben, Worte an jemanden zu richten, die derjenige erst lesen wird, wenn man selbst nicht mehr am Leben ist. Ich weiß, daß ich nicht mehr viel Zeit habe, deshalb muß ich das tun. Es ist eine ganz schöne Quälerei, das kannst Du mir glauben. Ich denke nicht gerne an meinen Tod. Auf der anderen Seite gibt es ein paar Dinge, die ich Dir nur auf diesem Weg sagen kann. Vielleicht denkst Du ja auf besondere Art darüber nach, wenn ich nicht mehr bin, wie man so sagt. Also los.

Wie Du Dir denken kannst, gilt meine Hauptsorge Euch allen, Dir, Andrea, Walter, Gonzo und den anderen. Aber Ihr müßt mit Euren Leben alleine zurechtkommen. Ich könnte Dich bitten – sozusagen als letztes Versprechen –, mit der Sauferei aufzuhören. Du trinkst wirklich viel zuviel. Doch das ist letztlich Deine Sache. Du bist eigentlich intelligent genug, um das selbst auf die Reihe zu bekommen.

Ich schnaufte zustimmend. Andrea stellte mir meinen Kaffee hin, ich nahm mir Zucker und Kondensmilch. Sie setzte sich hin, mir gegenüber, umschloß ihren Teepott mit beiden Händen und betrachtete den aufsteigenden Dampf. Ich dachte an den Abend im *Würgeengel*, weiß Gott, warum.

Besonders wichtig ist mir, wie es mit dem Laden weitergeht. Es war immer mein Traum, einen Platz zu schaffen, an dem sich alle wohl fühlen, wo Leute Freundschaften schließen und der in ihren Herzen einen besonderen Stellenwert hat. Das Wohnzimmer ist dem ziemlich nah gekommen, finde ich. Ich möchte unbedingt, daß die Kneipe weiterexistiert. Ich weiß nicht ganz, wie ich es sagen soll. Vielleicht einfach so: Ich möchte, daß Du das Wohnzimmer weiterführst, gemeinsam mit Andrea. Es ist schuldenfrei, und der Vermieter wäre einverstanden.

»Weißt du, was in diesem Brief steht?«

Andrea nickte. »Lies zu Ende«, sagte sie, auf ihren Tee pustend.

Das hört sich vielleicht merkwürdig an. Ich bitte Dich, weniger zu saufen. Gleichzeitig trage ich Dir an, eine Kneipe zu führen. Die größten Säufer stehen hinter dem Tresen, sagt man. Aber vielleicht wäre es eine Chance für Dich. Wenn Du ehrlich bist, dann ist die Taxifahrerei auch kein Vergnügen mehr, oder? Gut, eine Kneipe ist möglicherweise auch nicht die Zukunftsperspektive, von der man träumt. Aber im Moment hast Du, sei mir nicht böse, eigentlich überhaupt keine Perspektive. Stimmt doch. Dein Leben hat keine Richtung, Du lebst von einem Tag zum nächsten.

Aber da ist noch etwas anderes. Ich glaube, daß Ihr beide, Du und Andrea, richtig gute Freunde werden könntet. Ihr könntet Euch gegenseitig helfen, so verschieden, wie Ihr seid. Es hört sich vielleicht etwas egoistisch an, aber diese Lösung würde zwei Fliegen mit einer Klappe schlagen: Das Wohnzimmer würde weiterleben, und ihr beide, die beiden Menschen, die mir am wichtigsten sind, würden es machen. Ich finde den Gedanken sehr schön. Bitte, bitte, mein lieber Henry, denk wenigstens ernsthaft darüber nach! Taxifahren kannst Du immer noch, wenn es nicht klappen sollte.

Ich will mich nicht verabschieden. Nicht in diesem Brief.

Dafür habe ich noch zu viel Hoffnung, daß es vielleicht doch weitergeht, daß sie ein Mittelchen finden.

Ich liebe Dich,

Dein Harry

P.S.: Wenn Du ablehnst, was ich nicht hoffe, hast Du ab dem Tag meines Todes alle Getränke frei – solange das Wohnzimmer existiert. Die Leute im Laden wissen Bescheid.

»Warum hat er nicht mit mir darüber geredet?« fragte ich, mir die Tränen mit dem Handrücken wegwischend. Andrea legte ihre Hand auf meine. Ich ergriff ihre.

»Er hat sich nicht getraut. Er hatte Angst, du würdest ablehnen.«

»Verstehe.« Wahrscheinlich hätte ich als erste Reaktion wirklich den Kopf geschüttelt. Meine Versuche, hinter dem Tresen zu arbeiten, waren allesamt auf famose Weise gescheitert. Und das hier war noch eine ganz andere Nummer: Verantwortung, *viel* Verantwortung – für die Gäste, für das Personal, darüber hinaus finanzieller Streß. Eine eigene Kneipe, das war etwas Festes, etwas Unveränderliches, etwas, um das man sich kümmern mußte, pausenlos, Tag für Tag. Meine größte Verantwortung hatte bisher darin bestanden, dem Hinterhofluden die monatliche Rate zu zahlen. Ab und zu für die Miete zu fahren. Kumpelli zu füttern und sein Katzenklo zu reinigen. Henry, der Wirt. Das klang seltsam. Bis vor ein paar Stunden, im Taxi von der Reha, hatte ich keine Ahnung gehabt, was aus meinem Leben werden würde. Aber das war ja nie ein ungewöhnlicher Zustand gewesen, bis jetzt.

»Was sagst du dazu?« fragte ich.

Sie hob den Kopf. »Ich weiß nicht.« Ihre Wangen waren tränennaß. »Du hörst das morgen sowieso noch mal, das Testament entspricht dem ziemlich.« Sie wischte sich mit dem Handrücken über das Gesicht. »Schlaf darüber«, sagte sie. »Rede mit den anderen. Wenn du es versuchen willst, bin ich dabei, wahrscheinlich.« Sie pausierte kurz. »Nein, ich bin sogar ziemlich sicher dabei. Aber du mußt das nicht jetzt entscheiden.«

Ich brummte und las den Brief abermals. Entschieden hatte ich mich längst. Deshalb nickte ich.

»Laß uns schlafen gehen«, sagte Andrea dann. Sie sah mir ins Gesicht, fest, trotz ihrer leichten Trunkenheit enorme Selbstsicherheit ausstrahlend. Sie wirkte erschöpft und fröhlich zugleich, wie jemand, der grinsend hinter der Marathon-Ziellinie zusammenbricht. Sie freute sich, und diese Freude betraf auch mich, vielleicht sogar vor allem mich.

»Wir beide?« fragte ich gekünstelt-skeptisch, hielt aber ihrem Blick stand.

Sie nickte langsam. »Ich will nicht allein sein. Sei einfach bei mir, bitte.« Und dann, nach einer kleinen Pause: »Ich will wissen, wie das ist.«

Ich nickte ebenfalls. *Das* wollte ich auch.

Andrea schlief sofort ein, nackt, an mich gelehnt, ihren Kopf auf meiner Schulter. Ich streichelte ihren wunderbaren, ebenmäßigen Rücken, der sich gegen meine Hand zu drücken schien, atmete ihren Duft, eine Mischung aus Rauch und irgendeinem Parfüm, die in ihren Haaren hing. Ich hatte meine Unterhose anbehalten, in der sich eine Erektion in den Bund drückte, wünschte mir, ihren Hintern zu streicheln, mit der Hand sanft zwischen ihre Beine zu fahren. Aber gleichzeitig war ich voller Panik, daß sie erwachen würde, um doch noch mit mir zu schlafen: Das wollte ich aus irgendeinem Grund nicht, noch nicht. Also lag ich wach, obwohl ich steinmüde war, während die Sonne aufging und Andreas Schlafzimmer in milchig-gelbes Licht tauchte. Viel, viel später schlief ich ein. Mein letzter Gedanke war, daß ich lernen mußte, das Glück zu schätzen, das mich gerade ereilte.

Ich erwachte gegen zwölf, so lange hatte ich in den vergangenen vier Wochen nie geschlafen. Auf dem Kopfkissen lag ein Zettel: *Wir sehen uns beim Notar*, daneben ein Smiley. Darunter stand die Adresse, die ich bereits auf Freds Jason-Dark-Heftchen notiert hatte. Im Schlafzimmer gab es keinen Fernseher. Ich ging in die Küche, machte mir einen Kaffee und fand im kleinen, ebenfalls recht nüchtern eingerichteten Wohnzimmer die Glotze. Wie im Hotelzimmer lag die Fernbedienung auf dem Gerät, dessen Hauptschalter ich erst betätigen mußte. Andrea sah offensichtlich nicht häufig fern.

Auf RTL lief *Punkt zwölf*, die Nachrichtensendung, in der es keine Nachrichten gab und die von der strohhaarigen Betroffenheitsimitatorin moderiert wurde, die über ganze zwei Gesichtsausdrücke verfügte. Ich schaltete das Gerät sofort wieder aus, mit dem Hauptschalter, versteht sich, und schlürfte nachdenkend meinen Kaffee. Nach einer Weile bemerkte ich, daß ich grinste. Und ich hatte alle Gründe dazu.

Epilog: Idiotentest

Ein Jahr später

Mit dem Taxi hätte ich den Weg in die Franklinstraße blind gefunden, aber öffentliche Verkehrsmittel stellten immer noch eine solide Herausforderung dar. Also saß ich in der U-Bahn, die feuchtkalten Hände zwischen die Oberschenkel gelegt, starrte abwechselnd auf den kaum zu entziffernden Fahrplan, eine Art Strickmuster für besonders abgefahrene Handarbeiterinnen, und die Monitore, die an der Decke hingen und Trivia aus den Tageszeitungen anzeigten, Werbespots und solche Sachen. Ich vermißte meinen Fernseher nicht, nach der Nacht bei Andrea hatte ich ihn neben die Mülltonnen gestellt, und als ich ganze sieben Minuten später wieder in den Hof gekommen war, fehlte er bereits.
Am U-Bahnhof Alexanderplatz verpaßte ich beinahe den Ausstieg, weil ein angeblich HIV-positiver Arbeitsloser gerade ein Lied sang, in dem er zur Melodie von »Bridge Over Troubled Water« all sein persönliches Ungemach zur Kenntnis gab, um eine Zeitung zu verkaufen, die sein drittes Handicap – das Fehlen eines festen Wohnsitzes – zum Gegenstand hatte und deshalb eigentlich uninteressant war für die meisten Fahrgäste, wie ich annahm. Aber der Typ sang nicht einmal schlecht, und ich war tatsächlich versucht, einen halben Euro in die muffige Wollmütze zu werfen, als ich beim zweiten Hinsehen den Bahnhofsnamen erkannte. Ich wand mich durch die zusammenzischenden Türen. Meine feuchtkalten Hände wurden noch feuchter. Alexanderplatz. Früher, vor dem Gebrauchtlandkauf, waren die Züge hier langsam hindurchgerattert, und

wir, meistens in Begleitung staunender Westtouristen, hatten auf vermauerte Ausgänge gezeigt oder auf die *Grepos*, DDR-Grenzpolizisten, die sich mit ihren Kalaschnikows in die Schatten der grauen, bröckelnden Pfeiler gedrückt hatten. Üblicherweise hielt ich mich seitdem hier äußerst selten auf.

Ich fand meinen Anschlußzug, erwischte noch einen Blick auf die Bahnhofsuhr. Ausreichend Zeit. Meine MPU würde um elf beginnen, es war zwanzig nach zehn. Ich lehnte mich zurück. Mir gegenüber saß eine Frau unbestimmbaren Alters, deren Gesichtsgrau in die Farbe ihrer holzigen Haare überging. Alle zwei Minuten muhte sie lautstark und ausgiebig, große gelbe Zähne zeigend, was offensichtlich ihre Art zu gähnen war. An der Tür pendelte ein türkischer Endvierziger hin und her, der seine Hände nicht zum Abstützen benutzen konnte, weil er in der linken eine Zigarette und in der rechten ein Feuerzeug bereithielt. Irgendwo zwischen zwei Bahnhöfen erschütterte ihn ein kolossaler Husten, bei dem er den Mund weit offen und die Zunge heraushängen ließ.

Am Ernst-Reuter-Platz atmete ich tief durch, und ich mußte an meine Zufallsbegegnung mit Tina denken, die hier in mein Taxi geklettert war, gleich nach dem Schweißmann mit dem feuchten W auf dem Rücken. Das war lang her. Anderthalb Jahre. Äonen. Ich versuchte mich in den Henry von damals zu versetzen, schüttelte den Kopf und orientierte mich statt dessen.

Die Gegend kannte ich eigentlich gut, schließlich hatte ich mal studiert, oder es zumindest versucht – die Technische Universität umgab den Ernst-Reuter-Platz, erstreckte sich in alle Nebenstraßen. Genaugenommen kehrte ich zurück; die MPU wurde von der TU durchgeführt. Ich hätte auch zum TÜV gehen können, aber irgendwie lag mir etwas daran, durch meine ehemaligen Leute auf medizinisch-psychologische Straßenverkehrstauglichkeit geprüft zu werden. Klar, das wären nicht *meine* Leute. Ich kam als einer von vielen, der besoffen gefahren war und jetzt auf seine Rehabilitationsfähigkeit hin überprüft werden mußte.

Ich checkte ein, übergab meine Unterlagen, die Bluttests vom Hausarzt – ab sofort hatte ich einen *Haus*arzt! –, meine Einzahlungsquittung. Dann durfte ich ins Wartezimmer, wo die anderen Delinquenten saßen, besorgt an die Wände starrten, in die aktuelle *B.Z.*, meistens auf den Fußboden. Es roch seltsam, nach einer Mischung aus Putz- oder Desinfektionsmittel und Jägermeister, ich lächelte einem Burschen zu, der eine tiefrote, kartoffelige Nase hatte, schweißdurchtränkte Wuschelhaare und eine eindeutig flaschenförmige Ausbeulung in der Tasche seines billigen Jacketts. Ich lächelte. Keine Ahnung, warum, aber ich lächelte. Auf einem verkratzten Glastisch lagen Broschüren, Werbeprospekte von Alkoholiker-Selbsthilfegruppen, Flyer von Beratungsfirmen, die Unterstützung beim Absolvieren der MPU boten. Ich schnappte mir einen Stapel, blätterte, las nicht, konzentrierte mich auf die Geräusche: den rasselnden Atem eines Männerfasses zwei Sitze weiter, dem anzusehen war, daß er ganz unbedingt eine halbe Schachtel Kippen und ein Großes Herrengedeck brauchte, ambulant und innerhalb der nächsten zwei Minuten. Das Hochziehen eines bleichen Mittzwanzigers, der auf seinen Händen saß und in dessen geröteten Nasenlöchern der Rotz glänzte. Das Tuscheln des ältlichen Ehepaars, das sich besorgt in die Augen sah, die Hände ineinander verkrampft, als säßen sie im Bunker, 1945 bei der Bombardierung von Dresden. Wer von beiden wohl reinmußte? Ich tippte auf sie, denn seine Fahne war eindeutig MPU-untauglich.

Irgendwann hörte ich meinen Namen.

Der Arzt hätte auch in einen Bunker gepaßt: blaß, fahrig, dürr, desinteressiert, unkonzentriert. Er sah mich kaum an, mied sogar meinen Blick, blätterte durch Blutwerttabellen, wies mich nuschelnd an, meinen Oberkörper freizumachen, drückte an mir herum, bat mich darum, mit geschlossenen Augen an meine Nase zu fassen, stieß seinen Zeigefinger in meinen Unterleib. Ich lächelte weiter, irgendwie war es ja auch amüsant. Zehn Minuten später saß ich wieder im Wartezimmer; der Mann des Bunkerpaares fehlte, die Kartoffelnase auch.

Dann der Psychologe – der Kern des Tests. Eine MPU bestand aus drei Komponenten, der ärztlichen Untersuchung, einem »allgemeinen Verkehrstauglichkeitstest« und der psychologischen Begutachtung. Ausschlaggebend aber war, was der Psychotyp von einem dachte. Meine Zwei-sieben stempelten mich zum soliden Vollalkoholiker, und vor etwas mehr als einem Jahr hätte diese Einschätzung auch sicher gestimmt.

Der Mann war nicht alt, vielleicht Anfang Dreißig. Er saß hinter seinem Preßspanschreibtisch, in einem Büro, das der selige Denker eingerichtet haben könnte. Auf der Fensterbank standen trübgrüne Kakteen, auf dem Tisch lagen stapelweise Akten in roten Ordnern, deren Umschläge vollgekritzelt waren. Es war nicht staubig, sah aber aus, als wäre es staubig. Der Psychologe hatte dünne Haare und eine flächige Tonsur, die fast bis zu seinen Ohren reichte. Seine Nase war leicht schief, seine Lippen blaß, fast blutleer. Aber er lächelte mich an, auf seltsame Art schüchtern, und gab mir seine Hand.

Als ich vor ihm saß, fragte er: »Und? Wann haben wir unser letztes Bier getrunken?« Der Tonfall sollte provozierend sein, vielleicht ein bißchen herablassend, aber es klang in erster Linie routiniert. Ich unterdrückte sämtliche Impulse, schnippisch zu sein – allein die Fragestellung schrie nach mindestens einem halben Dutzend lakonischer Antworten –, und antwortete wahrheitsgemäß: »Das letzte alkoholhaltige vor einem Jahr.«

Als ich das sagte, überkam mich maßloses Erstaunen. Mein Rücken kribbelte; eine Gänsehaut. Meine Ohren spannten auf seltsame Art, meine Kopfhaut auch. Ich hatte mein letztes richtiges Bier tatsächlich vor mehr als zwölf Monaten getrunken. Die Nachricht war eigentlich so unglaublich, daß ich mich fast schämte, obwohl es die Wahrheit war. Er grinste.

»Ach«, sagte er. »Und woher kommt diese Wandlung vom Saulus zum Paulus?«

Ich grinste ebenfalls, hätte dem armen Mann nun erklären können, daß die paulinische Geschichte mit dieser Metapher keine wirkliche Verbindung besaß, wie ich im Rahmen meiner Reha-Lektüre erfahren hatte, nickte statt dessen und sagte: »Ich denke, ich habe etwas gelernt. Spät, aber hoffentlich nicht zu spät.«

»Und was?« Er klang nicht gelangweilt, aber auch nicht überrascht. In der Hauptsache auch wieder routiniert, wahrscheinlich.

Ich atmete tief durch, versuchte aus dem Grinsen ein Lächeln zu machen. »Es ist eine Frage der Verantwortung. Wenn man säuft, dann bezieht man alles nur noch auf sich selbst, aber tatsächlich wirkt es sich auf viele andere, *alle* anderen aus. Man wird zur Gefahr. Das ist nicht okay, weder für sich selbst noch für die anderen.«

Er zog die Stirn kraus und sah mir jetzt erstmals direkt ins Gesicht. »Sie waren Taxifahrer.«

Ich nickte langsam.

»Und jetzt soll ich Ihnen glauben, daß Sie ...«

»Zwölf Monate.«

»... ein Jahr lang keinen Alkohol mehr getrunken haben?«

»Fragen Sie den Arzt.«

Er grinste wieder. »Ihre Werte sind in Ordnung.«

Ich nickte. Es war ein gottverdammtes Wunder. Ein halbes Jahr, und meine Organe taten so, als hätte Jack Daniel's niemals existiert. Ich bekam Durst bei dem Gedanken.

Minuten später versuchte er es auf die Kumpeltour, Motto: *Mir können Sie es doch erzählen*, aber es gab nichts zu erzählen, ich sagte ja die Wahrheit. Außerdem war der Typ nicht mein Kumpel, aber das Thema vermied ich. Anschließend kam die Mitleidsmasche, er erzählte von einem Ehepaar, das ihn fast zu Tränen gerührt hatte, sein Gutachten wäre positiv ausgefallen, wäre er den beiden nicht hinterhergegangen, um noch etwas zu fragen, um sie dann unfreiwillig dabei zu belauschen, wie sie sich über ihn lustig machten und den nächsten Kneipengang planten. Ich lächelte freundlich und mitfühlend, nickte, sagte aber nichts, das mich belastet hätte. Nach einer guten halben Stunde war der Spuk vorbei. Wir schüttelten einander die Hände, länger, als erforderlich gewesen wäre, er sah mir in die Augen und sagte: »Das war ein interessantes Gespräch. Wußten Sie, daß die Sache mit Saulus und Paulus eigentlich Unfug ist?«

Ich nickte und ging.

Zwanzig Minuten später war ich draußen; der Verkehrstauglichkeitstest war lachhaft, ein paar Reaktionsspielchen, ein paar Verkehrsfragen à la: »Was machen Sie, wenn ein Ball auf die Fahrbahn rollt? – Hupen und zügig weiterfahren? – Abbremsen und mit der Möglichkeit rechnen, daß spielende Kinder dem Ball hinterhergelaufen kommen?«

Und dann war's vorbei. Ich stand auf der Franklinstraße, sah den Autos hinterher, beobachtete Fußgänger, suchte in den Zweigen der wenigen Bäume nach Vogelnestern. Und ich dachte an Andrea, ob sie wohl stolz auf mich sein würde, wenn wir uns in einer halben Stunde trafen. Ich lächelte, drehte mich zu dem Gebäude um, in dem die Kartoffelnase und das Bunkerpärchen noch darauf warteten, die Saulus-Paulus-Frage gestellt zu bekommen, deutete eine Verneigung an, die niemand sah, außer vielleicht die Vögel in einem Nest, das ich nicht entdeckt hatte, und setzte mich in Richtung U-Bahnhof Ernst-Reuter-Platz in Bewegung. Ich war keine zweihundert Meter gegangen, da kam mir ein Taxi entgegen, dessen Schild beleuchtet war, und ich hob die rechte Hand. Ich konnte es nicht erwarten, Andrea zu sehen.

Sie stand hinter dem Tresen, goß geschlagene Milch in ein halbvolles Glas mit Kaffee, um Latte Macchiato herzustellen, Milchkaffee für Leute, denen der Name wichtiger ist als das Getränk. Sie war konzentriert dabei, hatte nicht mitbekommen, daß ich eingetreten war; ich schloß die Tür leise, blieb stehen und schaute mich um. Kein Gesicht, das ich kannte, bis auf Brausepaul, der an seinem Stammtisch hockte, den dicken Edding in Schulterhöhe hielt und gerade drei Finger der anderen Hand befeuchtete, um zur nächsten Zeitungsseite zu blättern. Andrea stellte das große, dickwandige Glas auf ein kleines Tablett und ging zu einem Tisch, an dem ein Studityp saß, der einen minenlosen Stift in der Hand hielt und auf einem Organizer herumtippte. Sie bückte sich leicht, stellte das Glas ab. Andrea trug eine hellgrüne Bluse, einen oberschenkellangen schwarzen Rock, dunkel-transparente Strumpfhosen und mittelhochhackige Stiefel, die die Hälfte ihrer Waden bedeckten. Sie war fünf oder sechs Meter entfernt, und ich spürte den unbändigen Impuls, meine Hand auszustrecken und ihre bestrumpften Knie zu berühren. Und außerdem war ich eifersüchtig. Als sie sich umdrehte, sah sie mich.

Nach dem Kuß, der mir die Chance gab, dem Knieberührimpuls nachzugeben, legte sie ihre Wange an meine und fragte: »Und?«

Ich lächelte sie an, nahm ihre rechte Hand, führte sie mir an den Mund, vernahm das Aroma von Kaffee, Kneipe, Leben, Nähe, küßte ihren Handrücken und sagte: »Es gibt zwei Dinge, die ich jetzt unglaublich gerne täte.«

Sie hob eine Augenbraue.

»Das erste machen wir später, und vorher trinke ich *ein* kleines Bier.«

Andrea lächelte. »Ich habe für dich gekocht.«

Sie verschwand in der Küche, und ich betrachtete den Laden, *unseren* Laden, der noch viel von dem hatte, das zu Harry gehörte, aber trotzdem verändert war. Ein Anflug von Melancholie überkam mich, als ich das Gemälde ansah, das Oskar von Harry gemalt hatte – es war richtig gut –, und an meinen verstorbenen Freund dachte, daran, daß wir Walter nur noch selten zu sehen bekamen und von Gonzo fast nur noch hörten, da er sich in der brandenburgischen Provinz – ohne Susanne – pudelwohl fühlte.

Das *Wohnzimmer* funktionierte gut unter unserer Führung, und wir funktionierten auch, weil ich mich gut führte – und dabei gut fühlte.

»Guten Appetit«, sagte Andrea, stellte mir zwei Suppentassen hin. »Erst die, dann die andere.«

Es dauerte ein Weilchen, bis ich die Askie-Suppe entziffert hatte. *Du bist kein Idiot*, lautete die erste Botschaft. Die in der zweiten Schüssel war einfacher. Drei Worte. Ich schob Kombinationen wie *Bleich dich, Ei* oder *Bei Hilde chic*, um Andrea ein bißchen zu ärgern. Sie grinste, kam um den Tresen herum, legte ihre Hände auf meine Schultern, küßte meinen Nacken. »Da ist noch etwas.« In ihrer rechten Hand glitzerte eine CD-Hülle.

»Nein! Seit wann?« Ich nahm ihr die Single aus der Hand.

»Eine Woche. Aber ich wollte bis nach deinem Test warten, bevor ich sie dir zeige. Erscheint Ende des Monats.« Sie strahlte.

Ich glotzte das Cover an und fühlte mich stolz und glücklich. Das Foto zeigte Andrea in einer Bewegung, die Haare um den Kopf fliegend, im Hintergrund unscharf und nur für Eingeweihte erkennbar die Ladentür des *Wohnzimmers*. »Drea Berach«, stand oben und unten der Titel der Single:

»Take me to the living-room.«

Credits

Patrizia Di Stefano für das fantastische Cover; Andreas Paschedag, meinem Lektor, für die unglaublicherweise immer noch besser werdende Zusammenarbeit, die Ideen und die Geduld; Michael Meller, meinem Agenten, für die nie versiegende Hoffnung; Angelika Brox, meiner Autorenkollegin, nicht nur für die Titelidee; allen im *Lohffs* (jetzt: *Lange Nacht*)und im *Syndikat* (beides Weisestraße, Berlin-Neukölln) für die unfreiwillige Bereitschaft, Pate zu stehen; den *Phoenixen* und den *42erAutoren* für alles vor- und nachher; Iris Kammerer für die Freundschaft und die gegenseitige schriftstellerische Befruchtung; und einer Menge anderer Leute, die meine Schrullen erdulden mußten, während ich den Idiotentest ablegte; Dr. Steffen Wagner aus der Schönhauser Allee für die medizinische Beratung; meiner über alles geliebten Frau Annett für das geduldige Ausharren, während ich nachts in Kneipen hockte und dieses Manuskript verfaßte.